KB040107

양꼬치의 기쁨

양꼬치의

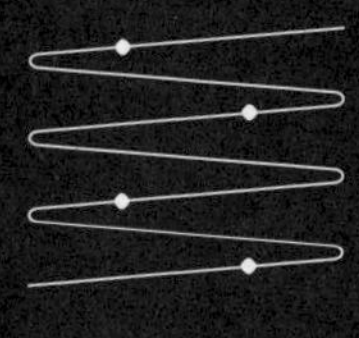

기쁨

차례

닫혀 있는 방

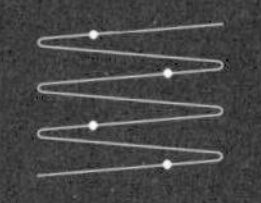

10월 18일

오늘로 결혼한 지 딱 한 달째다. 나는 시댁에서 살고 있다. 남편 이름으로 된 집은 다른 사람에게 전세를 준 상태여서 그 집의 전세 만기일까지 딱 1년 동안만 시댁에 들어와 살기로 한 것이다. 결혼 전에는 합리적이라고 생각했지만 그게 얼마나 무모한 결정이었는지 지난 한 달간 뼈저리게 느낄 수 있었다. 들어가서 살 집을 구할 수 없다면 차라리 1년 후에 결혼해야 했다.

스물여덟에 독립하고 7년 동안 반려동물은 물론 식물도 키우지 않고 혼자 살던 내게는 남편 한 사람과 더불어 사는 것도 충분히 버거운 일이었다. 올해 초 홀로된 시어머니를 1년 동안 '모시고' 살겠다니, 제정신이 아니었다는 생각밖에 들지 않는다.

이층집이니까 생활 공간이 보장될 거라는 기대도 내 착각이었다. 현관이 따로 있는 집이 아니라 2층으로 올라가는 계단이 거실에 있는 구식 이층집이었기 때문이다. 시어머니는, 매일 아침 알람을 끄고 오 분 더 잠을 청하는 나를 깨우고, 자신이 준비한 아침밥을 먹게 하고, 출근하는 나를 배웅해 준다. 퇴근할 때면 언제나 거실 소파에 앉아 책을 읽고 있다.

어제는 곁을 지나치다 시어머니 무릎 위에 펼쳐진 책을 무심코 보게 됐다. 책이 거꾸로 놓여 있었다. 2층 계단을 올라가는 동안 팔에 소름이 서서히 돋았다.

10월 26일

퇴근 준비를 하던 차, 남편에게서 전화가 걸려 왔다. 갑자기 야근할 일이 생겼다는 것이다. 시어머니와 둘만 집에 있고 싶지 않아 나도 일을 만들어 야근을 했다. 하지만 회사에서 버티는 것도 한계가 있었다. 회사 건물 지하의 호프집에서 맥주를 마시다가 집으로 출발한다는 남편의 문자를 받았다. 막 새로운 맥주를 시킨 참이었지만 그대로 두고 나와 택시를 탔다.

열두 시가 다 되어 집에 도착했다. 출발했다던 남편은 집에 오지 않았고, 거실에서는 시어머니가 언제나처럼 책을 '보고'

있었다. 나는 다녀왔다는 짧은 인사를 하고 2층으로 올라갔다. 그리고 샤워도 하지 않고 방에 들어가 문을 잠갔다.

조금 후에 남편이 들어오는 소리가 들렸다. 시어머니는 연인에게나 건넬 듯한 다정한 말투로 남편을 맞았다. 새아기가 고단한지 씻지도 않고 자는 거 같아. 남편이 계단을 올라오는 소리와 함께 시어머니의 소곤거리는 목소리가 또렷하게 들렸다. 나는 이불을 머리끝까지 뒤집어썼다.

이 집 안에서는 숨이 막힌다. 공기 중 산소 농도가 18퍼센트도 되지 않는 것처럼 숨을 쉬기 힘들다.

11월 10일

토요일, 모처럼 늦잠을 자는데 뭔가 가슴을 눌러 잠에서 깼다. 남편이었다. 남편의 손은 이미 내 팬티를 내리고 있었다. 우리는 숨죽여 키득거리다가 이내 터져 나오는 신음을 서로의 입술로 막아야 했다. 한참 절정으로 치닫고 있을 때였다. 문밖에서 헛기침 소리가 들렸다. 시어머니였다. 반사적으로 남편을 밀어냈다.

얘들아, 일어났으면 밥 먹어야지. 엄마가 우리 아들 좋아하는 갈치 구웠다. 밥은 먹고 또 자려무나.

시어머니가 부드러운 목소리로 말했다. 흥분이 얼마나 빨리 식을 수 있는지, 쾌감이 얼마나 빨리 불쾌함으로 바뀔 수 있는지 새삼 깨달았다.

남편은 미안하다고 말했지만 나는 대충 샤워하고 손에 집히는 대로 옷을 걸친 다음 집 밖으로 나갔다.

시어머니는 언제부터 문밖에 서 있었던 걸까? 문틈에 귓바퀴를 갖다 대고 우리 소리를 엿들었던 건 아니겠지?

얇게 입고 나온 걸 후회하며 아직 익숙하지 않은 동네를 무작정 돌아다녔다. 삼십 분쯤 지났을까. 남편한테 연락이 왔다. 우리는 집 근처 카페에서 만났다. 나는 더 이상은 못 참겠다고 했다. 남편은 어머니가 일부러 그런 것도 아니고 밥 먹으라고 했을 뿐인데 내가 너무 예민하게 군다며 화를 냈다. 화를 내는 남편 때문에 더욱 화가 난 나는 남들의 시선도 신경 쓰지 않고 악을 썼다. 그제야 남편은 나를 달랬다. 벌써 두 달 가까이 지났으니 남은 열 달도 금방 지날 거라고 했다. 나는 이제 단 하루, 아니 단 한 시간도 참을 수 없다는 말을 차마 하지 못했다.

그래, 남편을 봐서라도 조금만 더 참아 보자.

12월 3일

남편이 내일부터 중국 출장을 가게 되었다. 2박 3일의 짧은 일정이지만 그동안 시어머니와 둘이 지내야 한다니 생각만 해도 가슴이 답답했다. 친정이 서울에 있으면 친정집이라도 가 있을 텐데, 엄마 아빠는 나를 결혼시키고 도망치듯 C시의 전원주택으로 이사를 가 버렸다. 호텔에서 지낼까도 진지하게 고민해 봤다. 역시 무리겠지.

12월 4일

회사에서 차분하게 생각해 보니 남편 말대로 내가 너무 예민하게 굴었던 면도 있었다. 원래 색안경을 끼고 보기 시작하면 한없이 나빠 보이는 법이니까. 나 자신의 정신 건강을 위해서라도 시어머니와 한집에 사는 동안은 좋게 좋게 생각하는 편이 나을 것 같았다.

시어머니에게 저녁을 준비하지 말라고 전하고, 집에 오는 길에 초밥을 사서 들어갔다. 시어머니는 뭐 이런 걸 사 왔느냐고 하면서도 아이처럼 기뻐했다.

시어머니와 둘이서 초밥을 맛있게 먹고 시어머니가 직접

담근 유자차를 마셨다. 여전히 편하다고는 할 수 없지만, 그럭저럭 괜찮은 시간을 보냈다. 올해 초 갑작스러운 심장마비로 시아버지가 돌아가셨으니 시어머니도 외로웠을 것이다. 그러나 일은 내 생각처럼 훈훈하게 흘러가지만은 않았다.

차를 마신 시어머니는 나한테 줄 게 있다며 방에 들어가서 분홍색 보자기로 싸인 무언가를 들고 나왔다. 시어머니는 명품 스카프나 가방을 많이 가지고 있었기에 은근히 기대가 됐다. 그러나 분홍색 보자기 안에 있는 건 흰 천이었다. A4용지를 삼등분으로 접어 놓은 크기의 천 조각들. 이거 내가 생리할 때 쓰던 건데 나한테 딸도 없고, 면이 무척 좋은 거라 아까워서 버리지도 못했는데 너 줄게. 시어머니가 말했다. 필요없다는 말이 목구멍까지 차올랐지만 그냥 받아서 방으로 왔다. 시어머니가 쓰던 면 기저귀라니, 쳐다보기조차 싫으면서도 호기심에 펼쳐 봤다. 얼핏 봤을 때 희게 보였던 천은 대부분 누렇게 변색해 있었다. 그뿐만이 아니었다. 간혹 연갈색 피 얼룩이 남아 있는 것도 있었다. 그걸 보니 구역질이 났다. 화장실에 가서 저녁에 먹은 초밥을 고스란히 게워 냈다.

어머 아가, 너 임신한 거 아니니.

화장실에서 나오는데 계단참에 서 있던 시어머니가 얼굴

가득 미소를 지으며 말했다. 밀어 버리고 싶다는 충동을 간신히 참으며 고개를 저었다.

끔찍하다. 여기서 빨리 벗어나야 한다.

12월 5일

회사에 출근하자마자 카톡으로 남편에게 어제 있었던 일을 말했다. 그리고 집에서 당장 나가야겠다고도. 남편은 출장 다녀와서 얘기하자, 는 짧은 답을 남겼다.

남편은 내일 저녁이나 되어야 집에 온다. 나는 내일 저녁까지 기다릴 마음의 여유가 없었다. 어쩔 수 없이 반차를 쓰고 회사 근처 부동산으로 갔다. P 신도시의 아파트는 대부분 신축이고 평수도 넓어서 우리 형편으로는 어림없었다. 마음이 조급해져 물 한 모금 마실 틈도 없이 입에서 단내가 나도록 돌아다녔다.

마지막이라고 생각하고 들어간 부동산에서 조건이 특이한 집을 찾았다. 1년 계약에 보증금 오천만 원, 월세 사십오만 원인 집이었다. 1년 계약이라니, 남편과 나에게는 딱 맞는 조건이었다. 대신 방 세 개 중에서 하나를 쓸 수 없다고 했다. 이유인즉슨 집주인이 1년 동안 회사에서 보내 주는 미국 연수를 가게 되어 방 하나에 본인들의 짐을 넣어 두고 갔다는 것이다.

부동산 아주머니가 아파트의 평면도를 보여 주었다.

붙박이장과 작은 욕실이 딸린 큰방, 그리고 그 옆의 작은 방, 현관 옆의 방, 거실과 주방, 큰 욕실이 있었다. 아주머니가 큰방 옆의 작은방을 가리키며 이 방이 닫혀 있는 방이라고 말했다. 닫혀 있는 방이라는 말에 가장 먼저 떠오른 건 푸른 수염이었다. 그렇지만 이내 그 잔혹한 동화를 머리에서 떨쳐 냈다. 지금 내가 처한 상황은 죽은 전처들을 방에 넣어 둔 살인마 남편의 이야기와는 0.01퍼센트의 관계도 없으니까…….

방 하나를 쓸 수 없다는 게 찜찜하긴 했지만, 심정적인 문제이지 싫을 이유가 없었다. 가족이라고는 달랑 두 사람인데 방 두 개면 충분하다. 게다가 이런 조건의 집을 찾는 건 거의 불가능할 것이다. 나는 선금 이백만 원을 내고 가계약을 했다.

12월 6일

출장에서 돌아온 남편은 내 멋대로 가계약을 해 버렸다는 사실에 당혹스러운 눈치였다. 내 마음을 돌이킬 방법은 없으니까 설득할 생각은 하지도 마. 당신이 싫다면 나 혼자라도 이 집을 나갈 테니까. 나는 단호하게 내 입장을 전했다. 몇 시간 동안이나 입을 다물고 있던 남편은 자기 전 침대에 나란히 누워 알았다고 했다. 나는 스프링처럼 벌떡 일어나 앉았다.

그럼 당장 이번 주말에 이사 가자. 거기 지금 비어 있거든.

남편은 어머니께 말씀드릴 시간이 필요하니 일주일 정도만 양보해 달라고 했다. 그것까지 안 된다고 할 수는 없었다.

시어머니의 집에서 벗어난다고 생각하니 잠이 오지 않았다. 이사업체를 예약하고 밤늦게까지 인터넷으로 침대와 책상, 의자 등을 주문했다. 냉장고와 세탁기, 에어컨 등은 그 집에서 쓰던 걸 그대로 쓰기로 했으니 1년 후 남편 명의의 집에 들어갈 때 사면 된다.

명치끝을 막고 있던 작은 돌멩이들이 얼음처럼 녹는 기분이었다.

12월 15일

드디어 이사를 했다!

남편과 나는 이사 기념으로 각 방을 돌아다니며 사랑을 나눴다. 그동안 참아야 했던 신음 소리도 마음껏 내면서. 집주인이 거실에 소파를 놓고 갔다. 우리는 소파 위에서도 사랑을 나눴다. 다른 사람 소유의 가죽 소파에 우리의 땀과 얼룩을 남겨 둔다고 생각하니 더욱 자극적이었다.

12월 16일

일요일, 실컷 잠을 자고 일어나니 11시였다. 방해하거나 깨우는 사람이 없다는 것만으로도 행복했다. 남편과 나는 아침 겸 점심으로 라면을 끓여 먹기로 했다. 남편이 편의점에 가서 라면과 김치를 사 오는 동안, 나는 냄비에 물을 끓였다.

라면을 먹고 냉장고에 남은 김치를 넣어 두려는데 텅 빈 냉장고 한구석에 젓갈 같은 게 들어 있었다. 유리병에 비쳐 보이는 생김새로는 창난젓 같기도 하고 오징어젓 같기도 했는데 함부로 버릴 수도 없어서, 서랍 한구석에 넣어 놓았다. 이 집에 살던 사람들이 깜박 잊고 두고 갔나 보다.

12월 17일

퇴근길에 마트에 들러 장을 보는데 남편에게서 회식이라고 연락이 왔다. 월요일부터 무슨 회식을 하냐는 말에 남편은 자기도 원해서 하는 게 아니니 이해해 달라고 했다.

나는 장보기를 포기하고 마트 지하에서 김밥 한 줄을 사 먹었다.

집에 와서 책을 보는데 닫혀 있는 방에서 이상한 소리가 났다. 사각사각, 이빨로 뭔가를 긁는 것 같은 소리였다. 혹시 저 방 안에 쥐라도 있는 게 아닐까? 덜컥 무서워져서 문에 귀를 대고 소리를 들어 봤다. 아무 소리도 들리지 않았다.

잘못 들었나 싶어 다시 소파로 돌아와 책을 읽는데 이번에는 손톱으로 벽을 긁는 것 같은 소리가 났다. 하지만 문 앞에 가까이 가니 소리가 멈췄다. 내가 가까이 갔기 때문에 멈춘 것이다. 방 안에 무언가가 있고, 내가 가까이 가면 소리를 내지 않는다. 손잡이를 잡고 천천히 돌려 봤지만 15도 정도 기울던 손잡이는 단단히 걸려 더 이상 돌아가지 않았다.

12월 18일

어제 일 때문에 일찍 집에 돌아온 남편과 함께 '그 방' 앞에 주저앉아 맥주를 마셨다.

오늘은 아무 소리도 들리지 않았다.

남편은 윗집이나 옆집에서 나는 소리였을 거라고 했다. 하지만 현관을 마주 보고 있는 옆집의 소리가 안쪽 방에서 들릴 리가 없었다. 윗집이라면…… 약간의 가능성이 있었다. 아니, 윗집에서 난 소리라고 생각하는 게 마음이 편했다.

12월 28일

남편이 회사에서 송년회를 한다기에 나도 오랜만에 친구들을 만났다. 한 명은 대학 동창이고, 한 명은 예전 직장 동료인데 나를 통해 셋이 친해졌다. 저녁을 먹고 2차는 어디로 갈까 고민하는데 진희가 집들이 겸 우리 집에 놀러 가서 차나 마시자고 했다. 정리 정돈을 잘하고 사는 편이 아니라 누굴 초대한다는 게 썩 내키지는 않았지만, 그런 걸로 흉을 볼 친구들도 아니고 집에서 편히 수다 떠는 것도 괜찮겠다 싶었다.

굳이 집 구경을 하자며 방을 둘러보던 연주가 닫혀 있는 방문을 열려고 했다. 내가 그 방은 열면 안 된다, 이러저러하게 됐다고 자초지종을 설명하니 대뜸 푸른 수염 얘기를 꺼냈다. 출입이 금지된 작은 방, 푸른 수염의 아내들이 죽어 있던 방. 그래, 사람 생각하는 게 다 거기서 거기지. 나도 닫혀 있는 방에 대해 부동산 아주머니한테 처음 들었을 때 그 생각부터 났었으니까. 하지만 자기가 사는 곳도 아닌데 생각 없이 함부로 말하면 안 되지 않나?

못 들은 척 넘어가려는데 이번에는 방 하나를 못 쓰는 게 기분 나쁘지 않냐고 물었다.

기분 나쁠 일이 뭐 있어? 내가 아무렇지도 않게 되묻자 연주는 아니 나 같으면 집 안에 닫혀 있는 공간이 있으면 좀 신경 쓰일 거 같아서…… 니가 괜찮으면 됐지, 라며 말끝을 흐렸다. 연주는 항상 쓸데없는 말을 하는 경향이 있다.

앞으로는 진희랑 둘만 만나야겠어.

1월 7일

연말부터 한파가 계속되고 있다. 그런데 어제부터 닫혀 있는 방문 틈으로 냉기가 새어 나온다. 혹시 창문이 열려 있는 건 아닐까? 열려 있다고 해도 14층이라 밖에서 닫는 건 불가능하다. 집주인에게 연락해 보는 게 어떻겠냐고 하자 남편이 만류했다. 문을 닫지 않고 갔다면 그 사람들 책임이니까 신경 쓰지 말자면서.

남편은 그 문에서 새어 나오는 냉기를 느끼지 못하는 것일까? 그 방 앞을 지날 때면 발바닥이 얼어붙는 것 같은데 어떻게 신경 쓰지 않을 수가 있단 말이야?

1월 8일

저 방 때문에 미칠 지경이다. 오늘 집에 돌아와 보니 날이 풀려서 그런지 냉기가 좀 잦아들었다 했는데, 조금 전부터 아기 우는 소리가 들린다. 당연히 아기는 아닐 테고 고양이 우는 소리인 것 같다. 설마 열린 창문으로 고양이가 들어온 건가?

남편은 아직 집에 오지 않았다. 요즘 들어 회식도 지나치게 잦고…… 연말연시라 어쩔 수 없는 일이라고 해도 어딘지 모르게 개운치 않은 기분이 든다. 아무래도 이 집으로 이사 오고 나서 남편이 예전보다 덜 살갑게 구는 것 같다. 시어머니와 1년을 살겠다는 약속을 지키지 않아서 마음이 상했는지도 모르지. 이번 주말에는 시댁에 가자고 먼저 얘기하자.

고양이 우는 소리가 너무 가깝고 선명하게 들린다. 가만, 이러고 있을 때가 아니라 녹음을 해 둬야겠다.

1월 9일

남편은 술도 별로 취하지 않은 채 새벽 세 시에 들어왔다. 여태 뭐 했냐고 잔소리를 하는 것보다 고양이 소리를 들려주는 게 더 급했다. 코트도 벗지 않은 남편의 손을 붙들고 그 방 앞으로 갔다. 거짓말처럼 고양이 우는 소리가 들리지 않았다. 녹음하길 잘했다고 생각하며 핸드폰의 녹음 파일을 재생했다. 뭐가 잘못됐는지 녹음 파일에서는 아무런 소리도 들리지 않았다. 녹음할 때 볼륨을 너무 작게 해 놔서 그런가? 분명 고양이 소리가 났다는 내 말에 남편은 잠 좀 자자며 짜증을 냈다.

네가 감히 나한테 짜증을 내? 새벽 세 시에 들어온 주제에?

내 말이 들리지 않는지 남편은 코트와 양말만 벗고 소파에 누워 코를 골기 시작했다.

기가 막혀 눈물만 흘렀다.

1월 10일

도저히 출근할 기분이 아니었다. 회사에는 장염에 걸렸다고 둘러대고 휴가를 냈다.

어제 남편 때문에 잠도 설쳤고 집에서 느긋하게 시간을 보낼 생각이었다. 오랜만에 혼자 집에 있으니 결혼하기 전처럼 자유로운 기분이 들었다.

닫혀 있는 방에 대해서는 되도록 잊으려고 노력하며 영화도 보고 책도 읽다가 동네 중국집에서 잡채밥을 주문했다. 그런데 아저씨한테 이상한 말을 들었다. 어쩌면 이건 임대 사기 같은 걸지도 모른다. 잊어버리기 전에 아저씨와 나눈 대화를 적어 놔야겠다.

아저씨 : 아이고, 정말 1402호에 사람이 들어왔네.

나 : 그게 무슨 말씀이세요?

아저씨 : 여기 빈집으로 꽤 오래 있었거든.

나 : 그럴 리가 없는데요? 여기 살던 주인이 1년 동안 해외 연수 간다고 했는데…….

아저씨 : 그 주인 본 적 있어?

나 : 직접 본 적은 없어요.

아저씨 : 그럼 부동산 여자한테 들은 거지?

나 : 맞아요.

아저씨 : 그 여자 말은 믿을 게 못…….

나 : 왜요? 이 집이 얼마나 비어 있었던 건데요?

아저씨 : 글쎄, 그건 나도 잘 모르겠고…… 참, 저 작은 방은 여태 닫혀 있나?

잡채밥에 손도 대지 않고 부동산에 내려갔다. 별다른 메모 없이 부동산 문이 닫혀 있었다. 빈집으로 오래 있었다니 부동산 아주머니와 말이 다르지 않은가. 백번 양보해 몇 달 전에 해외 연수를 떠났다고 생각해도 연수 기간이 1년이라고 했으니 앞뒤가 맞지 않는다.

그러고 보니 집주인 얼굴을 보긴커녕 통화도 한 번 하지 않고 계약을 했다. 부동산이 대리인이고 위임장에 도장까지 갖고 있었으니 별문제 없을 거라 생각했는데, 너무 급하게 이사하느라 꼼꼼하게 따져 보지 못한 내 책임이다.

부동산 아주머니에게 전화를 걸었지만 받지 않았다.

보증금 오천만 원을 날리는 건 아니겠지.

불안하다. 불안해서 견딜 수가 없다.

1월 11일

새벽 두 시다. 그러니까 오늘은 1월 10일이 아니다. 11일이

맞다.

남편은 아직도 집에 들어오지 않았다.

오늘도 새벽 세 시에나 오려는 걸까?

어제와 다른 점이 있다면 회식이 있다거나 늦는다거나 하는 연락도 없었다는 것이다.

잠깐, 현관문 여는 소리가 들린다. 남편이 왔나 보다.

•

퇴근길에 부동산에 들렀지만 역시나 문이 닫혀 있었다. 전화도 받지 않았다. 집에 오자마자 계약서를 찾아 집주인의 연락처로 전화를 해 봤다. 아예 없는 번호라는 안내가 나왔다.

손톱을 물어뜯다가 손톱 옆의 살까지 물어뜯었다. 한참 동안 피가 나오다 멈췄다.

일곱 시가 되자 남편에게서 전화가 왔다. 요즘 늦게 들어와서 미안하다며 맛있는 걸 사 주겠다고 했다. 마땅히 먹고 싶은 것도 없어서 집 근처의 한정식집에서 만나기로 했다.

모처럼의 좋은 분위기를 깨고 싶지 않았지만, 남편에게 집 계약에 문제가 있는 것 같다고 말해 버렸다. 내 말을 들은 남편은 계약할 때 임대인의 주민등록증도 확인했고, 그와 동일한 명의의 통장에 입금 내역도 있으니 보증금을 날릴 일은 없을 거라고 했다. 부동산이 연락이 안 된다는 말에는 너무 과민 반응하지 말고 두고 보자고 했다. 중국집 배달원의 말에 뭐 그리 신경 쓰느냐는 투였다.

나는 말 나온 김에 솔직히 털어놨다. 그 방이 마음에 들지 않는다, 그 방에서 이상한 소리도 나고 정상이 아닌 것 같다, 가능하면 다른 데로 옮겼으면 좋겠다…….

남편이 나를 한심하다는 듯이 쳐다보면서 이사 온 지 한 달도 지나지 않았는데 웬 변덕이냐며, 정 싫으면 다시 본가에 들어가서 살면 되지 않느냐고 했다. 말하나 마나 그건 더 싫었다. 그렇지만 그런 속을 내보일 수는 없어 화제를 돌렸다. 내일 어머니 뵈러 가면 어때? 남편은 기뻐하는 기색 없이 안 가도 괜찮다고, 주말에 어머니는 절에 가실 거라고 말했다.

내 딴에는 선의로 제안했는데 기대했던 반응이 아니었다. 한정식은 가짓수만 많지 정작 맛있는 요리는 별로 없었다.

1월 12일

남편과 마트에 가서 과일과 채소, 찬거리를 잔뜩 사 왔다. 냉장고 서랍을 여는데 구석에 젓갈 통이 보였다. 가만, 이 집이 쭉 비어 있었다면 저 젓갈은 언제부터 냉장고에 있었던 거지? 역시 앞뒤가 맞지 않는다. 결론은 중국집 아저씨가 괜한 헛소리를 지껄였다는 것.

다시는 거기서 시켜 먹지 말아야지. 누굴 호구로 보고.

1월 13일

사악, 사악, 사악. 침대에 누워 있는데 옆방에서 맨발로 방바닥을 스치는 소리가 끊임없이 들려온다. 그야말로 귀신은 아닐 테고 문짝을 뜯어 버리고 싶은 충동이 든다.

남편은 아직도 오지 않았다. 오늘도 날이 바뀐 뒤에야 오려나.

1월 17일

엄마에게서 전화가 왔다. 이사 간 집의 경치가 참 좋다며,

김 서방하고 같이 놀러 오라고 속 편한 소리를 했다. 엄마, 김 서방이 매일 회식이래. 나도 모르게 답답한 마음을 털어놨다. 매일 회식을 한다고? 그럴 리가 있어? 얘, 김 서방 혹시 바람 난 거 아니니? 잘 살펴봐. 말하는 대로 다 믿지 말고. 엄마의 말을 듣자 뱃속에 뜨거운 돌이 들어앉은 것 같았다. 괜히 말했다.

그 방에서는 잊을 만하면 기괴한 소리가 들린다. 마치 자기 존재를 잊지 말라고 호소하는 듯.

1월 20일

진퇴양난. 적들에게 포위되어 앞으로도 뒤로도 가지 못하는 장수의 심정이다. 닫혀 있는 방문 뒤에서 나는 소리 때문에 미칠 것 같았지만, 남편에게 말해 봐야 본가에 돌아가자는 핑곗거리밖에 되지 않을 것이다.

1월 22일

남편은 오늘도 늦는다. 정말 바람이라도 난 걸까?

1월 25일

눈 내리는 밤. 금요일. 나는 집에서 혼자 치킨과 맥주를 마신다.

닫혀 있는 방에서는 당연하다는 듯이 부스럭거리는 소리가 들린다. 소리는 매일 달라진다. 하지만 조금도 무섭지 않아. 저 방문 너머에 귀신이 있다면 거실로 불러내 왈츠라도 추고 싶은 심정이거든. 하하!

1월 28일

주말 내내 눈이 온 데다 기온이 더욱 떨어져 온통 빙판길이 되어 버렸다. 집에 오는 길에 두 번이나 미끄러져 넘어질 뻔했다.

1월 29일

나는 지금 병원에 있다. 정신없는 와중에도 일기를 쓰는 건 그래야 내 마음을 어느 정도 가눌 수 있을 것 같아서다.

오늘도 퇴근 무렵 남편에게서 늦을 거란 연락을 받았다. 이제는 당연한 일인 듯 아무 감정도 느껴지지 않았다. 그런데 밤 아홉 시쯤 모르는 번호로 전화가 왔다. J 병원 관계자라는 사람의 입에서 남편의 이름이 나왔고 내가 그의 배우자가 맞는지 확인했다. 남편이 교통사고를 당했다는 것이다. 교통사고라는 단어를 듣는 순간 최악의 상황이 머릿속에 그려졌다. 숨을 쉴 수가 없었다. 수화기 너머의 병원 관계자가 나를 달래며 왼쪽 다리 골절과 약간의 찰과상을 입었을 뿐 생명에는 지장이 없으니 걱정 말라고 했다.

서둘러 택시를 호출, 병원에 갔다. 다리에 깁스를 한 남편은 3인실에 입원해 있었다. 남편은 나를 보자마자 내 이름을 부르더니 어머니가, 어머니가, 라며 오열했다. 어머니가 돌아가셨다는 것이다. 어쩌다가?

처음에는 남편이 울먹이며 말하는 바람에 도무지 알아들을 수가 없었다. 조금 진정된 후에 차분히 들어 보니 시어머니랑 외식을 하고 본가에 들어가던 길에 둘이 함께 트럭에 치였다는 것이었다. 건널목을 앞에 두고도 과속하던 트럭이 빙판에 미끄러지면서 사고가 난 모양이었다.

시어머니가 돌아가셨다는 것도 충격이었지만, 남편이 매일 밤 늦은 이유가 회식 때문이 아니라 본가에 들러 밥을 먹고 어머니가 주무시는 걸 보고 오느라 그랬다는 게 더 큰 충격이었다. 지난 한 달 반 동안 나를 감쪽같이 속이고 어머니와 단둘이 오붓한 시간을 보냈다니…….

그냥 어머니랑 둘이 살지 나랑 결혼은 왜 한 거야?

2월 2일

시어머니의 장례는 수목장으로 치렀다. 삼일장을 치르는 동안 생각할 시간이 많았다. 남편에 대한 분노가 사그라들고 나니 내 잘못이 더 크게 느껴졌다. 내가 그냥 본가에 있었다면 시어머니가 돌아가실 일도 없지 않았을까?

지금 와서 후회한다고 해도 바꿀 수 있는 건 없다. ~~거짓말, 착한 척하지 마. 일기장에까지 가식을 떨어야겠니? 솔직히 후련한 마음이 드는 것도 사실이잖아?~~

2월 18일

어머니를 잃은 충격이 컸는지 남편은 직장을 그만두었다. 나한테 상의도 하지 않고 결정한 일이다. 온종일 밖에도 나가지 않고 핸드폰 게임만 하고 있다. 하긴 다리도 성치 않으니 나가고 싶어도 나갈 수 없을 것이다.

퇴근해서 집에 와 보면 컵라면 용기나 과자 봉지가 싱크대 위에 굴러다닌다.

눈 밑의 다크서클과 홀쭉하게 들어간 볼…… 남편은 완전히 다른 사람이 된 것 같다.

2월 23일

남편과 크게 싸웠다. 발단은 집 때문이었다. 내가 본가를 정리해야 하지 않겠냐, 본가를 팔아서 우리가 살 새집을 마련하자고 했더니, 내게 악마 같은 년이라며 욕을 퍼부었다. 그러고는 본가는 절대 팔지 않을 테니 이 집에서 살든가 본가에서 살든가 둘 중 하나를 택하라고 했다. 어머니가 돌아가신 건 내 탓이 아니라고 하자 남편이 깁스를 한 발로 내 옆구리를 찼다.

순간 남편과 이어진 끈이 툭 끊어지는 기분이 들었다. 나는 남편을 향해 손에 집히는 물건들을 던졌다.

정신을 차려 보니 집 안이 온통 피투성이였다. 내 블라우스도 피로 물들어 있었다. 옷을 벗고 어디가 다쳤는지 살펴봤지만 찢어지거나 긁힌 곳은 없었다. 일단 물티슈로 바닥의 피를 닦기 시작했다. 피는 거실에서 침실로 이어져 있었다. 남편은? 남편은 어디 갔지? 본가에 갔나? 하긴 내게 욕을 하고 발로 차기까지 했으니 내 얼굴을 볼 면목이 없겠지.

2월 26일

남편이 집에 들어오지 않는다. 전화를 해도, 문자를 보내도 응답이 없다. 단단히 화가 난 모양이다. 그래 봐야 본가에 가 있을 테니 별로 걱정이 되진 않는다.

오히려 나를 더 걱정해야 할 것 같다. 이제 닫혀 있는 방에서는 뭔가가 썩는 냄새까지 나고 있거든.

•

냉장고를 열어 봤다. 냉장고 안은 수십 개의 밀폐 용기로 차 있었고 각각의 밀폐 용기 안에는 젓갈이 가득 들어 있었다. 젓갈? 누가 넣어 놨지? 나는 젓갈을 담글 줄 모르는데…… 엄마한테 전화를 걸었다.

엄마, 엄마가 우리 집에 반찬 놓고 갔어? 얘는 엄마가 너희 시댁에 왜 간다니. 엄마, 나 시댁에서 나왔다고 말 안 했어?

나왔어? 그럼 지금 어디 살아? 알았어. 끊어.

붉은 기운이 도는 분홍빛 젓갈이 너무 먹음직스러워 보였다. 나는 밀폐 용기 하나를 꺼내 뚜껑을 열었다. 그리고 말고기처럼 두툼하게 썰린 젓갈을 손으로 집어 먹어 보았다. 내가 상상했던 맛은 아니었는데, 그런대로 먹을 만했다. 그러고 보니 요즘 뭔가 먹은 기억이 없었다. 나는 젓갈을 프라이팬에 구워서 먹었다. 환풍기를 틀었는데도 집 안에 누린내가 가득 찼다. 그렇지만 저 망할 방에서 뿜어 나오는 썩은 냄새보다는 차라리 누린내가 나은 것 같았다.

•

남편이 사라진 지 얼마나 지난 걸까? 날짜 감각이 없다. 오늘이 며칠이지? 회사에도 가 봐야 할 텐데.

젓갈을 구워 먹기도 귀찮아 생으로 몇 점 먹었다. 특유의 누린내와 미끄덩한 식감 때문에 구역질이 났지만 대충 씹어 삼켰다.

•

저주받은 방에서 여자 우는 소리가 들려. 근데 그 여자 목소리가 시어머니 목소리랑 똑같아. 죽은 시어머니의 혼령이 저 방 안에서 울고 있는 걸까? 어머니, 아들이 있는 본가에나 가시지 왜 여기 와서 우는 거예요. 시끄러워요. 시끄러워 죽겠단 말입니다.

•

귀신이 곡하는 소리를 애써 무시하고 지내고 있다. 정 무시할 수 없을 때는 귀를 막고 큰 소리로 노래를 불렀다. 인터폰이 울렸다. 보나 마나 경비 아저씨일 것이다. 윗집에서, 아니 아랫집에서 좀 조용히 해 달랬다는 말을 지껄이겠지.

•

그 방 앞을 지나가는데 엄지발가락 아래에서 뭔가 톡, 하고 터지는 느낌이 났다. 주저앉아 발가락 밑을 봤다. 구더기였다. 구더기가 내 발 아래 한 마리, 두 마리…… 꿈틀거리고 있었다.

안 되겠다. 저 문을 열어야겠어. 열쇠공을 불러야지. 지금 몇 시지? 열한 시? 밖이 깜깜한 걸 보니 밤 열한 시겠지? 열쇠공은 시간 같은 거 상관없지 않나? 인터넷에서 열쇠공을 검색해 위에서부터 전화를 걸었다. 대부분은 전화를 받지 않았고, 한 사람은 전화를 받았는데 지역이 너무 멀어 안 되겠다고 했다. 그래도 누군가는 되겠지. 나는 전화를 걸고 또 걸었다. 마침내 한 사람이 집에 왔다. 눈이 보이지 않는 열쇠공이었다. 열쇠 구멍이 보이지 않아도 방문을 열 수 있나요. 그럼요, 저는 누구보다 잠긴 문을 잘 여는 눈먼 열쇠공이랍니다. 눈먼 열쇠공은 가방에서 도끼를 꺼내 방문을 부수기 시작했다. 방문이 다 부서졌을 때 눈먼 열쇠공은 사라지고 없었다. 돈도 받지 않고 가 버리다니 착한 사람이군.

너덜너덜해진 방문 구멍을 통해 방 안으로 들어갔다. 벽에 있는 스위치를 올리자 드디어 그 방 안을 볼 수 있었다. 방 안에는 부동산에서 들은 대로 가구가 차곡차곡 쌓여 있었다. 창문이 열린 것도 아니었고, 고양이가 들어온 것도 아니었다. 당연히 시어머니의 혼령도 보이지 않았다. 푸른 수염의 죽은 아내들도 없는데…… 그럼 구더기는 어디서 나온 거지? 썩은 냄새는? 방 안을 들여다봤지만 해결된 건 하나도 없었다. 오히려 궁금증만 더 늘어난 셈이다. 게다가 멀쩡한 방문을 부숴 버렸으니 이 집에서 나갈 때 물어 줘야 할 판이었다. 방문 가

격은 얼마지? 십오만 원? 삼십만 원? 무책임한 열쇠공 같으니라고. 내일은 열쇠공에게 다시 연락해서 부서진 문을 물어내라고 해야겠다. 아, 피곤하다. 너무 피곤해. 눈알이 빠질 것 같아. 일단 침대에 가서 누워야지.

침대에 누워 있으면 누가 나를 쳐다보는 것 같아. 기분 탓이려니 생각하고 넘어가려 했는데 정말 이 방에 누군가 숨어 있는지도 모르겠어. 맞아, 남편이 숨어 있나 보다! 나랑 숨바꼭질이라도 할 생각인가? 그랬구나, 남편은 나랑 숨바꼭질을 하는 거였어. 저기 붙박이장 속에 숨어 있잖아. 근데 당신 눈은 왜 그렇게 충혈된 거야? 아, 그렇게 부릅뜨고 있어서 그렇구나. 언제부터 숨어 있었어? 완전 뼈만 남았잖아. 하얀 뼈 위에 살점이 좀 붙어 있긴 한데…… 어휴, 냄새. 여기서 구더기가 나온 거구나. 목욕 좀 해야겠네. 당신이 이런 데 불편하게 숨어 있으니까 시어머니 귀신이 찾아와서 그렇게 울었나 보다. 자, 그만하고 빨리 나와. 내가 당신 찾았거든. 이제 당신이 술래야. 빨리 나오라니까?

초신당

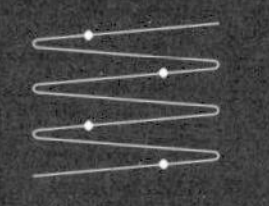

길을 잃었다. 산속에 들어와 헤맨 지 세 시간이 넘었으니 길을 잃었다고 해야 할 것이다. 아니, 길을 잃은 것이 아니다. 목적지가 없는 사람에게 길을 잃었다는 표현은 맞지 않는다. 나는 목적지가 없었다. 큰 나무가 있는 곳이라면 어디든 상관없다. 성인 여자의 몸무게를 감당할 만큼 튼튼한 가지를 드리운 나무. 그런 나무만 나타난다면 그곳이 곧 목적지가 될 테니 길을 잃었든 잃지 않았든 중요하지 않다. 그럼에도 불안했다. 이곳에는 하늘을 찌를 듯 삐죽삐죽 웃자란 나무들뿐이다. 양 손아귀로 감싸 쥘 만큼 가느다란 줄기에서 뻗어 나온 가지는, 산비둘기가 내려앉아도 부러질 듯 위태로워 보였다.

날카로운 산바람이 패딩 점퍼를 파고들었다. 나는 주머니 속의 로프를 꽉 쥐었다. 불과 몇 분 전 어둑어둑해지던 숲은, 이미 색채를 잃고 검게 물들어 있었다. 내 마지막 안식처가 될 나무는 검은 숲 어디에도 없는 것 같았다. 이대로 걷다가 절벽이라도 나타난다면 목을 매는 수고를 할 필요 없이 몸을 던질 수 있지 않을까.

무릎이 뻣뻣해지도록 걷고 또 걸었지만 큰 나무도, 가파른 낭떠러지도 마주치지 못했다. 어쩌면 같은 자리를 맴돌고 있는지도 모른다. 나무에 표식이라도 해 놔야겠어. 쓸 만한 돌멩이를 찾기 위해 발치를 훑었다. 손안에 딱 들어올 만한 삼각형의 돌멩이. 윤하가 좋아했던 삼각형. 윤하는 유독 삼각형을 좋아했었다. 삼각 샌드위치, 삼각 김밥, 삼각형 모양의 나무 블록, 그리고 삼각자……. 바닥을 보며 걷는데 빗방울처럼 눈물이 떨어졌다.

나한테 울 자격이 있던가?

끝이 뾰족한 돌을 찾았다. 그러나 선뜻 집어 들 수는 없었다. 그 돌은 무너진 돌무덤 끝에 있었다. 무너진 돌무덤이라니, 불길했다. 불길해? 어차피 죽을 년이? 코웃음을 치며 돌을 집어 들었다. 손에 꽉 들어찬 돌은 제법 묵직했다. 어디든 표시를 남겨 주겠다며, 비틀비틀 걸었다. 그런데 이제는 가느다란 나무조차 보이지 않았다. 오직 어둠만이 내 몸을 조여왔다. 내가 서 있는 곳은, 나무는커녕 잡초 하나 없는 허허벌판이었다. 산속에 나타난 검은 벌판.

벌판 한가운데서 희미한 집이 모습을 드러냈다. 자욱한 안

개 속에서 불시에 나타난 맹수처럼. 그 집은 서서히 나를 향해 다가왔다. 다가가고 있는 건 나인데도, 나는 그 집이 내게 다가오고 있다고 확신했다. 가슴 높이에도 미치지 않는 낮은 담장 너머 집의 전경이 눈에 들어왔다. 폐가라고 불러 마땅할 낡은 집이었다. 마당에는 널빤지로 덮은 우물이 있었고, 깨진 장독대 뚜껑이 악마의 입처럼 웃고 있었다. 집은 옆으로 누운 ㄱ자 모양으로 가로변이 짧고 세로변이 극도로 길었다. 저 안에는 도대체 방이 몇 개나 있을까.

담장을 따라 천천히 대문 앞으로 갔다. 바람도 불지 않는데 덜걱거리는 대문 위에는 나무 현판이 붙어 있었다. 현판에는 흘림체로 '초신당'이라는 세 글자가 쓰여 있었다. 한자가 없어 무슨 뜻인지는 알 수 없었지만, 단어가 주는 울림만으로도 섬뜩한 기분이 들었다. 평상시의 나라면 여기서 멈췄을 것이다. 담장 너머로 슬쩍 엿보고 일상으로 돌아갔을 것이다. 하지만 이제 내게는 돌아갈 일상이 없다. 나는 흔들리는 문을 잡았다. 그리고 마당 안으로 들어갔다.

계세요.

일부러 큰 목소리로 말했다. 사람이 있을 거라 기대하진 않았지만 광에 산짐승이라도 있지 않을까, 있다면 소리를 듣고 움직이지 않을까, 그런 생각이었다.

계세요.

한 번 더 외쳤다. 기다렸다. 생명의 기척은 느껴지지 않았다. 마당을 가로질러 툇마루로 갔다. 열린 창호 틈으로 마루가 보였다. 가장 먼저 눈에 들어온 건 벽에 걸린 족자였다. 나는 핸드폰을 꺼내 손전등을 켰다. 그리고 족자의 그림을 본 순간 나도 모르게 소리를 질렀다. 족자에는 한복을 입은 여인이 그려져 있었다. 미인도와는 거리가 먼, 기괴한 그림이었다.

긴 머리카락을 풀어 헤친 여인은, 세배를 하려는 사람처럼 손끝으로 바닥을 짚은 채 다소곳이 앉아 있었다. 그 정갈한 자세와 이목구비를 뒤덮은, 지저분한 회백색 머리카락이 묘한 대비를 이루며 음습한 기운을 뿜어냈다. 금방이라도 족자 속 여인이 고개를 쳐들고 나를 노려볼 것만 같았다. 차가운 손이 목덜미를 훑어 내리는 느낌. 저절로 어깨가 움츠러들었다. 두려움? 이건 두려움이었다. 윤하가 죽은 후 아무런 감정도 느끼지 못했는데, 아직 내 안에 감정이 남아 있었나? 두려움뿐만이 아니었다. 그림 속 주인공, 얼굴도 모르는 초로의 여인에 대한 연민도 들었다. 그림을 더 자세히 보고 싶었다. 신을 벗고 툇마루에 올라갔다. 흙먼지가 쌓여 신을 벗을 필요가 없는데도, 그래서는 안 될 것 같았다. 열린 창호 사이로 들어가자 곰팡이와 먼지가 뒤섞인 퀴퀴한 냄새가 코를 자극했다. 양말을 신은 발바닥이 마루를 스치며 서걱거렸다. 재채기를 연거푸 하고 코를 훌쩍이며 족자 앞으로 다가갔다. 족자는 백 년이 넘은 듯 낡아 보였지만, 일부러 낡게 만든 모사품처럼 보이기도 했다.

나는 왜 이토록 추한 그림에 매혹되는 걸까.

질문에 대한 답을 찾기라도 하듯, 집요하게 그림 속 여인을 바라보았다. 그러다 간질간질한 느낌에 코끝을 문질렀다. 손가락 끝에 머리카락이 걸렸다. 기다란 회색 머리카락이었다. 마치 족자 속 여인의 것처럼. 이번에는 귀가 간지러웠다. 귓바퀴 옆에 달라붙은 것은 역시 머리카락이었다. 어디서 붙은 걸까. 혹시 더 붙어 있을까 봐 머리를 이리저리 흔들다가 족자를 보고 숨을 삼켰다. 여인의 얼굴을 덮은 머리카락이 족자 밖으로 꾸물꾸물 기어 나오고 있었다. 환각인가 싶어 몇 번이고 눈을 깜박였다. 환각이 아니었다. 그림 밖으로 무수히 뻗어 나오는 거친 머리카락, 버드나무 가지처럼 늘어진…… 나는 두려움과 동시에 경이로움을 느꼈다. 그리고 한 가지 생각에 사로잡혔다. 머리카락을 걷어 내면 저 여인의 얼굴을 볼 수 있다. 손을 뻗으면…….

나는 끝내, 족자를 향해 손을 뻗을 수 없었다.

어디선가 희미하게 흐느낌이 들려왔다. 족자 속 여인의 울음소리인가? 족자를 향해 귀를 기울였다. 소리가 들릴 리 없었다. 내가 드디어 미쳐 가나 보다. 애당초 족자에서 머리카락이 자라는 것 자체가 말이 되지 않는다. 나는 숲속에서 헤매다가 이미 죽었고, 지금 이 집 안에 들어와 있는 건 내 영혼인지도 모른다. 아니, 그랬으면 좋겠다.

눈을 감고 울음소리에 귀를 기울였다. 금방이라도 끊어질 듯 여린 소리, 아이의 울음소리…… 소리는 오른쪽에서 들려왔다. 나는 창호지 문을 열고 방으로 들어갔다. 그곳은 방이라고 부르기 어려운, 어른 한 사람이 서서 팔을 간신히 뻗을 수 있을 정도의, 좁다란 직사각형의 공간이었다. 내가 들어온 문을 제외한 방의 세 면에는 머리를 굽혀야만 빠져나갈 수 있는 작은 나무 문이 달려 있었다. 울음소리는 조금 더 커졌지만 좁은 공간 안에서는 방향을 인식할 수 없었다. 나는 들어온 문을 마주 보고 있는 문을 열었다. 일단은 건물의 오른쪽으로 나아갈 셈이었다. 가로로 긴 건물이었으니 나머지 두 문은 아마도 밖으로 통하는 문일 것이다. 이곳은 상식이 통하지 않는, 왜곡된 세계라고 생각하면서도 그렇게 스스로를 납득시키며 다음 방으로 갔다. 오래된 집답게 방과 방 사이에는 야트막한 문지방이 있었다. 조금 전과 똑같은 구조의 방. 이번에는 망설이지 않았다. 그대로 문을 밀고 앞으로 나아갔다. 세 번째 방도 마찬가지였다. 방 하나를 가로질러 가는 데 두 걸음이면 충분했다. 네 번째, 다섯 번째, 여섯 번째…… 미친 사람처럼 문을 열고 가다가 아홉 번째 방문을 열었다. 아홉 번째 방에는 내가 들어온 문 말고 다른 문이 없었다.

마지막, 방인가?

울음소리는 계속 들리는데…….

여기가 마지막 방이라면 비어 있어서는 안 된다. 그렇다면 여기는 마지막 방이 아니라는 의미다. 나는 여덟 번째 방으로 돌아갔다. 그리고 내가 미처 알아차리지 못했던 사실을 발견했다. 여덟 번째 방에는 문이 세 개밖에 없었다. 일곱 번째 방과 이어진 문과 내가 지나온 아홉 번째 방으로 통하는 문, 그리고 서쪽을 향해 나 있는 문. 그 전까지는 사방에 문이나 있었는데. 이게 함정이었나? 나는 서쪽으로 통하는 문을 열었다. 그러자 지금까지 지나왔던 것과 똑같은 크기의 방이 나왔다. 그 방은 문이 두 개였다. 내가 들어온 문과 어딘가로 통하는 문. 이제 선택지는 둘로 좁혀졌다. 앞으로 가거나 돌아가거나. 나는 어디로도 가지 못한 채 방 안에 덩그러니 서 있었다.

언제부턴가 내가 내쉬는 숨소리만 들렸다. 울음소리가 그친 것이다. 고요. 적막.

저 문을 열면 안 돼.

본능이 외쳤다. 지금이라면 방향을 잃지 않고 왔던 길로 돌아갈 수 있다. 왜? 어디로 돌아가야 하지? 잊고 있었다. 오늘이 내 인생의 마지막 날이라면 어디로든 돌아갈 필요는 없다.

희미한 울음소리가 다시 들려왔다. 가자, 가 보자. 나는 나아가는 쪽을 선택했다. 문을 열자 지금까지와는 다른, 비릿한 냄새가 코를 찔렀다. 그 바람에 문지방을 넘다 멈칫했다. 무게가 오른발에 쏠리며 문턱을 밟는 순간, 날카롭고 뾰족한 뭔가가 발뒤꿈치를 파고들어 왔다. 나는 짧은 비명을 지르며 주저앉았다. 발뒤꿈치 주변으로 피가 배어 나왔다. 문턱에 솟아 있던 못에 찔린 것이다. 엄청난 통증으로 턱이 덜덜 떨렸다. 벌어진 줄도 몰랐던 입에서 침이 흘러내렸다. 숨도 제대로 쉴 수 없었다. 그래도 못을 뽑아야 했다. 아니 못에서 발을 뽑아내야 했다. 그런데 발에 힘이 들어가지 않았다. 눈을 감고 이를 악문 채 양손으로 발을 쥐고 들어 올렸다. 방을 몇 번 구르고, 시뻘건 못을 들여다봤다. 그리고 피를 닦아 내듯 손가락으로 못을 훑어 내렸다. 못은, 표면이 거칠거칠할 정도로 녹이 슬어 있었다. 파상풍 때문에 그래? 파상풍이 무서워서? 콧

구멍으로 실소가 새어 나왔다. 나는 아직 죽을 준비가 되지 않았는지도 모른다. 양말을 벗고 발뒤꿈치를 살폈다. 못의 지름만큼 구멍이 난 피부에서 수명을 다해 가는 온천처럼 핏물이 조금씩 흘러나왔다. 자그마한 피 웅덩이를 지켜보며 발바닥으로 온몸의 피가 빠져 나가 죽는 상상을 했다. 누워서 죽음을 기다리는 것도 괜찮지 않을까? 저 울음소리만 들리지 않는다면.

나는 몸을 일으켰다. 한 걸음, 두 걸음, 다리를 절며 앞으로 나아갔다. 역시 갈 곳은 정해져 있었다. 들어온 문과 오른쪽으로 나가는 문. 이 방에도 문은 두 개뿐이었으니까.

다음 방의 문은 왼쪽으로 나 있었다. 마치 내게 그 방향으로 가라고 지시하듯.

그다음 방도 왼쪽, 또 다음 방은 오른쪽…… 나는 오른발을 질질 끌며 문이 이끄는 방향으로 나아갔다. 어디가 어딘지, 내가 어디서 왔는지 혼란스러웠다. 더는 동서남북을 구별할 수 없게 되었다. 발뒤꿈치는 불이 붙은 망치로 내리찍는 듯 아팠고, 오른쪽 양말은 발등까지 붉게 물들어 가고 있었다.

나는 벽에 몸을 기대고 섰다. 그리고 멍하니 바닥에 그어진 핏자국을 보았다. 그렇다. 이 집에서 나가려면 핏자국을 역으로 추적하면 된다. 인정하고 싶지 않지만 아직 내 안에는 돌아가고 싶다는 마음이 남아 있었다. 죽는다는 결심조차 금세 흐트러뜨리는 인간…… 한심하지만 나는 그런 인간이다. 중력이 지친 몸을 바닥으로 끌어당겼다. 나는 털썩, 주저앉고 말았다.

다시 움직인 건 울음소리 때문이다. 끊어질 듯 끊어질 듯 이어지는 울음소리에, 마냥 주저앉아 있을 수만은 없었다. 몇 개의 방문을 더 열고, 무릎으로 기어갔다. 어쩌면 나는 죽을 때까지 이곳에서 방과 방을 전전할지도 모른다. 팔을 뻗어 다음 문을 열었다. 피 웅덩이가 고인 방이었다. 문지방에 삐죽 솟아오른 못. 의심의 여지는 없었다. 나는 못에 찔렸던 방으로 돌아왔다. 이곳 초신당의 방들은 미로처럼 연결되어 있는지도 모르겠다.

초신당.

낡은 현판에 있던 세 글자. 분명 한자 뜻이 있을 텐데 한글로만 쓰여 있었다. 내가 아는 얼마 되지 않는 한자들을 떠올려 봤다. 처음 초(初), 풀 초(草), 새 신(新), 믿을 신(信)…… 어울리지 않았다. 뛰어넘을 초(超), 몸 신(身). 몸을 초월한 공간? 다른 것보다는 그럴 듯했지만 말이 안 되긴 마찬가지였다. 그러다가 번뜩 초혼(招魂), 이라는 단어가 떠올랐다. 초혼, 혼을 부른다는 뜻이다. 아마 유명한 시인의 시 제목이었지…… 부를 초(招), 귀신 신(神), 집 당(堂). 귀신을 부르는 집. 족자의 여인과 아이 울음소리, 미로 같은 방들…… 이곳은 귀신 들린 공간이다. 족자를 봤을 때의 섬뜩한 기운이 습기처럼 피부밑으로 파고들었다.

나는 천천히 기억을 더듬었다. 미로의 시작은 못에 찔리기 바로 전의 방, 여덟 번째 방이었다. 발뒤꿈치로 피 도장을 찍으며 일곱 개의 방을 거슬러 올라갔다. 울음소리가 점점 크게 들렸다. 마지막으로 창호지 문을 열었고, 울음의 진원지를 찾았다. 마루 한가운데 아이가 앉아 있었다. 아이는 제 무릎을 감싸고, 굼벵이처럼 몸을 만 채 흐느꼈다.

절룩거리며 아이를 향해 다가가는데, 족자에서 희뿌연 안개 같은 게 피어올랐다. 먼지 덩어리인가? 눈을 가늘게 뜨고 보았다. 다소곳이 뻗어 있던 여인의 손가락이 촉수처럼 꿈틀대며 족자 밖으로 비어져 나왔다. 뼈 위에 죽은 사람의 가죽을 발라 놓은 듯한 잿빛 손가락, 울퉁불퉁 불거진 검은 혈관, 비정상적으로 뒤틀린 팔…… 입에서 비명이 새어 나올까 봐 아랫입술을 꽉 깨물었다. 족자 밖으로 나온 손은 목표물을 찾는 듯 허공을 더듬다가 아이를 향해 뻗어 나갔다.

안 돼, 아이를 건드리지 마.

나는 아이에게 달려가 온몸으로 감싸 안았다. 슬그머니 눈동자를 굴려 손을 쳐다봤다. 잠시 움직임을 멈췄던 손은, 내 머리 위에서 지네의 다리처럼 꿈틀댔다. 아이를 더 꼭 가슴에 품었다. 아이의 몸은 드라이아이스처럼 차가워서 오히려 뜨겁게 느껴졌다. 화끈거리는 느낌에 아이를 안고 있기 고통스러웠지만 입술 안쪽을 잘근거리며 참았다. 입안에서 찝찔한 피 맛이 느껴졌다. 푸석푸석할 정도로 때가 낀 아이의 머리카락에서는 의외로 나쁘지 않은, 마른 풀 냄새가 났다. 족자 여인의 손은 포기하지 않고 아이와 내 주변을 맴돌았다. 다시금 족자에서 뭉글뭉글한 잿빛 안개가 피어올랐다. 이번에는 손이 아니라 여자가 걸어 나오는 게 아닐까 바짝 등을 긴장시켰다. 여차하면 아이를 안고 마당을 가로질러 도망칠 생각이었다. 하지만 그런 일은 일어나지 않았다. 날카롭게 허공을 할퀴던 손이 잿빛 안개 속으로 빨려 들어가듯 사라졌으니까. 그제야 숨을 돌리고 아이를 살며시 놓아 주었다. 아이는 여전히 제 무릎 사이에 고개를 묻고 있었다.

집이 어디야?

내 물음에 아이가 서서히 고개를 들었다. 아이의 오른쪽 눈이 있어야 할 자리에, 검은 구멍이 있었다. 놀란 티를 내서는 안 된다. 그 검은 구멍을 바라봐서도 안 된다. 나는 얼른 아이의 왼쪽 눈을 보았다. 눈 가장자리에 누런 눈곱이 끼어 있었지만, 눈동자만은 검고 또렷했다.

집이 어디야? 아줌마가 데려다줄게.

최대한 태연함을 가장하며 물었다. 아이가 노래하듯 크게 입을 벌렸다. 결국 나는, 고통에 찬 신음을 내뱉고 말았다. 아이의 입속에는 검은 혀뿌리만 박혀 있었다. 누가 이 아이를 이렇게 만들었을까? 죄 없는 어린 생명에게 이런 악의를 품을 수 있는 건 인간이 아닌 악마다. 족자에서 나온 손? 저게 아이의 눈을 파고 혀를 뽑아냈을까?

나는 다시 처음의 모습으로 돌아간 족자를 노려봤다. 머리카락도 손도 모두 그림 속에 있었다. 원래부터 그림 바깥으로 나온 적이 없다는 듯 조금의 흔들림도 보이지 않았다. 두려움이 아닌 분노로 온몸이 떨렸다. 칼이 있다면 저 족자를 갈기갈기 찢어 버리고 싶었다. 라이터가 있다면 저 족자를 활활 불태워 버리고 싶었다. 하지만 내가 가진 건 로프가 전부였다. 로프로는 아무것도 할 수 없다. 그렇다면 내가 할 수 있는 일을 해야 한다. 아이를 이 집에서 데리고 나가는 것. 윤하를 살리지는 못했지만 이 아이는 반드시 구해 내야 한다. 자리에서 일어나 차디찬 아이의 손을 잡았다. 내 손에 이끌려 일어난 아이는 마루 끝까지 따라왔다. 툇마루에 벗어 놓은 운동화를 신으려 아이의 손을 놓았다. 피가 말라붙어 뻣뻣해진 오른발을 억지로 밀어 넣고 아이에게 손을 내밀었다. 아이가 느리게 고개를 저었다.

가자. 아줌마 집에 가서 깨끗이 씻고 맛있는 것도 먹고.

그러나 아이는 고개만 흔들었다. 나는 아이의 손을 잡아챘다. 순식간에 아이의 얼굴이 일그러졌다.

이리 나오라고!

말 안 듣는 아이는 매섭게 대해야 한다. 아이의 손을 세게 잡아당겼지만, 아이는 꿈쩍도 하지 않았다. 무시무시한 힘이었다. 내가 이렇게까지 쇠약해졌나? 아이 하나 이기지 못할 만큼? 멍한 기분에 아이의 손을 놓았다. 아이가 기다렸다는 듯 마루 왼쪽에 있는 문을 가리켰다. 내가 들어갔던 오른쪽 방은 창호지 문이었는데, 맞은편은 얇은 나무판자로 된 미닫이문이었다.

저기로 들어가자고?

아이가 고개를 끄덕였다. 힘으로 감당하지 못한다면 달래서 데려가는 수밖에 없다. 신발을 벗지 않은 채 마루에 올라섰다. 그리고 아이의 작은 손가락이 가리키는 문을 옆으로 밀어 열었다. 그곳은 방이 아니라 벽장이었다. 낡은 이불 한 채 들어 있지 않은 텅 빈 벽장.

여긴 벽장이잖아?

돌아보며 말하는데, 아이가 벽장으로 나를 힘껏 밀어 넣었다. 드르륵, 문이 닫혔고 닫힌 문은 내 힘으로 열리지 않았다. 벽장문을 밀어도 보고, 못에 찔리지 않은 발로 차 보기도 했지만 얇디얇은 판자는 좀처럼 부서지지 않았다. 부서지기는커녕 금도 가지 않았다. 나는 벽장 안에 쪼그리고 앉았다. 벽장 속의 공기가 희박하게 느껴졌고, 호흡이 가빠졌다. 이러다간 과호흡 상태에 빠질 것 같았다. 파카 깃을 바싹 끌어 올려 코를 묻은 채 호흡을 가다듬었다. 겨우 진정이 되었을 때 발목 아래에 일직선으로 들어오는 빛의 줄기를 보았다. 빛줄기를 따라가 보니 벽장 아래쪽에 동그란 구멍이 있었다. 몸을 잔뜩 웅크리고 엎드린 자세로 구멍에 눈을 갖다 대었다. 구멍 너머는 어두침침한 이곳과 확연히 대조되는, 빛의 세상이었다. 갑자기 밝은 빛에 노출되어 눈을 뜰 수가 없었다. 시린 눈에서 눈물이 흘러나왔다. 이럴 때 반대쪽 눈이 있다면 좋을 텐데. 소처럼 눈을 끔뻑거리자 부연 눈물에 가려졌던 풍경이 점차 선명해졌다.

그곳은, 우리 집이었다. 거실에서 윤하가 블록을 쌓고 있었다. 노란 블록, 파란 블록, 그리고 빨간 삼각형의 블록. 윤하가…… 살아 있어? 우리 윤하가 살아 있다! 당장 구멍 너머로 가야 한다. 그러나 구멍에는 손가락 두 개만 겨우 들어갈 뿐이다. 두드리고 쥐어뜯으려 해도 아무 소용이 없다. 얇은 판자로 만든 벽장이 왜 이리 단단한 걸까? 내 딸, 사랑스러운 윤하를 빨리 안아 줘야 하는데…… 몸이 달아 내장이 타들어가는 기분이었다. 이러지도 저러지도 못하고 구멍 안을 들여다보는데 방에서 어른이 나왔다.

윤하야, 우리 강아지.

어른답지 않은 새된 목소리…… 내가 너무도 잘 아는 사람, 바로 나였다. 윤하가 발딱 일어나 어른에게 안겼다. 어른이 윤하의 이마에, 정수리에 쪽쪽 소리를 내며 입을 맞췄다. 저쪽 세상에서 윤하와 내가 행복한 시간을 보내고 있어? 아니, 저건 가짜다. 내가 아니다. 아니, 이건 환각이다. 또다시 환각에 빠져들어서는 안 돼. 그럼 또 정신병원에 가게 될 거야. 응? 내가 정신병원에 간 적이 있다고? 그런 건 중요하지 않았다. 내 눈앞에서 저 환각을 없애야 한다. 나는 벽장문에 머리를 박았다. 쿵, 쿵, 쿵. 부딪치는 강도가 점점 세지고, 급기야 판자에 피가 묻었다. 손으로 이마를 훑었다. 미끄덩한 피가 묻어 나왔다. 불현듯, 생각했다. 여기서 죽어도 상관없겠어. 파카 주머니에는 빳빳한 로프가 들어 있다. 고개를 들어 벽장 위쪽을 봤다. 로프를 묶을 무언가를 찾기 위해. 윗부분에 옷을 걸어 두는 봉이 달려 있다면 좋으련만, 그런 건 없었다. 발바닥을 찔렀던 크기의 녹슨 못 두어 개가 비뚜름히 박혀 있을 뿐이었다. 고작 못 정도가 내 몸무게를 지탱할 수는 없을 것이다. 하지만 어떤 이들은 발이 바닥에 닿는 욕실 수건걸이에, 방문 손잡이에, 목을 맨다고 한다. 그러니까 해 보지 않으면 알 수 없는 일이다.

나는 로프를 꺼내 머리가 들어갈 크기의 고리를 만들었다. 그리고 못 두 개에 로프의 끝을 단단히 묶었다. 시험 삼아 당겨 보려 했지만 그러다 못이 쑥 빠져 버리기라도 한다면 대안이 없었다. 나는 새로 산 흰 스웨터에 화장이 묻을까 봐 조심스레 입는 사람처럼 고리 안에 머리를 넣고 온몸의 힘을 뺐다. 무게 중심이 아래로 쏠리며 목이 조여들었다.

이대로, 이대로 죽으면 모든 게 끝나겠지.

눈을 감고 마지막으로 윤하의 얼굴을 떠올리던 순간, 휙, 목에 가해지던 압박이 멈추며 바닥으로 추락하기 시작했다. 벽장 바닥에 엉덩방아를 찧을 줄 알았는데 한없이 아래로 떨어지고 또 떨어졌다.

추락. 내 인생에 추락할 일은 없다고 생각했었다. 자만심 때문이 아니었다. 워낙 낮은 곳에서 시작했으므로 더 이상 떨어질 곳은 없다고 믿었다. 그것마저 오만이라는 걸 깨닫는 건 어렵지 않았다. 다세대 주택에 살던 우리 가족은 내가 중학교에 입학하자 곰팡이 핀 반지하 방으로 이사 갔다. 엄마는 내 팔자가 어쩌다, 라는 말을 입에 달고 살았을 뿐 아무것도 하지 않았다. 심지어 집 안 구석구석의 곰팡이를 닦아 내는 것도 학교를 다녀온 내 몫이었다. 늦은 밤 돌아온 아빠는 방 한 구석에서 소주 한 병을 들이켜고 연극처럼 코를 골았다.

여기가 끝인가 싶으면 득달같이 불행이 달려왔다. 고등학교 2학년 때 아빠가 집을 나갔다. 엄마는 여전히 아무것도 하지 않았으므로 먹고살 길이 막막했다. 나는 학교를 포기하고 닥치는 대로 아르바이트를 했다. 편의점, 카페, 분식집, PC방…… 그렇게 5년의 세월을 보냈다. 스물셋. 남들은 한창 대학에 다닐 나이였다. 나는 공부 대신 하루 종일 일을 했고, 그해 엄마가 죽었다. 곰팡이 때문에 생긴 농가진이 화농성으로 변하면서 패혈증을 일으킨 것이다. 사라진 아빠는, 엄마의 장례식에도 오지 않았다. 정말 다행스러운 일이었다. 나를 옭아맨 가족이 사라졌다. 텅 빈 장례식장을 홀로 지키며 나는 난생처음, 내 인생에도 어떤 희망이 찾아오리라 생각했다. 그 예감은 맞는 듯했다. 나는 아르바이트하던 분식집에서 매일 김치덮밥을 먹던 남자와 사귀게 됐고, 결혼했다. 평범한 가정에서 자란 평범한 남자였다. 하지만 내게는 구원자나 다름없는 존재였다. 곰팡이가 없는 14층 아파트에 산다는 것만으로도 남편이 요구하는 모든 것들에 순종할 수 있었다.

결혼하고 6년이 지나서야 아이가 생겼다. 딸이었다. 남편은 딸에게 윤하라는 이름을 지어 주고 싶어 했다. 나는 다른 이름을 생각하고 있었지만 남편의 뜻을 거스르고 싶지 않았다. 윤하가 '그 여자'의 이름인 걸 알았다면 절대로 허락하지 않았을 텐데. 엄마가 죽고 나서 희미한 빛을 발하던 나의 운은, 윤하가 태어나고 나서 사그라지기 시작했다.

윤하를 자꾸 부르다 보니 그 애가 그리워져서, 연락해 봤는데 이혼했다더라. 그렇게 된 거야.

윤하가 세 살, 내 나이 서른셋이었다. 내 앞에서 남편이 무릎을 꿇었다. 울며불며 자신의 사랑을 인정해 달라고, 양육비는 물론이고 위자료로 아파트를 주겠다고 했다. 또다시 내 인생에 추락의 시기가 찾아왔다고 직감했다. 하지만 경제적인 추락이 아닌 감정적인 추락이라면, 얼마든지 견딜 수 있다고 생각했다. 그것도 오만이었다. 감정의 추락이란 건…….

엄청난 소리와 함께 바닥으로 내동댕이쳐졌다. 빠직, 어딘가 부러지는 듯한 소리도 났다. 발목이 부러진 것 같았다. 고통에 찬 비명이 메아리처럼 울려 퍼졌다. 메아리? 쿰쿰하고 비릿한 냄새가 코를 찔렀다. 축축하고 차가운 돌바닥. 내가 떨어진 곳은 우물 안이었다. 일정한 크기의 돌을 차곡차곡 쌓아 만든 우물. 눈이 어둠에 익숙해지자 이상한 각도로 꺾인 오른발이 보였다. 바짓단은 피로 젖어 있었다. 뼈가 살을 찢고 나온 것 같았지만, 굳이 확인하고 싶지는 않았다. 이번에야말로 과다 출혈로 죽을 수 있겠다. 물론 이렇게 고통받으며 서서히 죽어 가길 원한 건 아니었다. 그렇다고 딱히 방법이 있는 것도 아니었다.

목이 말랐다. 몸에서 피가 빠져 나가니 더욱 갈증이 나는 것 같았다. 죽을 때 죽더라도 목구멍이 찢어지는 듯한 갈증은 달래고 싶었다. 궁하면 통한다고 했었나. 똑, 똑, 물 떨어지는 소리가 들렸다. 좁은 우물 바닥을 샅샅이 훑어봤다. 유난히 색이 짙은 돌이 있었고, 그 돌 사이에 물이 고여 있었다. 나는 혀로 젖은 돌을 핥았다. 씁쓸한 이끼 맛이 났지만 멈추지 않고 혀를 놀렸다. 겨우 입을 축이고 우물 벽을 올려다봤다. 손을 뻗으면 닿을 만한 곳에 툭 튀어나온 돌 하나가 눈에 띄었다. 돌 틈으로 새어 나오는 어슴푸레한 빛. 나는 돌을 움켜쥐고 힘껏 잡아당겼다. 돌은 썩은 이빨처럼 허무할 정도로 쉽게 빠져 나왔다.

돌 틈으로 회색 풍경이 보였다. 그곳에서 풍겨 오는 역겨운 냄새, 배설물과 소독약이 뒤섞인, 썩어 가는 시체에 락스를 퍼부은 듯한 악취…… 그곳이 어딘지 기억해 내는 데는 오랜 시간이 걸리지 않았다. 정신병원, 정확히 말하면 내가 있던 입원실이었다. 한쪽 눈에 붕대를 감고 낡은 침대 위에 걸터앉아 있는 나. 붕대에는 연다홍색 피가 배어 나와 있었다. 멀쩡한 한쪽 눈은 초점이 없고, 얼굴에도 생기라고는 찾아 볼 수 없어, 예순에 접어든 여인이라고 해도 믿을 수 있을 정도였다. 나는 아직 서른여덟인데, 아니 그때는 서른다섯이었잖아. 내가 저렇게 된 건 윤하 때문이지. 윤하 년만 없었다면, 그년만 태어나지 않았다면. 무슨 생각을 하는 거야. 윤하는 사랑스러운 내 딸이잖아. 아니야. 그년은 내 딸이 아니야. 심지어 나보다 나이도 두 살이나 많다고. 남편을 빼앗아 간, 남편의 첫사랑. 혼란스럽다. 내가 증오하는 건 그 여자지, 내 딸이 아니었다. 나는 윤하를 죽이지 않았다. 그런데 남편, 시어머니, 시외삼촌…… 그들은 내가 윤하를 죽였다고, 저년이 완전히 미쳤다고 나를 비난했다. 그리고 나를 정신병원에 처넣었다. 침대에 앉아 창살 사이로 보이는 누런 하늘을 바라보던 내가 돌연 고개를 돌려 우물 안의 나와 시선을 맞췄다.

하지만 14층에서 떨어지면 죽는 게 당연하잖아?

내 얼굴이 나를 바라보며 물었다. 나는 눈을 감고 귀를 틀어막았다. 그런데도 우물 안에 쩌렁쩌렁 울리는 내 비명 소리를 들을 수 있었다. 성대가 찢어질 때까지 소리를 질러 대고 싶었지만, 결국 과호흡 상태에 빠지고 말았다. 숨을 쉴 수 없었고, 정신이 혼미해졌다. 무언가가 나를 잡아당겼고 저항할 기력도 없었다. 나는 진공청소기에 빨려 들어가는 벌레처럼 위로, 위로 향하고 있었다.

정신을 차려 보니 도로 벽장 안이었다. 온몸에서 피가 다 빠져 나간 느낌. 지금껏 죽지 않았다는 사실이 감탄스러울 뿐이다. 벽장 구멍에서 새어 나오는 은은한 빛. 아직도 내게 보여 줄 게 남았단 말인가? 그렇다면 사양하지 않겠다. 나는 몸을 웅크리고 구멍에 눈을 맞췄다. 거실 한가운데서 피 묻은 삼각자를 든 윤하가 울고 있었다. 방 안에서 울부짖는 내 목소리가 들렸다.

안 돼, 내 눈. 내 눈!

역시, 그날이었다. 남편이 설계할 때 쓰던 철제 삼각자. 내가 몇 번이나 윤하에게 가지고 놀지 말라고 했던 그것. 자기 물건이라면 양말 한 짝까지 다 챙겨 간 남편이, 왜 하필 삼각자를 남겨 두고 갔을까. 오른쪽 눈에서 피를 흘리며 나온 내가 윤하를 다그쳤다. 그 애의 손에서 삼각자를 빼앗았다. 날카로운 날에 작은 손바닥이 베어 피가 흘렀다. 아이가 더 크게 울었다. 나는 그 애의 방으로 가서 장난감 상자를 가져왔다. 그리고 베란다로 가서 그 애가 아끼는 인형과 로봇과 구슬들을 버렸다. 베란다에 따라 나온 아이는 안 된다며 울부짖었다. 마지막으로 빨간 삼각형 나무 블록을 들었을 때, 아이는 내 손에 들린 블록을 빼앗으려 펄쩍펄쩍 뛰었다. 나는 아이의 눈앞에 빨간 블록을 확인시키듯 보여 주고 14층 아래로 던져 버렸다. 아이는 그걸 잡기 위해 베란다 난간에 올라서 손을 뻗었다. 무게 중심이 머리로 쏠리는 건 한순간이었다. 아이는 빨간 삼각형을 따라 14층 아래로 떨어졌다. 바닥에 아이의 머리가 닿는 순간 들려온, 타조 알이 깨지는 듯한 소리. 아이의 머리에서 흘러나온 피는 삼각형이 아닌 별 모양이었다.

자동문처럼 벽장문이 스르륵 열렸다. 비로소, 모든 것이 끝났다는 것을 알 수 있었다. 일어서서 걷는 건 불가능했다. 나는 족자 앞으로 기어가 간신히 벽을 짚고 일어났다. 여인의 머리카락은 다시 족자 밖으로 자라나 있었다. 수전증에 걸린 인형사가 조종하는 마리오네트처럼 온몸이 후들거렸다. 제멋대로 흔들리는 손을 뻗어 여인의 회색 머리카락을 옆으로 젖혔다.

여인의 얼굴에는 눈이 없었다.

한쪽 눈은 오래전 잃은 듯 검은 동굴처럼 움푹 파여 있었고, 다른 한쪽 눈은…… 눈알을 막 뽑아낸 듯, 진득한 검은 피로 범벅이 된 시신경 다발이 주렁주렁 매달려 있었다. 여래불상처럼 앞으로 내민 손 위에는 천장을 향해 홉뜨고 있는 눈알이 올려져 있었다. 낮은 웃음소리가 귓가에 울렸다.

나는 오른쪽 눈에 손을 가져갔다. 눈꺼풀 아래 손을 대고 약간의 힘을 가하자 유리 눈알이 툭, 바닥으로 떨어졌다. 움푹 파인 허전한 공간을 손끝으로 살살 만져 보았다. 3년이 지났지만 도저히 익숙해지지 않는 느낌이었다.

뭘 망설이고 있어? 이야기가 어떻게 끝나야 하는지 알고 있잖아?

족자 속 여인이 쉰 목소리로 말했다. 나는 왼쪽 눈으로 손을 가져갔다. 눈꺼풀을 들어 올리고 손톱을 세웠다. 손끝에 전혀 힘이 들어가지 않았다. 몇 번이고 이를 악물었지만 불가능한 일이었다. 결국 무릎을 꿇고 주저앉아 버렸다. 남아 있는 왼쪽 눈에서 쉴 새 없이 눈물이 흘러내렸다. 족자 속의 손이, 뱀 대가리처럼 스멀스멀 비어져 나왔다. 눈을 감고 추한

구원의 손을 기다렸다.

이윽고 내게 다가온 손이 위로하듯 내 머리를, 얼굴을, 턱을 쓰다듬었다. 서늘하고 건조한 손. 마른 풀 냄새. 턱으로 내려갔던 손끝이 다시 볼을 타고 눈두덩으로 올라왔다. 나도 모르게 주먹을 꽉 쥐었다. 손톱이 눈꺼풀을 사정없이 찢었고, 꿀쩍꿀쩍 소리를 내며 눈알을 파내려 애썼다. 이상하다. 손가락이 눈알을 헤집는 감각은 또렷한데 마취를 한 것처럼 아프지가 않다. 미끈한 눈두덩 위에서 왔다 갔다 하던 손가락이 어느 순간 눈알 뒤로 쑥 넘어갔다. 두두둑, 신경 다발이 끊어지는 느낌. 망막에 검은 잉크를 쏟아부은 듯 어두워지는 시야. 벌어진 입술 사이로 낮은 웃음이 새어 나왔다. 족자의 손이, 내 손바닥 위에 매끈하고 축축한 눈알을 올려 주었다. 아직 온기가 남아 있는 눈알. 나는 눈알이 바닥으로 떨어지지 않도록 손을 오므렸다. 까르륵, 혀 없는 아이의 웃음소리가 들려왔다.

양꼬치의 기쁨

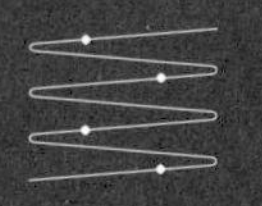

1.

우리 집 앞에 양꼬치집 생겼던데 가 보자.

아내가 말했다.

거기 맛없어.

남편이 말했다.

가 봤어?

응.

누구랑?

애인이랑.

이런 식이다. 남편은 언제나 뜻 모를 농담을 했다. 아니, 진담인지도 모른다.

아내는 혼자서 집 앞에 새로 생긴 양꼬치집에 갔다. 목요일 저녁인데, 요즘 회식은 목요일에 많이 한다던데, 손님이 한 명도 없었다. 이러다가는 양꼬치집도 망할 것 같았다. 그곳은 양꼬치집을 하기 전에 순댓국집, 순댓국집을 하기 전에 칼국수집, 칼국수집을 하기 전에 추어탕집이었다. 아내가 이 동네로 이사를 온 게 2년 전이니까 2년 동안 부지런히 망하고 간판을 바꿔 달고 새로운 가게가 들어선 것이다. 아내는 시장조사도 하지 않고 가게를 인수하는 주인들을 이해할 수 없었다. 그리고 추어탕집에도, 칼국숫집에도, 순댓국집에도 가지 않았다. 손님이 없는 집에 가고 싶지 않은 마음도 있었지만, 어차피 아내가 좋아하는 메뉴도 아니었다.

양꼬치는 달랐다. 아내는 양꼬치를 좋아했다. 아내는 기름이 자글자글 배어 나오는 고소한 양꼬치와 함께 마시는 칭따오 한잔의 행복을 아는 사람이었다.

양꼬치 주세요.

아내가 주방 앞쪽의 테이블에 앉았다. 주방 안에서 검은 앞치마를 두른 주인아주머니가 나왔다. 키도 훤칠하고 어깨도 어찌나 넓은지 늠름한 장군 같았다.

양꼬치 2인분부터만 되는데요. 식사 같은 거 드세요.

몸집이 큰 주인아주머니는 친절하지도 불친절하지도 않은 말투로 말했다. 2인분이면 양꼬치 스무 개다. 아내는 열다섯 개 정도는 너끈히 먹을 수 있었다.

그래요? 그럼 2인분 주세요.

없는데요.

네?

꼬치가 없어요.

조금 전에 2인분부터만 된다면서요.

그렇게 말하면 안 먹을 줄 알았죠.

여기…… 양꼬치집이잖아요?

그렇죠.

근데 양꼬치가 없어요?

네.

그럼 뭐가 있어요?

추어탕, 칼국수, 순댓국이요.

하.

아내는 기가 막혔다. 양꼬치집에서 양고기가 아닌 걸 먹을 생각은 없었다. 아내는 벽에 붙은 메뉴판을 봤다. 양꼬치 10개 13,000원. 양다리, 양갈비 시가.

저 고기 먹을 건데요. 그럼 양갈비 주세요.

갈비도 없어요.

네? 양다리는요?

다리도 없어요.

왜요?

고기가 다 떨어졌어요.

고기가 떨어졌음 사야죠! 장사 안 해요?

그게, 고기를 살 수가 없어서요.

주인아주머니가 심드렁한 얼굴로 말했다. 설마, 고기를 살 수 없을 정도로 장사가 안 된단 말인가? 아내는 여기에서 나가야 하나 잠시 고민했다.

식사류는 팔아요. 주로 점심 장사죠.

주인아주머니가 친절하려고 노력했다.

아니, 그래도 여기 양꼬치집이잖아요!

아내가 목소리를 높이자 주인아주머니가 어깨를 으쓱했다. 아내는 약간 포기하는 마음으로 수저통 옆에 놓인 메뉴판을 끌어당겼다. 정 안 되면 꿔바로우에 칭따오라도 한 병 마시고 돌아갈 생각이었다.

'남편 양꼬치'

비닐 코팅된 메뉴판 위에 손으로 대충 적은 상호가 눈에 들어왔다. 남편이라는 단어는 사인펜으로 여러 번 겹쳐 쓴 듯 다른 글자보다 두꺼웠다. 남편 양꼬치라니, 아내의 정수리가 따끔했다. 스노우볼 속의 마을에나 내리칠 듯한 아주 작은 번개를 맞은 것처럼. 남편이라, 남편이란 말이지. 아내는 저도 모르게 혼잣말을 했다. 주인아주머니는 그런 아내를 참을성 있게 지켜보았다.

그러니까 남편 양꼬치라는 거죠?

아내가 물었다.

네.

주인아주머니가 대답했다.

그래서 고기를 살 수 없군요. 살 수 있는 고기가 아니니까.

메뉴판을 열어 보지도 않은 아내가 주인아주머니를 보며 말했다. 주인아주머니는 친근한 눈빛이 되어 고개를 끄덕였다.

안타깝게도 제 남편은 하나뿐이니까요.

재혼은 안 하세요?

아직 예정이 없네요.

그럼 제 남편은 어떨까요?

남편이라면 다 괜찮답니다.

그럼 부탁합니다.

주인아주머니는 새벽에 도살하는 것이 좋다고 했다. '양'이 곤하게 잠들었을 때 잡는 것이 윤리적인 도살 방식이라고 했다. 이후 몇 분 동안 양을 죽이는 과정에 대한 설명이 이어졌다.

질문…… 있는데요.

설명이 끝나자 아내가 주저하며 말했다. 주인아주머니가 눈썹을 올리고 아내를 쳐다봤다.

씻겨야 하나요?

네?

그러니까, 남편이 잘 안 씻거든요.

전혀 상관없어요. 어차피 껍데기는 벗겨 버리니까요.

아.

아내는 빨갛게 껍질이 벗겨진 남편을 상상했다. 어릴 때 진짜 시체로 만든 인체 표본을 본 적이 있어서 그런 모습을 상상하기란 어렵지 않았다.

또 궁금한 거 있어요?

아뇨.

그럼 새벽 두 시에 집으로 갈게요.

아내는 주인아주머니에게 집 주소와 도어락 비밀번호를 가르쳐 주었다. 주인아주머니가 카운터로 가더니 가게 명함을 한 장 꺼내 아내에게 건넸다.

혹시라도 마음이 바뀌게 되면…….

그럴 일 없어요. 꼭 와 주세요.

아내는 양꼬치를 먹을 수 있게 되어 기뻤다.

집에 오는 길, 아내는 남편에게 전화를 걸었다.

왜.

수화기 너머의 남편이 말했다.

언제 와?

아내가 물었다.

몰라.

대충.

열두 시?

알았어.

끝?

끝.

남편과의 통화는 언제나 경제적이었다. 둘 사이를 더욱 경제적으로 유지하기 위해 아내는 특별한 용건이 없는 한 남편에게 전화를 걸지 않았다. 하지만 오늘은 특별한 날이니까 귀가 시간을 확인해 둘 필요가 있었다.

밤 열한 시. 남편이 집에 왔다. 술에 취하면 늘 그렇듯 남편은 벌게진 얼굴로 흥얼흥얼 노래를 불렀다. 화장실에 가서 오줌을 누고 손을 씻지 않고 나와 소파에 널브러졌다. 남편의 머리카락에서는 양념 갈비 냄새가 났다. 갈비라면 소주를 먹었겠군. 와인을 먹고 왔다면 더 맛있게 숙성될 수 있을 텐데. 엎어진 채 코를 골기 시작한 남편을 보며 아내는 몹시 아쉬워했다.

2.

새벽 두 시, 남편의 코 고는 소리가 일정해졌다. 아내는 평소처럼 불을 끄고 침대에 누워 있었지만 평소와 달리 눈을 뜨고 현관에서 들리는 소리에 온 신경을 기울였다.

마침내 현관문이 열리는 소리가 들렸다. 아내는 고민했다. 나가 봐야 할까? 그 장면을 직접 보는 게 나을까? 호기심이 들지 않는 건 아니었지만 그냥 자는 척하기로 했다. 아내는 머리끝까지 이불을 뒤집어썼다. 스윽, 바람을 가르는 소리가 들렸다. 아마도 남편의 목을 가르는 소리겠지. 곧이어 뭔가 깨지는 소리도 들렸다. 티 테이블 위에 놓아둔 꽃병일 것이다. 미리 치워 놓을 걸 그랬어. 쿵, 쾅, 윽, 퍽. 소리는 계속되었다. 윽, 하는 소리는 남편의 목소리였다. 가만, 설명과 다르잖아. 경동맥을 가르면 한칼에 죽는다고 했는데?

이봐요, 자는 거 아니죠? 빨리 나와 봐요!

주인아주머니가 숨죽여 외쳤다. 뭔가 잘못됐구나. 아내는 이불을 홱 젖히고 거실로 나갔다. 남편이 목에서 피 분수를 뿜으며 주인아주머니와 엎치락뒤치락하고 있었다. 찰나의 순간이었지만 아내의 눈에는 그 장면이 에로틱하게 보였다. 비쩍 마른 남편은 놀랍게도 거구의 주인아주머니에게 밀리지 않았다. 남편이 주인아주머니의 위에 올라타 목을 조르기 시작했다. 주인아주머니의 둥그런 얼굴에 남편의 목에서 흘러나온 피가 뚝뚝 떨어졌다.

뭘 보고만 있어요?

얼굴이 시뻘겋게 물든 주인아주머니가 아내를 책망했다. 그제야 정신이 든 아내는 주방으로 달려가 고기 써는 네모난 칼을 집어 들었다. 그리고 혹시나 해서 그 옆에 있던 끝이 뾰족한 과도도 챙겼다.

거실로 돌아와 보니 남편에게 목이 졸린 주인아주머니가 죽어 가고 있었다. 남편의 손아귀 힘이 그렇게 셀 거라고는 상상도 하지 못했다. 생수 뚜껑을 따 달라고 해도 오만상을 찌푸리며 기합을 넣던 남편이었다. 그냥 주인아주머니가 죽게 놔둘까? 소도 암소가 더 맛있잖아. 비쩍 마른 남편보다는 살집이 좋은 주인아주머니가 더 맛있을 거야. 아내는 마블링이 좋은 살코기를 떠올리며 군침을 삼켰다. 그러나 아내에게는 뼈와 살을 발라내는 발골 기술이 없었다. 남편은 아내를 위해 절대로 뼈를 발라 줄 사람이 아니었다. 9년의 결혼 생활 동안 생선 가시도 발라내 준 적이 없는 남편이었다.

역시 계획대로 해야겠어.

아내는 주인아주머니의 목을 조르는 남편의 정수리에 고기 써는 칼을 내리찍었다. 영화에서 본 것처럼 정수리에 콱 박힐 줄 알았던 칼날은 남편의 해골이라는 단단한 장벽을 넘지 못하고 뚝 부러져 나갔다. 헨켈을 샀어야 해. 아내는 칼 손잡이를 쥔 채 마트에서 행사하는 중국제 칼을 산 걸 후회했다. 으이익, 남편이 괴상한 소리를 내며 뒤를 돌아봤다. 아내는 피로 뒤덮인 남편의 얼굴을 볼 자신이 없었다. 그래서 눈을 맞추지 않고 목덜미의 오목한 부분에 과도를 찔러 넣었다. 칼이 빨려 들어가듯 남편의 목을 관통했다. 남편이 앞으로 고꾸라졌고 주인아주머니는 큰 몸을 날쌔게 옆으로 굴려 남편에게서 벗어났다. 쿨럭쿨럭. 주인아주머니가 목젖을 어루만지며 기침을 했다. 아내는 냉장고에서 시원한 생수를 꺼내다 주었다. 생수 뚜껑을 단번에 따서 물을 벌컥벌컥 마신 주인아주머니는 아무 일도 없었다는 듯 목을 두어 번 돌렸다. 그리고 고무장갑 낀 손으로 얼굴의 피를 닦았다.

그쪽, 제법 솜씨가 있네요.

주인아주머니가 말했다.

제가요?

네. 저랑 동업하실래요?

좋아요.

아내가 활짝 웃었다.

3.

그날 밤 두 사람은 밤새 일을 했다.

주인아주머니는 남편의 뼈와 살을 분리했고, 아내는 살 부스러기 같은 자투리를 모아 꼬치에 꿰었다. 갈비뼈를 손질하던 주인아주머니는 갈비 두 대를 잘라 내어 숯불에 구웠다. 구수하고 노릿한 냄새를 풍기며 갈비가 익어 갔다. 아내는 침이 꼬치에 떨어지지 않도록 스으읍 침을 삼키며 입술을 훔쳐야 했다.

시장할 텐데 먹어요.

주인아주머니가 잘 구워진 갈빗대 하나를 건네주었다. 하나는 이미 자신의 입으로 들어가고 있었다.

감사합니다.

두 사람은 작업을 멈추고 갈비 뜯는 일에 열중했다. 고요한 주방에 짭짭, 고기 씹는 소리만 울렸다. 아내의 눈에서 눈물이 나왔다. 너무 맛있어서, 저절로 나오는 눈물이었다. 양념도 하지 않았는데 이렇게 맛있을 줄은 몰랐다. 이럴 줄 알았으면 입이 심심할 때 남편의 손가락이라도 하나씩 잘라 먹을 걸. 아내는 눈물을 흘리며 열심히 고기를 씹어 삼켰다.

거기 냄비에 물 좀 올려 줘요.

주인아주머니는 말끔히 발라 먹은 갈비뼈를 쓰레기통에 던지고 다시 뼈를 발라내기 시작했다. 아내는 밑바닥이 새까만 양은 냄비에 물을 받아 가스 불 위에 올렸다. 달각달각 소리를 내며 물이 끓기 시작할 때쯤 주인아주머니는 발골을 마쳤다. 그리고 손에 들고 있던 뭔가를 끓는 물 속에 집어넣었다.

저게 숙회로 먹으면 쫄깃하면서도 야들야들한 게 감칠맛이 나거든.

하지만 가뜩이나 씻기 싫어하는 남편이 사타구니 사이의 그것까지 꼼꼼하게 씻었을 리가 없다. 아내는 그것을 먹지 않기로 했다. 아무리 감칠맛이 난다고 해도 난 먹지 않을 거야.

뒷정리를 하던 아내는 주방 쓰레기통에 버려져 있는 남편의 머리를 보았다. 아내는 귀가 없는 남편의 머리를 두 손으로 집어 들었다. 그리고 머리숱이 없어져 더 넓어진 그의 이마에 살포시 입을 맞췄다.

여보, 잘 먹을게.

4.

금요일 저녁, 아내는 여왕처럼 테이블에 앉아 양꼬치를 먹었다. 주인아주머니는 이제 동료가 된 아내에게 귀한 손님 대접을 해 주었다. 1인분에 열 개인 양꼬치를 열한 개 주었고, 서비스로 지삼선과 마라탕을 내왔다. 그 많은 음식을 혼자 먹을 수 없었던 아내는 주인아주머니에게 합석을 청했다.

고맙지만 사양할게요.

주인아주머니는 상냥하게 거절했다. 양꼬치 냄새를 맡고 몰려든 손님들을 맞이하느라 바빴기 때문이다.

열두 개의 테이블이 가득 차고, 2인용 테이블 하나만 남았을 때 머리가 하얀 할머니가 들어왔다. 할머니를 보자 주인아주머니는 발을 밟힌 강아지 같은 소리를 내며 달려 나갔다. 꼬리가 있다면 꼬리도 칠 기세였다.

어머니, 어서 오세요.

주인아주머니는 주문도 받지 않고 할머니의 테이블에 양갈비와 연태고량주를 내왔다. 그리고 남편의 '그것'을 삶은 숙회도 내왔다. 순대처럼 일정한 크기로 썰려 있는 그것 옆에는 빨간 초고추장과 초록색 깻잎이 놓여 있었다. 아내는 아득한 옛날 그것이 자신에게 기쁨을 주었던 때도 있었다는 사실을 기억해 냈다. 그러자 어쩐지 애틋한 마음이 들었다. 아내는 자리에서 일어나 할머니가 앉아 있는 테이블로 갔다.

실례가 되지 않는다면 여기 앉아도 될까요?

할머니가 온화한 미소를 지으며 고개를 끄덕였다. 아내는 할머니의 맞은편에 앉았다. 주인아주머니가 무슨 일인지 궁금해하는 얼굴로 다가왔다.

이분과 합석하고 싶어서요.

아내가 말했다. 주인아주머니는 좋은 생각이라고 했다.

어서 먹어 봐요.

할머니가 눈으로 숙회를 가리키며 말했다. 아내가 온 이유를 다 알고 있다는 표정이었다.

그럼 감사히 먹겠습니다.

아내는 젓가락으로 가운데 토막을 집어 입에 넣었다. 끝부분을 먹을 자신은 없었다.

과연, 맛이 있었다. 아내는 할머니의 눈치를 보고 그것을 한 개 더 집어 먹었다. 음, 신음이 저절로 새어 나왔다. 아득한 옛날, 그것으로 인해 느꼈던 기쁨보다 훨씬 큰 기쁨이었다.

토요일 내내 양꼬치집은 손님으로 북적거렸고, 주말이 지나기도 전에 고기는 동이 났다. 일요일 밤 가게 문을 닫으려는데 단발머리 여자가 안으로 들어왔다. 아내와 주인아주머니가 동시에 여자를 봤다.

저 혼자 왔는데요. 양꼬치 먹을 수 있어요?

여자가 물었다. 박하사탕처럼 듣기만 해도 시원한 목소리였다.

꼬치가 없어요.

아내가 말했다.

그럼 양갈비 먹을게요.

고기가 다 떨어졌어요.

이번에는 주인아주머니가 말했다.

여기 남편 양꼬치 맞죠?

여자가 벽에 붙은 메뉴판 옆의 상호를 가리키며 물었다.

맞아요.

주인아주머니가 답했다. 여자는 잠시 자신의 손톱을 내려

다보다가,

저도 남편은 있는데요.

라며 생긋 웃었다.

뒤로 가는 사람들

★ 2020년 《꼬리가 없는 하얀 요호 설화》(제3·4회 타임리프 공모전 수상 작품집) 수록

무작정 집을 뛰쳐나왔다. 누군가 내 귓구멍에 젓가락을 넣어 뇌를 휘저어 대는 기분이었다. 미지근한 밤공기가 몸을 조여 왔다. 멈춰 서면 토할 것 같았다. 그래서 달렸다. 빨간불을 무시하고 횡단보도를 건너자 차들이 급정거하며 경적을 울려 댔다. 나는 양재천으로 내려갔다. 한밤처럼 어두웠지만 산책하는 사람들이 많이 있었다. 시계를 봤다. 8시 20분이었다. 사람들과 자전거를 피해 달렸다. 숨이 차올랐다. 목구멍 안쪽에서는 녹슨 못을 씹는 맛이 났다. 폐가 폭발할 것 같았다. 그래도 달려야 했다. 그렇지 않으면 미쳐 버릴 테니까.

뭔가 이상했다. 나는 속도를 늦췄다. 사람들이 뒤로 걷고 있었다. 처음에는 그저 아주머니들의 운동법이겠거니 했다. 그런데 아주머니들만이 아니었다. 젊은 커플도, 아저씨도, 할아버지도, 하나같이 뒤로 걷고 있었다. 뒤로 걷기 행사라도 하나? 그러기엔 너무 늦은 시간이었지만, 슬쩍 길옆으로 비켜서 걸었다.

땀이 배어난 목덜미를 쌀쌀한 바람이 훑고 지나가자 등줄기에 소름이 돋았다. 한순간 현기증이 일어 몸이 앞으로 기울었다. 그때 내 옆으로 자전거가 지나갔다. 거의 나를 칠 뻔한 빨간 자전거는, 뒤로 달리고 있었다. 나도 모르게 헉, 소리가 나왔다. 고개를 돌려 자전거를 쳐다봤다. 페달을 거꾸로 돌리고 있는 남자의 얼굴은 고글과 마스크로 가려져 있었다. 잠깐, 페달을 뒤로 돌린다고 자전거가 뒤로 가나? 다른 때 같으면 신기한 구경을 했다며 웃고 말았을 테지만, 오늘은 신경이 곤두서서 그럴 기분이 아니었다. 어찌 됐든 더 달릴 기운도 없어 멍하니 남자의 자전거를 쳐다보고 있는데, 뒤로 가던 자전거가 갑자기 정상적인 방향으로 달려왔다. 순식간에 나와의 거리를 좁히는 자전거를 피해 옆으로 물러났고, 자전거는 아까와 정확히 같은 속도로 나를 지나쳐 갔다.

나는 눈을 질끈 감았다가 떴다. 아주머니들도, 산책하는 사람들도, 뒤로 걷는 마법이 풀린 것처럼 앞으로 걷고 있었다. 시간에 대해 약간의 강박을 가진 나는 습관처럼 시계를 봤다. 8시 25분이었다.

머리가 어떻게 되어 버린 걸까. 잠시 눈을 뜬 채 꿈을 꾼 건지도 모르겠다. 극도의 스트레스 상황에서는 뇌가 정상적으로 작동하지 않는 경우도 있으니까. 그래. 피한다고 해결될 일이 아니다. 집에 들어가자.

•

"어머, 이 시간에 집에 웬일이에요?"

엘리베이터가 없는 5층 빌라를 힘겹게 올라가 현관문을 열자, 소파에 앉아 드라마를 보고 있던 아내가 나를 돌아보며 말했다. 온몸의 피가 순식간에 빠져 나가는 느낌. 아내는 분명 죽었는데, 내가 이 두 손으로 목 졸라 죽였는데. 저건 도대체…….

"여보, 뭐해요? 얼른 들어와요. 시원한 거라도 줄까요?"

아내가 자리에서 일어나 내게 다가왔다. 아무리 봐도 귀신이나 유령으로 보이지는 않았다. 그렇다면 내가 착각했다는 얘기다. 저 엉큼한 여자라면 죽은 척했을 수도 있다. 그런데 무슨 꿍꿍이로 이렇게 태연하게 있는 거야?

"여보, 괜찮아요?"

아내의 손이 내 어깨에 닿았다.

정신을 차리고 보니 손이 피범벅이었다. 바닥에는 피 묻은 식칼이 보였다. 이제 정말 끝이다. 긴 한숨이 나왔다. 젠장, 아까 목 졸라 죽였을 때 한 번에 죽었으면 좋잖아. 끝까지 골치 아프게 하는 여자다. 계획적인 살인은 아니었지만, 이미 죽였다고 생각해서 그런지 놀라울 만큼 차분한 심정이었다. 시체를 끌고 욕실로 향했다. 믿을 수 없을 정도로 무거웠다. 일부러 온몸에 힘을 주고 버티는 것 같았다. 입에서 욕이 절로 터져 나왔다. 간신히 끌고 가 욕실 문을 열고 욕조 안에 억지로 밀어 넣었다. 제대로 하려면 토막 내서 처리해야 할 것 같은데 지금은 엄두가 나지 않았다. 급한 대로 선풍기를 싸 놨던 비닐을 벗겨 시체 위에 씌웠다. 아내의 체구가 작긴 했지만 선풍기 비닐로는 허리께까지밖에 덮이지 않았다. 가만, 지금 비닐 쪼가리가 문제가 아니지. 거실로 나와 바닥에 흥건한 피를 닦아 냈다.

아내가 실종됐을 때 의심할 사람이 누가 있을까. 아내의 아버지는 집을 나간 지 20년이 넘었다고 했으니 지금 와서 딸을 찾아올 확률은 무시해도 될 수준이었다. 아내의 어머니는 우리 결혼식을 3개월 앞둔 날 밤, 심장마비로 사망했다. 하나밖에 없는 동생은 몇 푼 안 되는 유산과 보험금을 차지하려고 이모들과 작당해 자기 언니의 머리끄덩이를 잡았다. 그 후 아내는 동생을 만난 적이 없다. 약간의 우울증과 내향적인 성격 탓에 이렇다 할 친구도 없었다. 아이도 없는 아내에게는 내가 전부였다.

결혼 초기에는 좋았다. 한 사람의 에너지가 온전히 내게 집중될 때의 포만감이란. 그러나 포만감은 조금만 지나쳐도 불쾌감으로 바뀐다. 결혼 1주년 기념 여행. 시원한 바닷바람이 부는 제주도에서 내 팔짱을 꼭 낀 아내의 웃는 얼굴을 보던 나는 가슴이 턱 막혀 오는 걸 느꼈다. 그제야 나는 깨달았다. 나에 대한 아내의 사랑은 사랑이라기보다 집착에 가까운, 아니 집착이라기보다 개미지옥 같은 함정이라는 표현이 더 어울린다는 것을. 아내는 나를 위한 개미지옥을 파 놓고, 독으로 마취시켜 서서히 나를 파먹어 들어가고 있었다.

대충 집 안을 청소하고 나니 밤 11시가 넘었다. 침실에 딸린 작은 욕실에서 간단히 샤워를 했다. 침대에 누웠지만 욕실에 시체가 있다고 생각하니 쉽게 잠이 오지 않았다. 완벽한 시체 처리를 위해서는 최대한 조심해야 한다. 실수는 용납되지 않는다. 토막 낸 시체를 깊은 산속에 가져다 버리고 실종신고를 한 다음 슬픔에 빠진 남편 역할만 잘 해내면 딱히 의심받을 일은 없을 것이다. 내일은 출근을 하고 금요일인 모레, 휴가를…… 아니지. 그냥 주말에 처리하는 게 좋겠다.

오전 8시 40분. 출근해 보니 책상 위에 커피가 놓여 있었다. 금방 올려다 놓은 듯 종이컵이 뜨거웠다.

"어, 커피 누구야? 고마워. 잘 마실게."

희수를 향해 눈을 한번 찡긋하고 일부러 모르는 척 시치미를 뗐다. 그러자 희수가 웃으면서 다가와 내 책상에서 커피를 가져가며 무언가 중얼거렸다.

"뭐? 지금 뭐라고 한 거야?"

목소리를 잔뜩 낮춰 물었지만, 희수는 대답도 하지 않고 뒷걸음질로 사무실을 나갔다. 아침부터 회사에서 무슨 장난질이야. 남들이 눈치채면 어쩌려고. 당장 불러 따지고 싶었지만 담배나 한 대 피우며 참기로 했다.

"나 담배 피우러 갈 건데, 윤 대리도 같이 갈래?"

나는 윤 대리의 자리 뒤로 가며 물었다. 윤 대리는 보고서를 작성하느라 열심이었다. 무슨 보고서를 쓰나 그의 모니터를 들여다본 순간 내 눈을 의심해야 했다. 손가락은 바삐 자판을 두드리는데 문서는 점점 지워지고 있었다. 마치 영화를 보다가 뒤로 감기를 눌렀을 때처럼. 모니터에 시선을 고정한 채 몇 번이나 눈을 깜박였지만 소용없었다. 머릿속에서 어제 저녁에 본, 뒤로 가던 사람들의 영상이 겹쳐졌다. 목덜미 뒤로 벌레가 기어가는 것처럼 굼실거리는 느낌이 들었다. 윤 대리에게 괜찮으냐고 묻고 싶었지만 입 밖으로 말이 새어 나오지 않았다. 간신히 고개를 들어 사무실을 둘러봤다. 사람들의 행동이 어딘가 부자연스러웠다. 새어 나오려는 신음을, 어금니를 꽉 깨물며 참았다.

"어, 과장님 무슨 일 있어요?"

다음 순간 윤 대리의 목소리가 들렸고, 사람들이 자연스럽게 움직였다. 디지털 벽시계의 빨간 숫자는 08:44. 일단 사무실을 벗어나고 싶었다.

"아, 아니, 담배나 한 대 피우자고."

나는 윤 대리와 함께 옥상으로 올라갔다. 아무렇지도 않은 얼굴을 하려 애썼지만, 의지와 상관없이 입가가 씰룩거렸다. 아래를 내려다보며 연기를 뱉어 내다 별일 아닌 듯 물었다.

"윤 대리, 좀 아까 뭐 이상한 점 없었어?"

"언제요?"

"내가 담배 피우러 가자고 했을 때."

"아뇨. 왜요?"

"아니, 내 말은…… 그러니까, 뭔가 뒤로 돌아가는 거 같았다거나……."

"뒤로 돌아요? 무슨 말씀인지 잘 모르겠는데요."

윤 대리는 아무것도 느끼지 못한 눈치였다. 자세히 설명했다가 나만 미친 사람 취급을 당할 수도 있을 것 같아 입을 다

물었다.

“과장님, 뭐 안 좋은 일 있어요? 얼굴색 완전 별론데.”

“그냥, 좀 피곤해서.”

“에이, 어제 또 사모님하고 뜨거운 밤…….”

“쓸데없는 소리 하지 말고 들어가자.”

자리로 돌아와 팀장이 지시한 자료를 만들며 인터넷으로 김장 비닐과 대형 캐리어를 검색해 봤다. 내구성으로 따지면 하드 타입이 좋을 텐데. 아무리 찾아봐도 사람이 들어가기엔 어림없는 크기였다. 이민 가방은 크기는 넉넉해 보였지만 천으로 되어 있는 게 단점이었다. 생각 같아선 몇 개 한꺼번에 주문해 비교해 보고 싶었지만 그랬다간 의심받기 딱 좋을 것이다.

다시 사람들이 뒤로 가는 게 아닐까, 신경이 곤두섰다. 하지만 점심을 먹고 나서 오후가 될 때까지 아무 일도 일어나지 않았다. 지나치게 예민해진 탓에 환각을 본 건지도 모른다. 차라리 환각을 보는 편이 나았다. 잠깐이라도 숨을 돌릴라치면 시뻘겋게 부릅뜬 아내의 눈이 아른거려 숨이 막혔으니까.

도무지 일에 집중할 수가 없었다. 조퇴라도 하고 싶었지만,

참아야 했다. 평상시와 다른 모습을 보이면 안 된다. 그때 문자메시지가 왔다.

[과장님, 지금 시간 있어요?]

희수였다.

[그래. 지하 1층 매점으로 와.]

지하 1층 매점으로 내려가 병 커피를 두 개 샀다. 밖으로 나오는데 마침 희수가 엘리베이터에서 내리는 게 보였다. 나와 눈이 마주치길 기다렸다가 눈짓으로 주차장을 가리켰다. 희수가 일정한 거리를 두고 나를 따라왔다. 주변에 사람이 없는 걸 확인하고 차에 탔다. 잠시 후 희수가 문을 열고 조수석에 앉았다. 나는 그녀에게 커피를 내밀었다.

"마실래?"

"네."

딱, 커피 뚜껑이 열리며 경쾌한 소리가 났다. 그녀가 커피를 한 모금 입에 물더니 내게 입술을 겹쳐 왔다. 달콤 쌉싸름한 커피가 입안으로 흘러들어 왔다. 습관처럼 그녀의 가슴에 손을 올리다 흠칫 놀라 몸을 떨어뜨렸다. 그 바람에 혀를 내밀던 희수가 민망한 듯 윗입술을 핥았다. 이런 시기에 다른 여자랑 있는 걸 들키면 최악이다. 부적절한 행동은 삼가야 한다. 아니, 차 안에 둘이 있다는 것만으로도 충분히 의심을 살

만하다. 나는 마음이 급해졌다.

"왜 보자고 했어? 무슨 할 말 있어?"

"과장님, 혹시 제가 말씀드린 거, 언제쯤……."

"그게 좀 시간이 걸릴 거 같은데."

"어떻게, 빨리 좀 안 될까요?"

"기다려 봐. 이천만 원이 나 같은 월급쟁이한테 껌값은 아니잖아?"

"요즘 돈 갚으란 핑계로 그놈이 매일 전화한단 말이에요."

"받지 말라니까."

"안 받으면 돈 떼먹을 거냐고, 당장 집으로 찾아온다고 협박하고 난리도 아니에요."

"그러게 왜 그딴 놈 돈을 빌렸어."

"그래도 그땐 남자 친구였으니까…… 과장님 때문에 헤어진 거니까 과장님 책임도 있다고요."

희수가 입술을 뾰족이 내밀며 말했다. 반들거리는 빨간 입술이 섹시했다. 마른침을 삼키며 차창 밖을 둘러봤다. 아무도 없는 것 같았다. 에라, 모르겠다. 나는 그녀의 입술 사이로 혀를 밀어 넣었다. 내 손은 그녀의 허벅지를 더듬고 있었다. 그녀가 연극적으로 가쁜 숨을 내뱉었다.

"이 정도 가지고, 너무 좋아하는 거 아니야?"

"과장님이 좋으니까 그렇죠."

콧소리를 내는 희수의 앞머리를 쓸어 넘겨 주다가, 문득 아침에 있었던 일이 생각났다.

"참, 아침에 뭐야?"

"네?"

"커피, 줬다 뺏어 갔잖아. 나중에 보니 내 책상 위에 다시 올려 있긴 했지만. 사람들이 눈치채면 어쩌려고 그런 장난을 해?"

"무슨 소리예요? 내가 언제 줬다 뺏었어요?"

희수가 정말 모르겠다는 표정으로 눈을 둥그렇게 뜨며 물었다. 미니시리즈 주인공은 어렵겠지만 일일 드라마 엑스트라쯤은 해도 될 수준의 연기였다. 더 이상 말해 봐야 내 입만 아프지.

"아, 관두자. 그 얘긴."

오후 4시. 회의가 시작됐다. 시작한 지 30분 정도 지나자 슬슬 눈이 감겨 왔다. 어젯밤에 잠을 못 잔 탓도 있고, 나와 직접 연관된 프로젝트가 아니다 보니 긴장이 풀어졌던 것 같다. 고개가 뒤로 넘어가는 바람에 깜짝 놀라며 눈을 떴다. 사람들이 한창 토론에 열을 올리고 있었지만 하나도 알아들을 수가 없었다. 마치 외계어를 하는 것 같았다. 잠이 덜 깼나. 슬쩍 손등을 꼬집으려는데 권 부장이 뭔가를 힘주어 말했다. 나는 온 신경을 집중해 들었지만 역시 알아들을 수가 없었다. 권 부장은 몸을 틀어 매직펜을 화이트보드에 갖다 댔다. 검정 펜으로 키워드를 적고, 빨간색, 파란색으로 동그라미를 휘갈겨대는 게 권 부장의 특기였다. 이미 칠판에는 동그라미들이 소용돌이처럼 군데군데 그려져 있었다. 이번에는 또 몇 개나 그리려나 지켜보는데 화이트보드의 글씨가 지워지기 시작했다. 바이오인증, 바이오인, 바이오, 바이. 앗, 또 시작된 건가. 집중해서 보드를 지켜보는데 권 부장의 손이 고장 난 계기판처럼 멈칫거리더니 다시 제대로 된 단어가 완성됐다. 바이오, 바이오인증. 이쯤 되면 내 착각이 아니다. 리와인드 버튼을 누른 것처럼 시간이 되감기고 있었다. 리와인드. 나는 이 현상을 리와인드라고 부르기로 했다.

"차장님, 아까 회의 시간에 이상한 거 없었어요?"

회의가 끝난 후, 화장실에서 만난 정 차장을 은근슬쩍 떠봤다. 리와인드에 대해 다른 사람도 느끼는지 확인하고 싶었다.

"새삼스럽게 뭘. 권 부장 스타일 원래 그렇잖아."

"아니, 그런 말이 아니라, 뭔가 좀 이상한……."

나는 입을 다물었다. 오전에 윤 대리도 그랬지만 다른 사람은 느끼지 못하는 것 같았다. 아니면 호들갑스러운 정 차장이 모르는 척 넘어갈 리가 없었다.

"응? 뭔 소리를 하다 말어?"

"아닙니다. 그냥 피곤해서 그런가 봐요."

"마흔도 안 된 놈이 피곤하단 소릴 달고 살아요."

정 차장이 손도 씻지 않고 화장실을 나갔다.

저녁 6시 반. 회사를 나와 가까운 마트에 갔다. 공구 코너로 가서 톱을 살 생각이었는데, 마트 곳곳에 설치된 CCTV를 보고 바로 포기했다. 그냥 나오려다 라면과 콜라를 사서 나왔다. 이럴 줄 알았으면 집에 기본 공구 정도는 갖춰 놓고 살았어야 하는 건데. 하긴 공구가 있다고 해결되는 건 아니었다. 시체를 썰어야 한다는 생각만으로도 구역질이 났다. 운전대를 잡고서도 시체를 어떻게 처리해야 할지 조바심을 내다 빨간 신호를 두 번이나 그냥 지나쳤다. 어쩔 수 없다. 자동차 트렁크에 싣고 인적이 드문 산속에 갖다 파묻어 버리자. 위험 부담이 크긴 하겠지만, 그 정도가 내가 할 수 있는 최대치였다.

집에 도착해 현관 비밀번호를 누르는데 손바닥에 진땀이 배어 나왔다. 시체 썩는 냄새가 코를 찌르진 않을까. 마음을 간신히 진정시키며 문을 열었다. 스팸 냄새가 확 났다. 주방 테이블에 아내가 앉아 있었다. 밥을 잔뜩 입에 넣고 우물우물 씹고 있던 아내는 놀란 눈으로 나를 바라봤다.

"당신 이 시간에 웬일이에요? 조퇴했어요? 어디 아파요?"

내 시선이 거실에 걸린 커다란 벽시계에 꽂혔다. 1시 15분이었다. 주머니에서 핸드폰을 꺼내 시간을 확인했다. 오후 7시 15분. 순간 어떤 가정이 머릿속을 스쳤다.

"여, 여보. 오늘 며칠이지?"

"오늘? 5일이잖아요. 왜요?"

아내가 주방 벽에 걸린 달력을 확인하며 대답했다. 오늘은 6일이다. 9월 6일. 나는 재빨리 현관문을 열고 계단을 한달음에 내려와 집 앞 편의점에 들어갔다.

"디스 하나 주세요."

아르바이트생이 계산대 뒤에 있는 담배 진열장에서 디스를 꺼내 내밀었다.

"저 혹시 오늘이 며칠인가요?"

아르바이트생은 뭐 그런 걸 묻느냐는 표정으로 내 얼굴을 훑어보더니 9월 6일이요, 라고 심드렁하게 말했다. 나는 문을 열고 나와 편의점 앞 플라스틱 의자에 앉았다. 머리가 복잡했다. 어제 양재천으로 뛰어갔다가 뒤로 가는 사람들을 보고 나서 집에 돌아왔을 때도 아내는 분명 '이 시간'에 웬일이냐고 했다. 그러고 보니 목이 졸린 흔적 같은 것도 없었다. 벽시계, 벽시계를 기억해 보자. 나는 뇌 주름 사이에서 사진을 꺼내듯 현관문에 들어설 때의 장면을 되새겼다. 그래, 3시를 조금 넘긴 시간이었다. 내가 어제 아내를 죽이고 집에서 나온 시간이 8시 20분. 리와인드 시간이 5분 남짓. 집에 돌아오니 3시 몇 분. 아내가 죽은 시간에서 다섯 시간 정도 뒤로 돌아갔다는 의미다.

오늘 회사에서는 어땠나? 아침에 희수가 커피를 도로 가져가고 윤 대리의 문서가 지워지던 시간이 4분. 회의실에서 졸았던 시간이 3분 내외라고 치면 7분 정도의 리와인드가 일어났다고 추정할 수 있다. 조금 전 집에 들어갔을 때, 아내는 밥을 먹고 있었고, 벽시계는 1시 15분을 가리켰다. 7분의 리와인드와 9월 5일이라는 날짜. 사건 발생 7시간 전으로 돌아간 것이다. 무작위로 던져진 퍼즐 조각의 의미가 흐릿하게나마 실체를 드러냈다. 나는 핸드폰 메모장을 열었다.

1. 리와인드(뒤로 가는 사람들)와 시간 왜곡(역행?) 현상은 어떤 관련이 있다.
2. 리와인드로 영향을 받는 건 한정된 공간(우리 집)과 한정된 사

람(아내)이다.

3. 5분=5시간, 7분=7시간. 리와인드 1분당 1시간씩 과거로 돌아간다.

•

내가 세운 세 가지 가설이 참이라고 가정할 때, 리와인드가 일어나지 않은 상태에서 집으로 가면 어떻게 될까? 현재 시각인 9월 6일 오후 8시의 상태로 아내는 욕조에 죽어 있을까? 확인하기 위해 서둘러 집에 들어가려는데 골목에서 갑자기 나타난 차가 후진으로 내게 돌진했다. 나는 재빨리 몸을 피했다. 그건 후진이 아니었다. 다시 리와인드가 시작된 것이다. 차가 뒤로 갔고, 편의점 앞을 지나가던 젊은 여자가 뒤로 걸었다. 나는 핸드폰을 꺼내 스톱워치를 작동시키고 편의점 의자에 앉아 지나가는 사람들을 쳐다봤다. 사람들이 아무렇지도 않게 뒤로 걸어가는 모습은 우습다기보다 기괴해 보였다. 다시 정상적인 상황으로 돌아왔을 때 스톱워치를 멈췄다. 1분 50초. 만약 내 가설이 맞는다면, 사건 발생 시간인 8시 20분에서 1시간 50분을 거슬러 올라갔을 테니 우리 집의 시간은 9월 5일 6시 30분이어야 한다. 물론 아내는 살아 있을 것이다. 나는 현관문을 열자마자 시계를 봤다. 6시 30분. 빙고.

"어, 당신 일찍 왔네요."

아내가 나를 반기는 표정으로 말했다.

"업체 미팅 갔다가 바로 퇴근했어. 오늘 며칠이지?"

"오늘? 9월 5일이잖아요."

가설은 참이다. 나는 서재로 들어가 메모장을 열어 아까 미처 적지 못한 항목을 추가했다.

4. 한번 밖에 나갈 때마다 9월 5일 오후 8시 20분(사건 발생 시간)을 기준으로 리셋된다.

"여보, 저녁 준비하고 있었는데, 같이 식사할래요?"

방문 밖에서 아내의 목소리가 들렸다. 지금, 밥이 문제가 아니었다.

"생각 없어. 나중에 먹을게."

긴 한숨을 내쉬며 두 손으로 얼굴을 훑어 내렸다. 어제 아내를 죽인 건 충동적인 일이었다. 겁을 주려고 했을 뿐, 죽일 생각은 아니었다. 그러고 보니 들키면 끝장난다는 생각 때문에 후회할 시간도 죄책감을 느낄 시간도 없었다. 그런데 리와인드로 인해 아내가 살아났다. 아니, 아내가 죽기 전 과거로 돌아왔다. 이제 굳이 아내를 죽일 필요가 없어졌다. 이건 내가 살인자가 되지 않게 해 주려는 하늘의 뜻인지도 모른다. 그렇게 생각하니 지금까지 신경을 바짝 조이고 있던 나사가 느슨하게 풀어졌다. 의자에 머리를 기대자 눈이 감겼다.

여보, 여보. 아내가 속삭이는 소리에 눈을 떴다. 잠깐 잠이 들었었나 보다.

"몇 시야?"

"7시 좀 넘었어요. 밥 먹고 침실에서 편히 자라고."

"어."

건성으로 대답하고 기지개를 켜는데 목에서 뜨끔, 근육이 끊어지는 듯한 통증이 느껴졌다. 나는 목덜미를 움켜쥐고 신음했다.

"아파요?"

아내가 내 목을 정성껏 주물러 주었다. 주무르는 손끝에서 나에 대한 애정이 느껴졌다. 손이 참 따뜻했다. 갑자기 코끝이 시큰해졌다. 사실 아내는 한결같았다. 문제는 변덕스러운 내 마음이었다. 미친놈, 도대체 무슨 짓을 했던 거야. 다행이다. 살아나서. 정말 다행이다. 나는 목을 주무르는 아내의 손을 잡았다.

"경진아, 사랑해."

"여보, 나도."

사랑한다는 말을 한 건 정말 오랜만이었다. 아내의 눈가가 금세 촉촉해졌다. 나는 아내에게 입을 맞췄다. 우리는 자연스럽게 서로의 옷을 벗기며 침실로 향했다. 아내는 뜨겁게 안겨 왔다. 우리는 서두르지 않고 천천히 사랑을 나눴다.

"밥 먹어야죠. 우리 남편 배고프겠다."

내 가슴팍에 기대어 있던 아내가 고개를 들며 말했다.

"그러게. 땀이 많이 나서. 샤워하고 먹지 뭐."

욕실로 들어가 샤워 꼭지를 당겼다. 따뜻한 물이 머리 위로 쏟아졌다. 따지고 보면 그동안 너무 복에 겨웠는지도 모른다. 나만 바라보고 나를 위해서라면 뭐든지 하는 천사 같은 아내, 다른 사람은 꿈도 못 꾸는 완벽한 아내를 두고 배부른 투정을 해 왔던 것이다. 이번 기회에 아이도 만들고. 희수는 아직 쓸 만하니까 조금만 더 데리고 놀다가 슬슬 정리하면 되겠고. 이천만 원 같은 소리 하고 있네. 수건으로 머리를 털며 욕실을 나왔다. 주방에서 요리하고 있을 줄 알았던 아내는 거실 소파에 웅크리고 앉아 있었다.

"여보? 밥 먹자더니."

아내의 어깨에 손을 올리자 아내가 내 손을 쳐 내고는 나를 올려다봤다. 새빨간 두 눈에서 흘러나온 눈물이 볼을 타고 뾰족한 턱으로 흘러내렸다. 바들바들 떨리는 아랫입술. 어디서 봤던 장면인데.

"여보, 왜 울어?"

아내가 손에 쥐고 있던 핸드폰을 벽으로 집어 던졌다. 핸드폰이 둔탁한 소리를 내며 벽에 부딪히고는 바닥으로 떨어졌다. 그제야 내 핸드폰이라는 걸 알아차렸다.

"무슨 짓이야. 당신 미쳤어?"

나는 수건을 허리에 두르고 소파에 앉았다. 아내가 다리 사이에 고개를 묻고 오열했다.

"갑자기 왜 그러는데."

화가 났지만 어제의 실수를 반복하고 싶지 않아 최대한 분노를 가라앉혔다.

"조희수가 누구야?"

아내가 잔뜩 갈라진 목소리로 물었다.

"뭐?"

"문자메시지 다 봤으니까 모르는 척하지 마."

젠장. 어제와 같다. 어제도 아내는 내가 밥 먹기 전 담배 피우러 간 사이 핸드폰을 보고는 다그쳤었다. 핸드폰에 비밀번호를 걸어 놨어야 하는 건데. 하지만 내게는 아직 선택지가 남아 있다. 어제의 사건을 반복하지 않으려면 할 수 있는 한 아내를 진정시켜야 한다.

"여보, 오해야. 내가 다 설명해 줄게."

가스레인지 위에서 콩나물국이 끓고 있었다. 아내는 주방으로 가서 가스 불을 껐다. 나는 아내의 뒤로 다가가 허리를 끌어안으며 말했다.

"당신이 걱정할 그런 일 아니니까……."

"내 몸에 손대지 마!"

콩나물국 냄비를 들던 아내가 소리치며 몸을 틀었다. 그 바람에 펄펄 끓는 국물이 내 허벅지 위로 쏟아졌다. 짧은 비명을 지르며 그대로 주방 바닥에 주저앉았다. 허벅지에 심지를 꽂아 불을 붙인 것처럼 살이 타들어 가는 고통에 몸부림쳤다.

"어떡해, 어떡해요, 여보. 119, 119에 전화해야지."

덩달아 주저앉은 아내는 바닥을 기어 핸드폰을 가지러 가고 있었다. 벌벌거리는 꼴을 보니 참았던 화가 한순간에 폭발했다. 아내의 발목을 움켜쥐고, 있는 힘껏 잡아당겼다. 그녀가 힘없는 개구리처럼 바닥에 엎어졌다.

자리에서 일어선 나는 멀쩡한 오른쪽 다리를 쳐들어 엎어진 아내의 뒷목을 밟았다. 우두둑, 둔탁한 소리와 함께 목뼈가 부러지는 느낌이 났다. 아내의 목이 뒤틀린 각도로 꺾어졌다. 벽시계를 봤다. 8시 20분이었다. 결국, 이렇게 될 운명이었나.

아내의 죽음을 실감할 틈도 없이 허벅지를 태워 버릴 것 같은 고통이 계속됐다. 리셋. 그래, 집 밖으로 나가서 리와인드를 경험한다면 화상 입은 부위도 원상 복귀되겠지. 그렇게 되면 아내도 살아날 텐데. 까짓거 또 죽이지 뭐. 일단 반바지와 티셔츠를 걸쳐 입고 집 밖으로 나왔다.

밖으로 나오면 화상이 없어질 수도 있을 거라 기대했다. 바깥세상은 우리 집과 다른 차원의 시공간이니까. 그러나 절뚝거리며 계단을 내려와 밖으로 나와도 상처는 사라지지 않았다. 오히려 급속도로 악화돼 진물이 뚝뚝 떨어지고 욱신욱신 쑤시기까지 했다.

나는 다시 집에 들어갔다. 목이 꺾어진 채 죽어 있는 아내의 얼굴은 창백하다 못해 푸르뎅뎅했다. 저건 아무리 봐도 몇 분 전에 죽은 사람의 얼굴이 아니었다. 시계를 봤다. 9시였다. 역시 그런 건가. 텔레비전을 틀었다. 9월 6일 9시 뉴스를 시작합니다. 아나운서의 멘트가 나왔다. 다시 메모장을 열고 항목을 추가했다.

5. 집 밖으로 나갔을 때 리와인드가 일어나지 않으면 우리 집의 시간과 외부의 시간은 동일해진다.

남은 평생을 병신 꼴로 살 수는 없는 일이다. 지금부터 밖으로 나가 언제 일어날지 모를 리와인드를 기다려야 한다. 나는 아내의 서랍장에서 구급상자를 꺼냈다. 붕대와 반창고를 찾아 상처에 칭칭 감았다. 그리고 긴팔 티셔츠에 헐렁한 트레이닝 바지를 꺼내 입었다. 그냥 나가려다 후드 티 하나를 더 걸쳤다. 새벽에는 꽤 쌀쌀해질 테니까.

다리를 질질 끌며 계단을 내려왔다. 그리고 편의점에 들어가 캔 맥주를 샀다. 편의점 앞 의자에 앉아 맥주 한 캔을 천천히 비울 때까지도 리와인드는 일어나지 않았다. 초조했다. 오늘 밤 안으로 리와인드가 일어나지 않는다면 당장 내일 출근도 문제였다. 이 꼴로 회사에 갈 수는 없다.

10시 12분. 맥주 한 캔을 더 마시려다 만약의 사태, 리와인드가 일어나지 않을 때를 대비해 지갑과 핸드폰, 양복 등을 챙겨 나오기로 했다. 한 계단 한 계단 오를 때마다 비명이 터져 나오려는 걸 억누르며 올라갔다. 등은 악몽을 꾸고 난 것처럼 축축하게 젖었다. 나는 숨을 크게 들이쉬고 현관을 열었다.

"여보, 아침부터 어딜 나갔다 온 거예요?"

막 잠에서 깬 듯 얼굴이 퉁퉁 부은 아내가 머리를 틀어 올려 묶으며 물었다. 창밖으로 아침 햇살이 비추고 있었다. 거짓말. 나는 다리를 만져봤다. 멀쩡했다. 벽시계를 보니 7시 20분. 무려 13분의 리와인드가 일어났다는 의미다. 나는 핸드폰을 확인했다. 9월 6일 오후 10시 15분. 메모 추가.

6. 리와인드는 내가 인지하지 못할 때도 일어날 수 있다.
7. 내 핸드폰은 우리 집 안에서 유일하게 리와인드의 영향을 받지 않는 물건이다.

"여보, 대답 안 해요?"

"어, 담배 피우고 왔어."

"당신 담배 좀 줄여요. 사과 갈아 줄까요?"

"아니, 괜찮아."

우리 집, 실내는 9월 5일 아침이지만, 밖은 9월 6일 밤이다. 나는 출근 준비를 하는 척 양치질과 가벼운 샤워를 하고, 상처 하나 없이 매끈해진 다리에 감탄하며 집을 나섰다.

"잘 다녀와요."

아내가 현관문 앞에서 손을 흔들었다. 잠깐, 아내가 집 밖으로 나오면 어떻게 되는 거지? 외부의 시간은 정상적으로 흐르고, 그 시간을 기준으로 할 때 아내는 이미 죽은 사람인데…… 밖으로 나오는 순간 먼지처럼 사라져 버릴까? 아님, 살아 있는 시체가 되어 거리를 헤매고 다닐까? 머릿속이 혼란스러웠다. 현관문이 닫히자 계단참이 완전히 어두워졌다. 집 안으로 들어오던 햇빛은 거짓말처럼 사라지고, 안팎의 시차 때문인지 극심한 피로감이 몰려왔다. 아내 문제는 나중에 생각해 봐야겠다.

밤 11시. 나는 지나가던 택시를 잡아탔다.

"판교역이요."

이렇게 된 김에 오늘은 희수의 오피스텔에서 하룻밤 자고 출근해야겠다고 생각했다. 깜짝 놀래 주려고 미리 연락도 하지 않았다. 희수는 항상 일찍 자는 편이니까 조용히 들어가 옷을 벗고 침대로 다이빙. 상상만으로도 아랫도리에 피가 몰렸다. 긴 복도를 지나자 익숙한 608호가 나를 반겼다. 조심스레 비밀번호를 눌렀다. 문이 열렸고 희수와 정면으로 눈이 마주쳤다. 희수가 짧은 비명을 질렀다. 하지만 비명을 지르고 싶은 건 내 쪽이었다. 침대에 있는 희수는 벌거벗은 남자와 함께였다.

"야, 조희수, 저 새끼 뭐냐?"

알몸인 남자가 옷을 입을 생각도 하지 않고 보란 듯이 당당하게 서서 물었다. 오른쪽 팔과 가슴을 뒤덮은 시퍼런 용이 눈을 부릅뜨고 나를 노려봤다.

"사, 사촌 오빠야."

희수가 나를 사촌 오빠라고 부르며 눈짓했다. 지금 뭐 하자는 건가 싶었지만 남자의 덩치에 기가 눌려 고개를 끄덕이고 말았다.

"야, 넌 사촌 오빠한테 오피스텔 비밀번호까지 알려 주냐?"

"어, 어. 그럴 수도 있지 뭐."

벌거벗은 남자는 희수에게 눈을 부라리더니 내 앞으로 성큼 다가왔다.

"당신이 희수 사촌 오빠라고?"

"네."

꽉 쥐어진 주먹은 부들부들 떨렸지만, 나보다 훨씬 젊어 보이는 남자에게 존대하며 고개를 숙였다.

"지랄하네. 누굴 개 호구로 알고."

남자가 손을 올려 나를 치는 시늉을 했다. 나는 반사적으로 고개를 움찔했다. 쪽팔렸다.

"오빠! 하지 마."

"걸레 같은 년아. 넌 닥치고 있어."

남자가 침대로 가 희수의 뺨을 후려치자 희수가 힘없이 침대 밑으로 나동그라졌다. 나는 장식장 위에 있던 크리스털 감사패—희수가 대학교 방송반 기자 활동을 하고 받은 감사패라며 자랑스럽게 말했던—를 집어 재빨리 등 뒤로 숨겼다.

"어디 사촌 오빠께서 이 밤에 왜 행차하셨는지 직접 설명해 보시지."

남자가 건들거리며 내 어깨를 손가락으로 툭툭 밀었다. 나도 더 이상 참는 건 무리였다.

"야, 조희수, 너 이 남자랑 헤어진 거 아니었어?"

볼이 벌겋게 부은 희수는 갑작스러운 내 물음에 놀랐는지 입을 벌린 채 쉬어 빠진 신음만 내고 있었다. 순간 남자의 얼굴이 야차처럼 일그러졌다.

"뭐? 너 이 새끼한테 나랑 헤어졌다고 했어?"

"아니야, 오빠. 저 남자, 사촌 오빠가 거짓말하는 거야."

"거짓말 같은 소리 하고 있네. 너 저 양아치한테 이천만 원 빌리고 헤어졌다며. 그래서 나한테 갚아 달라며."

"이천만 원? 이천만 원은 또 뭔 소리냐?"

흥분한 남자가 희수에게 다가가 그녀의 머리채를 휘어잡았다. 예상대로였다. 나는 그 틈을 타 남자의 뒤통수에 감사패를 내리쳤다. 퍽, 타조 알 깨지는 소리가 났다. 남자가 앞으로 고꾸라졌다. 희수가 비명을 지르기 시작했다. 희수의 입을 손으로 틀어막았다.

"진정해. 희수야, 진정하라고."

희수가 읍읍거리며 내 손을 떼어 내려 몸부림쳤다.

"소리 지르지 않기로 약속하면 손 뗄게."

희수가 고개를 끄덕였다. 나는 조심스럽게 손을 뗐다.

"죽었나 봐. 어떡해요."

"아니, 죽진 않았을 거야. 일단 난 밖으로 나갈 테니 네가 119에 신고 좀 해."

"나보고 신고하라고요? 그러다 정신 들면, 날 죽이려고 할 텐데?"

"그럼 밖에 나가서 신고하든가. 암튼 난 간다."

서둘러 현관을 나서려는데 뒤통수에 강한 충격이 전해졌다. 나는 바닥으로 고꾸라졌다. 병든 개처럼 입에서 침이 질질 흘러나왔다. 씨발, 한 주먹거리도 안 되는 새끼가. 남자가 갈라진 목소리로 욕을 하며 내 뒤통수에서 떼어 낸 살점과 뼛조각을 바닥에 툭 던졌다. 내 앞으로 떨어진 살점에는 피와 머리카락이 잔뜩 엉겨 붙어 있었다. 뜨거운 액체가 바닥으로 번져 나갔다. 바닥에 흥건하게 고인 붉은 피에 내 얼굴이 비쳐 보였다. 그리고 사방이 점점 어두워졌다. 암전.

•

여긴 어디지. 병원인가. 머리, 머리에 아무 느낌도 없다. 죽은 건가. 나는 조심스럽게 눈을 떴다. 익숙한 천장. 익숙한 풍경.

"여보, 일어나야죠."

익숙한 목소리. 협탁 위에 있는 핸드폰에 손을 뻗었다. 9월 7일 오전 1시 29분. 기억났다. 나는 희수의 오피스텔에서 죽었다. 조희수. 뻔뻔하게 날 속이고 양다리로도 부족해 사기를 쳐? 하긴 그렇게 좋아 죽는 시늉을 할 때 알아챘어야 하는 건데. 내 이년을 가만두나 봐라.

"여보, 오늘 며칠이야?"

물어보나 마나 한 질문이겠지만 그래도 확인할 필요가 있었다.

"9월 5일."

아내가 무뚝뚝하게 대답했다. 나는 벽시계를 봤다. 7시 40분. 아침이었다. 내가 인지하지 못하는 사이 리와인드가 일어났고, 외부에 있던 내가 9월 5일의 우리 집으로 돌아왔다. 나는 메모장을 열었다.

1. 리와인드(뒤로 가는 사람들)와 시간 왜곡(역행?) 현상은 어떤 관련이 있다.
2. 리와인드로 영향을 받는 건 한정된 공간(우리 집)과 한정된 사람(아내)이다.
3. 5분=5시간, 7분=7시간. 리와인드 1분당 한 시간씩 과거로 돌아간다.
4. 한번 밖에 나갈 때마다 9월 5일 오후 8시 20분(사건 발생 시간)을 기준으로 리셋된다.
5. 집 밖으로 나갔을 때 리와인드가 일어나지 않으면 우리 집의 시간과 외부의 시간은 동일해진다.
6. 리와인드는 내가 인지하지 못할 때도 일어날 수 있다.
7. 내 핸드폰은 우리 집 안에서 유일하게 리와인드의 영향을 받지 않는 물건이다.

2번 항목을 다음과 같이 수정했다.

2. 나와 아내의 죽음은 리와인드의 영향을 받는다.(우리 집과의 연관성?)

어떻게 희수의 집에서 죽은 내가 우리 집으로 오게 되었는지는 아직 알 수가 없었다.

"빨리 일어나요. 지각하겠다."

아내가 방문 앞에 서서 재촉했다. 아내 입장에서야 당연한 말이겠지만 사실상 출근까지는 아직 5시간이나 남았다.

"오늘 오전에 반차 냈어."

"갑자기 왜요? 무슨 일 있어요?"

"당신하고 있고 싶어서."

나는 마음에도 없는 소리를 했다. 속고, 속이고, 죽이고, 죽고…… 이만하면 충분하다고 생각했다. 모든 악몽은 아내가 죽은 시점부터 시작됐다. 아내가 죽지 않으면 리와인드가 일어나지 않을지도 모른다.

"농담하지 말아요."

아내의 목소리가 유난히 차갑게 들리는 건 기분 탓일까?

"농담 아닌데."

나는 손짓으로 아내를 불렀다. 아내가 내 옆으로 오더니 침대에 걸터앉았다.

"내가 요즘 당신한테 너무 소홀했잖아. 당신의 사랑, 너무 당연하게 생각했었나 봐. 과분한 줄도 모르고. 미안해."

아내는 미동도 하지 않고 내 눈을 바라봤다. 그 와중에 동공만이 무언가를 쫓는 사람처럼 바삐 흔들리고 있었다. 나는 아내에게 입을 맞췄다. 망설이는 듯 잠시 주춤거리던 아내는 내가 집요하게 파고들자 받아 주었다. 사랑해, 경진아. 아내의 입술 위에서 속삭였다. 하아. 아내가 한숨처럼 뜨거운 입김을 내뱉었다.

오전 8시. 엘리베이터 앞에서 희수와 마주쳤다. 사실은 일찍부터 나와서 기다리고 있던 참이었다. 그녀의 얼굴이 유령이라도 본 사람처럼 창백해졌다.

"과, 과, 과장님, 괜찮으세요?"

희수를 끌고 엘리베이터를 탔다. 그리고 재빨리 2층을 눌렀다. 2층은 아직 회사가 입주하지 않아 사람의 왕래가 적었다. 엘리베이터가 금세 멈췄고 나는 그녀의 손목을 잡아 끌어내렸다. 그리고 꽉 잡은 손목을 풀지 않은 채 남자 화장실로 끌고 들어갔다.

"어제 있었던 일, 설명해 봐."

"죄, 죄송해요. 과장님. 전 과장님이 죽은 줄 알고……."

희수의 가는 어깨가 부서질 듯 떨리고 있었다.

"자세히, 그 새끼랑 둘이 나한테 어떻게 했는지 하나도 빠짐없이 말하라고!"

나는 희수의 머리채를 움켜쥐며 말했다. 그 바람에 그녀의 허리가 앞으로 꺾였다.

“버, 버렸어요.”

“어디에!”

“공터요. 건물을 짓다가 공사가 중단된…….”

“안내해.”

“지금요? 회, 회사는 어떡하고…….”

“나쁜 년. 지금 사람 죽여 놓고, 회사 타령이야?”

나는 희수를 끌고 비상계단으로 주차장까지 내려갔다.

“저기에요.”

희수가 손을 뻗어 가리킨 곳에는 흉물스럽게 골조가 드러난 건물이 있었다. 건물 앞에 차를 세우자, 희수가 내리려 했다.

“잠깐, 내가 문 열어 줄 때까지 가만히 있어.”

운전석에서 내려 근처에 떨어져 있던 깨진 벽돌을 집어 들었다. 그리고 조수석의 희수를 끌어 내렸다.

“앞장서.”

“과, 과장님. 그건 왜…….”

희수가 벽돌을 보며 눈을 허옇게 떴다.

“잔말 말고 넌 빨리 안내나 해.”

희수는 쓰러질 듯 휘청거리며 지하로 내려갔다. 공사가 중단된 후 오랜 기간 방치되어 있었던 듯 지하 3층부터는 바닥에 썩은 빗물이 고여 있었다. 그리고 거기에 회색 양복을 입은 남자의 시체가 둥둥 떠 있었다. 계단을 내려가던 희수는 날카로운 비명을 지르며 주저앉았다.

"말도 안 돼. 어떻게 이런 일이……."

희수가 시체와 나를 번갈아 보며 머리를 쥐어뜯었다. 물 위에 떠 있는 시체는 치아가 다 뽑히고 얼굴이 못 알아볼 정도로 뭉개져 있었지만 분명 나였다. 손끝을 보니 지문도 다 잘라낸 상태였다.

"이것들이 아주 작당을 하고……."

"미, 미안해요. 과장님, 나도 무서워서 시키는 대로……."

더 들을 것도 없었다. 나는 입구에서 주워온 벽돌로 그녀의 얼굴을 내리쳤다. 도도한 콧날이 함몰되어 입이 얼굴을 집어삼킨 것처럼 흉측한 모양이 되었다. 미모는 원래 피부 한 꺼풀이라지. 계단 위에서 희수의 시체를 밀었다. 물에 빠진 그녀의 시체가 바닥으로 가라앉았다가 곧 내 시체 옆으로 떠올랐다.

나는 조희수를 죽였다. 그녀는 아마도 아내처럼 다시 살아나지는 않을 것이다. 나는 살인자다. 그런데 나는 이미 죽었는데, 죽어서 더러운 물 위에 떠 있는데, 조희수를 죽인 나는 누구란 말인가. 지금 숨 쉬고 있는 나는, 핸들을 잡고 운전하고 있는 나는 어떤 존재인 걸까. 몸속이 텅 빈 고무 인형이 되어 버린 느낌이었다. 트럭이 앞으로 갑작스레 끼어드는 바람에 사고가 날 뻔했다. 몇 번이나 다른 차와 부딪칠 뻔했지만 그다지 겁이 나진 않았다. 어차피 죽더라도 나는 살아날 것이다. 아내처럼, 몇 번이고. 아니다. 리와인드가 일어나지 않으면 죽어 버릴 수도 있다. 생각이 거기에 미치자 등줄기에서 서늘한 땀이 배어 나왔다.

지금은 운전에만 집중하자. 회사고 뭐고 다 때려치우고 무사히 집으로 가서 아내와 함께 행복하게 살자. 그것이 내 운명이고, 리와인드가 일어난 이유일 것이다. 결과적으로 다 잘된 일이다. 그런데도 사라지지 않는 찜찜한 기분의 정체는 뭘까? 조희수를 죽였기 때문일까? 비슷하게 생겼지만 맞지 않는 퍼즐 조각을, 억지로 끼워 맞췄다는 느낌을 지울 수가 없었다.

"여보, 나 왔어."

"이 시간에 웬일이에요?"

시계를 봤다. 11시 30분이었다. 핸드폰을 꺼냈다. 9월 7일 오전 11시 30분. 리와인드가 일어나지 않았다는 의미다.

"여보, 오늘 며칠이지?"

"9월 7일이잖아요. 근데 회사는 어떻게 하고? 무슨 일 있었어요? 옷차림도 흐트러지고."

"어, 나중에. 얘기하자면 길어."

"무슨 일인데요?"

"걱정 마. 다 해결됐으니까. 우리 일단 밥 먹자. 배고프다."

"알았어요. 잠깐만 기다려요."

아내는 능숙한 솜씨로 김치찌개와 연어구이를 해 주었다. 얼큰한 찌개 국물을 입에 떠 넣자 목에 걸려 있던 불안이 어느 정도 쓸려 내려가는 것 같았다. 역시 아내의 요리 솜씨는 훌륭하다.

"여보, 당신은 안 먹어?"

밥을 반 공기 정도 욱여넣고 나서야, 나 혼자만 먹고 있다는 걸 깨달았다.

"응. 난 좀 이따 먹으려고요."

아내가 입꼬리를 올리며 대답했다. 어, 왜. 같이 먹지. 근데 테이블이 빙빙 돌아가네. 왜 이리 어지러운 거야. 탁, 나는 테이블에 코를 박았다.

"정신이 들어요?"

아내가 건조한 목소리로 물었다. 머리가 도끼로 내리찍는 것처럼 아팠다. 손으로 이마를 짚으려다 두 손이 등 뒤로 단단히 묶여 있다는 걸 알았다. 발도 묶여 있긴 마찬가지였다.

"여보. 이, 이게 무슨 짓이야!"

"당신은 항상 혼자만 특별하다고 생각하죠. 사람들이 바보가 아닌데 말이에요. 그래서 너무 당연한 건데도 간과할 때가 많더라고요."

아내가 내 주변을 천천히 돌며 조곤조곤 말했다. 거실에서는 장마철에 방치해 둔 음식물 쓰레기처럼 역겨운 냄새가 풍기고 있었다. 악취는 내 옆에 뭔가를 덮어 둔 하얀 시트 밑에서 올라오는 것 같았다. 나는 헛구역질을 삼키며 말했다.

"여보, 얘기하고 싶으면 이거 풀고 하자."

"풀어 달라고요? 풀어 주면, 또 죽이려고요?"

아내가 하얀 시트를 걷어 내며 말했다. 거기에, 아내의 시체 세 구가 놓여 있었다. 나는 내가 느꼈던 개운치 못한 기분의 정체를 알 수 있었다. 시체. 내 시체가 남아 있는데 아내의 시체가 없다는 건 모순이다. 아내의 시체가 있다는 건, 아내도 나처럼 모든 걸 기억하고 있다는 뜻이다.

"처음 정신이 돌아왔을 때는 정말 놀랐어요. 소파에 내 시체가 있었으니까. 당신이 날 목 졸라 죽인 거, 꿈인 줄 알았거든요."

"근데, 왜, 왜 아무 일도 없었던 것처럼……."

"내가 어리석었기 때문이겠죠. 실수라고 생각했어요. 당신이 나를 죽인 거. 그래서 시체도 김장 비닐에 넣어 세탁실에 숨겨 놨었어요. 거기라면 당신이 알아차리지 못할 테니까요. 난 정말, 정말 없었던 일로 하고 싶었거든요. 근데 웬걸, 두 번째는 더 잔인하게 죽이던데요."

나는 아랫입술을 잘근잘근 씹었다. 변명의 여지가 없었다.

"그렇게 또 살아나고 나니까 오기가 생겼어요. 어디 몇 번이나 죽이나 보자 싶었어요."

"그래서, 핸드폰 봤다고 하면서 일부러 도발한 거야?"

"맞아요. 확인할 필요가 있었거든요. 당신이 날 안았을 때 난 다시 흔들렸으니까. 그런데 당신은 변하지 않더군요. 변하길 바란 내 잘못이죠."

아내가 자조적인 톤으로 말했다.

"덕분에 난 세 번째 죽음을 맞았고 이젠 돌이킬 수 없어요."

"아니야, 경진아. 우리 다시 시작할 수 있어. 정말 다 정리했어."

"정리? 무슨 정리요?"

"그년, 조희수, 내가 죽였어."

"그 여자를 죽였다고요? 왜요? 나를 세 번이나 죽여 보니까 사람 죽이는 건 아무것도 아닌가 보죠?"

"그, 그런 게 아니야. 이제 당신하고 행복하게 잘 살려고……."

"잘 살아? 우리가 어떻게 잘 살아!"

아내가 목소리를 높이자 목에 핏대가 섰다. 아내의 얼굴이, 모공에서 피가 뿜어 나올 것처럼 붉어졌다.

"경진아, 내가 잘못했어. 어쨌든 우리한테 이렇게 다시 기회가 주어진 거잖아. 그, 그래. 이건 하늘의 뜻이라고."

"하늘의 뜻? 그렇겠죠. 당신이 얼마나 쓰레기인지 똑바로 보라는 하늘의 뜻."

"경진아, 이러지 말자. 네가 날 죽여도 어차피 리와인드 되면 우리 서로 더 나쁜 기억만 쌓이는 거잖아."

"맞아요. 그래서 다 날려 버리려고요. 당신, 나, 그리고 이 저주받은 집까지."

아내의 손에 라이터가 들려 있었다. 나는 집에서 진동하는 악취의 진짜 원인을 알아챘다. 시체 썩는 냄새라고만 생각했는데 가스 밸브가 열려 있었다. 젠장, 가스 냄새다. 아까부터 느꼈던 심한 두통.

아내가 허탈한 웃음을 짓더니 틱, 라이터를 켰다.

상실형

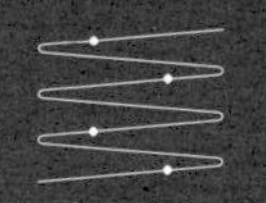

* 2020년 웹진 《크로스로드》(12월 통권 183호) 수록

김은 가로 2미터, 세로 3미터의 감방 바닥에서 눈을 떴다. 직사각형의 감방에는 침대와 좌식 책상, 세면대와 변기가 각각의 모서리를 차지하고 있었다. 그는 양쪽 귀 부분에 묵직한 통증을 느꼈다. 미열도 나는 것 같았다. 귀에 손을 가져갔다. 귓바퀴가 만져지지 않았다. 그제야 그에게 주어진 첫 번째 형벌이 무엇인지 알 수 있었다.

그는 비틀거리며 세면대로 향했다. 찬물로 세수하고 싶었다. 세면대 위에는 감방과는 어울리지 않는 거울이 붙어 있었다. 검은 곰팡이가 낀 변기나 세면대와 달리 거울은 공장에서 갓 나온 것처럼 지문 하나 없이 말끔했다.

김은 거울을 보았다. 귓바퀴가 사라진 남자가 그를 마주 보고 있었다. 삭발한 머리와 사라진 귓바퀴는 길쭉한 타원형의 얼굴을 도드라져 보이게 했다. 어릴 때 좋아했던 드라마 시리즈의 외계인과도 비슷했다. 고개를 왼쪽으로 비스듬히 틀었다. 동굴처럼 시커먼 귓구멍만 있었다. 귓바퀴가 사라진 자리의 피부는 항아리의 손잡이가 말끔히 떨어져 나간 것처럼 반질반질한 자주색이었다. 그런데 여기 거울이 있었나. 기억해 보려 했지만 아무래도 기억이 나지 않았다. 이렇게 이질적인 거울이 있었다면 기억하지 못할 리가 없었다. 그들이 집행실에서 그의 귓바퀴를 제거하는 동안 교도관이 빈 감방에 들어와 붙여 놓고 갔는지도 모른다. 귀가 사라져 버린 얼굴을 더욱 잘 보라는 의미로.

김의 입에서 흐 같기도 허 같기도 한 소리가 새어 나왔다. 의도치 않게 소리를 낸 김의 뒤통수가 싸늘하게 식었다. 자신의 목소리가, 들리지 않았다. 이번에는 똑똑히 허, 라고 발음해 봤다. 역시 아무 소리도 들리지 않았다. 허, 허, 여러 번 내뱉어 봐도 마찬가지였다. 고요 속에서 성대와 가슴에 미미한 진동만 전해질 뿐이었다. 그는 자신이 청력도 상실했음을, 사라진 것은 귓바퀴만이 아니라는 것을 깨달았다.

김은 소리에 민감했다. 그렇다고 귀가 밝다는 표현이 어울리지는 않았다. 주변 사람들은 그에게 귀가 어둡다는 말을 하곤 했다. 그도 그럴 것이 김은 자신이 듣고 싶은 소리만 골라 듣는 사람이었다. 그가 민감하게 느끼는 소리는 사람들이 지나치기 쉬운 소리였다. 잠자리에 든 아내의 발이 이불 속에서 바스락거리는 소리, 생수를 병째로 마시는 아내의 입술과 생수병 사이에서 나는 새소리를 닮은 바람 소리, 깊게 잠든 아내의 고른 숨소리. 그는 더 이상 그런 소리를 들을 수 없었다. 단지 청력을 잃어버렸기 때문이 아니다. 아내가 죽었기 때문이다.

4개월 전 김은 아내를 죽였다. 그리고 4단계의 상실형(喪失刑)을 언도받았다. 상실형은 죄인의 신체 일부를 '상실'하도록 하는 형벌로, 살인이나 강간, 방화 등 중죄를 저지른 피고에게 선고된다. 상실형은 죄질에 따라 1에서 10단계로 구형되었다. 살인을 저지른 김은 생명에 지장이 없는 한도에서 네 가지를 잃어야 했다. 이제 그의 삶에는 소리가 존재하지 않게 되었다.

소리가 사라지자, 시간마저 멈춘 것 같았다. 창문도 벽시계도 없는 감방에서 시간의 흐름을 알려 주는 건 정시마다 복도를 순찰하는 교도관의 구둣발 소리뿐이었는데, 그조차도 사라져 버린 것이다.

불안한 고요 속에서 김은 벽에 새겨진 얼룩과 미세한 실금을 관찰했다. 그리고 자신이 블랙홀에 빠져 들어간 우주미아라는 상상을 했다.

아홉 시, 소등이 되었다. 정적이 어둠을 극대화하자 김은 시력마저 잃은 듯한 착각이 들었다. 그럴 리 없다는 걸 알면서도 공포로 어깨가 움츠러들었다. 얼마 후 어둠에 적응된 동공이 손가락의 윤곽을 희미하게나마 구별하고 나서야 그는 평정을 되찾고 침대에 누웠다.

마흔셋의 나이, 김은 상실에 적응해 간다고 믿었었다. 나이가 든다는 것은 갖고 있던 것을 잃어 가는 과정이었다. 윤기 흐르는 검은 머리와 탄력 있는 피부를 상실했고, 건강한 치아와 잇몸을 상실했다. 무엇을 먹어도 예전처럼 맛있지 않았고, 어떤 영화를 봐도 웃거나 울지 않았다. 그는 나날이 쇠락해 가는 육체와 정신을 의연히 받아들이기 위해 노력했다. 하지만 그런 노력도 잃어 본 적이 없는 자의 자기연민에 지나지 않았다. 실제로 귀와 귀의 기능마저 잃어버린 지금, 흰머리나 눈가의 주름 따위는 하나도 중요하지 않았다. 다음번에는 더 소중한 무언가를 상실할 수 있다는 공포가 무겁고 축축한 담요처럼 그의 몸을 덮었다. 그는 일부러 몸을 뒤척였다. 침대의 소음이 진동으로 전해지도록. 그렇게라도 남아 있는 감각들을 확인해야 했다.

좁은 침대 위에서 죽어 가는 뱀장어처럼 꿈틀거리고 있을 때 끄르륵, 하는 소리가 들렸다. 그는 몸을 뻣뻣이 펴고 귀를 기울였다. 끄르륵. 손톱 끝으로 신경 줄을 긁는 듯한 소리였다. 결코 아름답다고 할 수 없는 소리였지만 김은 그마저 반가웠다. 소리를 다시 들을 수 있다니, 그들이 실수를 저지른 게 틀림없었다.

김은 상체를 일으켰다. 그리고 귀를 기울였다. 다시 세상이 고요해졌다. 이상하다. 분명히 들렸는데. 하, 목소리를 내 봤다. 하, 하, 하, 소용없었다. 그는 침대 밑으로 굴러떨어지듯 내려왔다. 그들은 어떤 실수도 하지 않았다. 소리는 외부가 아니라 그의 내부, 정확히 말하자면 뇌세포 중 어딘가에서 재생된 것이었다. 몇 초간의 희망에 대한 반작용으로, 그는 절규했다. 몸을 잔뜩 구부린 채 배고픈 짐승처럼 울부짖었다.

감방에 불이 켜졌다. 김은 고개를 들었다. 잠시 후 문이 열렸고, 교도관이 들어왔다. 교도관은 손바닥만 한 태블릿을 그의 눈앞에 들이밀었다. 하얀 액정 위에 마구 갈겨쓴 두 글자가 보였다.

- 닥쳐.

교도관의 오른손은 허리춤에 찬 경봉 손잡이를 만지작거리고 있었다. 김은 벌어진 입을 꾹 다물었다. 그의 어깨를 구두코로 쿡쿡 찔러 보던 교도관은 바닥에 침을 뱉고 나갔다. 불이 꺼졌고, 어둠이 찾아왔고, 그는 침대로 돌아갔다. 어느 정도 마음이 가라앉자 또다시 머릿속에서 끄르륵, 하는 소리가 들려왔다. 김은 그 소리를 기억하고 있었다. 화창한 가을, 완벽한 오후의 기억 마지막 자락에 매달린 소리.

그날은 토요일이었다. 김은 침대에 누워 열린 문 사이로 거실 소파에 앉아 있는 아내를 바라봤다. 창으로 들어오는 햇살이 아내의 머리카락을 꿀색으로 물들였다. 그는 방에서 나와 아내의 정수리에 입 맞추고 싶었다. 뽀얀 이마와 분홍빛 입술에도. 눈을 비비며 몸을 일으키는데 협탁 위의 핸드폰이 진동했다. 아내의 핸드폰이었다. 한순간 화면에 떴다 사라지는 글귀를 보지 못했다면 괜찮았을까. 김의 인생을 송두리째 뒤집어 놓은 글귀. 아내에 대한 믿음과 자신의 마음을 산산조각 내어 버린 한 마디. 그런데 그 문장이, 아무리 생각해도 기억나지 않았다. 어쨌든 그것 때문에 김은 아내와 말다툼을 했다. 서로의 감정이 격해지고 선을 넘는 말들이 오갔다. 그리고 아내가 그 말을 뱉었다.

너 같은 건.

그다음에 뭐라고 했더라. 왜 중요한 것들이 기억나지 않는 걸까. 내가 주방에 가서 칼을 빼 든 건 그 말 때문이었는데.

아내의 배를 칼로 찌르던 순간, 아내의 입에서는 비명이 아닌 끄르륵, 하는 소리가 났다. 아내라면, 그것보다는 우아한 소리를 냈어야 했다. 그래서 칼을 뽑아 한 번 더 찔렀다. 아내는 꿀럭, 피를 토했다. 역시 우아하지 못한, 막힌 변기를 뚫을 때나 날 법한 소리였다. 바닥에 쓰러진 아내가 그의 팔을 움켜쥐려 몸부림쳤다. 그 바람에 그의 팔에는 기다란 손톱자국이 났지만 그는 칼을 휘두르는 걸 멈추지 않았다. 그녀가 몸을 뒤틀 때마다 칼에 베인 자리에서 분홍색 내장이 조금씩 비어져 나왔다.

김은 두 손으로 머리를 감싸 쥐었다. 그리고 자신에게 귓바퀴가 없다는 것을 다시 한번 실감했다.

너 같은 건, 너 같은 건, 너 같은 건.

토막 난 문장, 비웃음 소리, 신음, 속삭임. 머릿속에서 끊임

없이 재생되는 소리들로 잠을 이룰 수가 없었다. 앞으로 그는 백색 소음 없는 고요한 세상에서 오직 그를 괴롭히는 기억의 소리들과 더불어 살아야 한다.

아내를 죽이기 전까지는 김도 평범한 회사원이었다. 아침 일곱 시 반에 일어나 만원 지하철에 시달리며 출근을 했고, 비나 눈이 오는 날이면 차를 끌고 나가 거리의 교통체증을 가중시켰다. 만원 지하철 안에서는 자신이 생수병이라 생각했다. 냉장고 속에 가지런히 들어찬 생수병. 그러나 검은 창에 비치는 얼굴을 보며 자신은 생수병이 아니라 인간이라는 사실을 확인하는 한편, 소리를 지르고 싶은 충동을 억눌러야 했다.

점심시간이 되면 그는 총무부에서 나눠준 식권을 들고 구내식당으로 내려갔다. 영양사가 정한 두 가지 식단 중 어느 쪽을 골라도 맛이 없었으므로 항상 A 메뉴를 선택했다. 그리고 식판에 식어 빠진 미트볼을 담을 때면 영양사의 몸에 있는 모든 구멍에 미트볼을 쑤셔 넣는 상상을 하며 온화한 미소를 지었다.

저녁 여섯 시가 되면 일이 없는 날은 퇴근할 타이밍을 잡기 위해 눈치를 봤고, 일이 있는 날은 도리어 편안한 마음으로 야근을 했다. 하루는 퇴근 시간에 맞춰 놓치고 싶지 않은 영화를 예매한 적이 있었다. 그날따라 팀장은 퇴근할 듯 말 듯 자리에서 일어났다가 다시 앉기를 반복했다. 마음을 졸이며 눈알을 굴리던 그는 비굴한 눈을 뽑아 책상 위에 놓고 퇴근해 버리고 싶었다. 눈두덩 위에 가만히 손을 올리던 그는 그러나, 눈을 뽑으면 영화를 볼 수 없다는 사실에 곧바로 마음을 고쳐먹었다.

주변에서 흔히 볼 수 있는 사람들처럼 그는 평범하다는 범주 안에 무리 없이 속했지만, 머릿속을 뜯어보면 유별난 면이 적지 않았다. 그런 점이 그를 더욱 평범하게 했다.

아내와의 관계에서도 별다른 점은 없었다. 결혼한 지 11년 된 부부가 으레 그렇듯 열렬히 사랑하지도 그렇다고 미워하지도 않았다. 신혼 때는 주말이면 함께 영화를 보기도 했는데 언제부턴가 보지 않게 되었다.

두 사람은 금요일 밤이면 저녁을 함께 먹고 섹스를 했다. 꼭 그래야 한다고 정한 적은 없었다. 암묵적인 합의처럼, 어쩌면 종교의식처럼 매주 놀랍지 않은 관계를 가졌다.

•

오전 여섯 시, 감방 문이 열리고 교도관이 들어왔다.

- 다음 형을 집행하겠습니다.

교도관이 태블릿에 또박또박 쓴 글씨를 김에게 보여 주었다. 확연히 다른 글씨체를 보고 어젯밤과 다른 사람이라는 걸 알아차렸다. 곧이어 어깨가 넓은 남자 두 명이 안으로 들어왔다. 김은 그들이 첫 번째 형을 집행할 때도 왔는지 궁금했다. 회색 제복을 입은 남자들은 전부 비슷해 보였다. 교도관이 앞장서 나가자 회색 제복들이 양쪽에서 단단히 팔짱을 끼었다. 그들보다 체구가 작은 김은 바닥에서 발이 닿을 듯 말 듯한 상태로 걸어야 했다.

두 남자 사이에 끼어, 감방이 마주 보고 있는 기다란 복도를 지났다. 손, 발, 팔, 다리…… 어딘가를 잃어버린 죄수들은 각자의 방에 주저앉아 허공을 응시하고 있었다. 넋이 나간 듯 반쯤 입을 벌리고, 그곳에 영혼을 구원해 줄 천사라도 나타난 것처럼. 오직 한 사람만이 철창에 매달려 복도를 내다봤다. 무언가를 꼭 보고야 말겠다는 듯 철창 사이로 얼굴을 들이민 남자에게는, 두 눈이 없었다. 눈이 있어야 할 자리에는 그늘지고 움푹 팬 검붉은 동굴이 있을 뿐이었다.

여전히 교도관이 앞장선 채, 회색 제복들에게 이끌려 지하로 가는 계단을 내려갔다. 김의 겨드랑이를 움켜쥔 손아귀가 느슨해졌다. 그새 땀이 난 겨드랑이에서 미적지근한 열기가 배어 나왔다.

여기 엘리베이터를 만들어 주든가 하지.

안전상의 이유랄까. 엘리베이터 안에 있는 동안 발광하는 것들이 많거든.

김은 제복들의 입술이 달싹이는 걸 보며 무슨 대화를 나눌지 상상했다. 계단을 내려가던 교도관이 미간에 주름을 잡은 채 그들을 돌아봤다. 김의 왼쪽에 있던 남자가 움찔했다.

열네 개의 계단을 내려가고 계단참을 지나 다시 열네 개의 계단을 내려갔다. 지하에서는 병원처럼 희미한 소독약 냄새가 났다. 감방보다 현저히 낮은 온도, 곧 형이 집행된다는 부담감. 팔뚝에 소름이 돋았다. 지하에는 모두 여섯 개의 집행실이 있고, 가장 안쪽의 방을 제외하고는 밖에서 안을 들여다

볼 수 있도록 큰 유리창이 달려 있었다.

형이 집행되고 있는 두 번째 방 앞에서 교도관이 걸음을 멈췄다. 환하게 불이 켜진 방 안에는 젊은 여자가 있었다. 은색 철제 침대 위에 묶인 여자는 축 늘어진 채 초록색 수술복을 입은 사람들에게 둘러싸여 있었다. 무리 중 하나가 여자의 무릎 아래에 주황색 손잡이가 달린 길쭉한 도구를 가져다 댔다. 붉은 광선이 정강이를 가로질렀고, 여자의 다리가 말끔히 절단되었다. 누군가가 잘린 다리를 폐기물 봉투에 집어넣었다. 소리가 들리지 않아서일까. 더없이 참혹한 광경이었지만 음소거를 해 놓고 보는 영화처럼 현실감이 없었다.

교도관이 다음은 네 차례야, 라고 말하는 듯한 눈으로 김을 보았다. 그리고 세 번째 방으로 끌고 들어갔다. 남자들이 그를 수술대에 눕혔다. 등에 닿는 철제 침대의 차디찬 감촉에 몸이 저절로 떨렸다. 손목과 발목, 목과 허리가 금속 벨트로 단단히 고정되었다. 천장에는 잠자리의 눈을 닮은 조명이 달려 있었고, 수술대 옆에는 용도를 알 수 없는 도구들이 가지런히 놓인 트레이가 있었다. 수술복을 입은 사람들은 언제 들어올까. 집행실에 온 게 처음이 아닌데도 이상할 정도로 모든 것이 낯설었다. 이번에는 무엇을 잃게 될지, 이미 청력을 상실했으니 말하는 능력마저 빼앗아 가지는 않을는지, 그것도 아니라면…….

문이 열리고, 초록색 수술복을 입은 여자가 들어왔다. 낄낄거리던 남자들이 벽 한구석으로 물러났다. 여자가 트레이에서 주사기 달린 앰풀을 집어 들었다. 기다란 주삿바늘이 팔 안쪽의 혈관을 찔렀고, 혈관을 따라 차가운 주사액이 흘러들어 왔다.

마취에서 깨어난 김은 눈을 뜨기가 두려웠다.

만약 안구가 적출됐고 눈꺼풀이 꿰매져 눈이 떠지지 않는다면? 설령 눈이 떠진다고 해도 눈꺼풀 밑에 탁구공만 한 빈 공간이 있을 뿐이라면? 그렇게 생각하자 눈꺼풀 밑에 서늘한 기운이 감도는 것 같았다. 철창에 매달려 보이지 않는 세상을 보려 하던 남자의 얼굴이 뭉글거리며 자신의 얼굴로 바뀌었다. 호흡이 가빠졌고 역한 항생제 냄새가 뱃속에서 올라왔다.

그는 어금니를 악물며 눈을 떴다. 그의 시야에 회색 천장이 들어왔다. 시력은 보존되어 있었다. 그렇다면 사라진 것은 코일까? 거울을 보기 위해 자리에서 일어나는 동시에 손을 코로 가져갔다. 코는 제자리에 있었다. 사라진 것은, 손가락이었다. 김은 코를 쓰다듬으려던 손을 힘없이 내렸다. 엄지손가락은 밑동까지 잘려 나갔고, 나머지 손가락들은 한 마디씩만 남아 있었다. 어렸을 적 김이 찰흙으로 만든 원숭이의 손처럼. 그는 주먹을 쥐어 보았다. 한 마디밖에 없는 손은 주먹이 쥐어지지 않았다. 대신 여덟 개의 절단된 손마디가 비스듬한 각도로 김을 가리켰다. 귀가 사라진 자리처럼 반들반들한 절단면을 들여다보던 김에게 그날의 기억이 떠올랐다.

그는 아내를 교살했다. 그때는 온전했던 손으로 아내의 목을 졸랐다. 사라지고 없는 손가락 끝에서 아내의 목을 쓰다듬던 감촉이 생생하게 살아났다. 얇고 부드러운 크레이프처럼 조금만 세게 당겨도 찢어져 버릴 것 같았던 아내의 피부.

2분 57초면 된대.

목요일 새벽 한 시, 예정되어 있지 않았던 섹스를 끝낸 아내가 말했다. 또 시작이군.

숨이 끊어지는 시간 말이야.

김은 침묵했다. 쓸데없는 소리라며 화를 내면 아내는 오히려 신이 난 아이처럼 눈을 반짝였다. 그리고 유쾌하지 않은 주제 속으로 더욱 깊숙이 파고들었다.

해 줄 수 있지? 별로 어려운 일도 아니잖아.

그날따라 아내는 유난히 집요했다. 김은 짧은 한숨을 내쉬었다.

2분 57초면 우리가 좋아하던 노래보다 짧은 시간이야. 그 노래 기억나?

김은 일부러 고개를 저었다. 그럴 리가. 그녀가 그를 가볍게 밀어내며 침대에서 일어났다. 그러고는 거실로 나가 장식장 옆에 있는 턴테이블에 레코드판을 올렸다. 그들 부부에게는 아날로그 제품을 사용할 만큼의 여유가 있었다. 세 번째 곡에 바늘을 올리자 기분 좋은 잡음이 섞인 노래가 흘러나왔다. 아내와 결혼하기 전, 차 안에서 밤새 사랑을 나누며 듣던 노래였다. 하지만 사람들이 잠든 새벽에 듣기에는 적합하지 않았다. 김은 아내를 달래기 위해 침실에서 나왔다. 아내는 음악에 맞춰 느린 춤을 추고 있었다. 리듬과 박자는 엉망이었고 곡의 분위기와도 어울리지 않았지만 아내의 춤은 아름다웠다. 가느다란 팔이 허공에 곡선을 그렸고, 긴 다리는 제자리를 잡지 못한 듯 바닥을 휘저었다. 그는 차마 아내의 춤을 멈추게 할 수 없었다. 그가 할 수 있는 일은 아내를 지켜보며 눈물을 흘리는 것뿐이었다. 노래가 끝났다.

괜찮아. 울지 마.

아내가 김을 보며 말하고는 그들의 노래를 다시 틀었다. 그는 그녀에게 한 발 한 발 다가갔다. 팔을 뻗어 아내의 손을 잡은 순간, 그녀는 쓰러지듯 바닥에 누웠다.

어서, 하자.

그는 아내의 말을 거역할 수 없었다. 그래서 그녀의 골반 위에 천천히 올라탔다. 그녀가 그의 눈을 보며 턱을 당겼다.

시작해도 돼.

아내가 말했다. 섹스할 때와 똑같은 어조였다. 그는 그녀의 목을 두 손으로 감쌌다. 으음, 아내가 가볍게 신음하며 만족스러운 얼굴로 눈을 감았다. 그도 눈을 감고 손아귀에 힘을 주었다. 그리고 노래가 끝날 때까지 눈을 뜨지 않았다. 노래가 끝나고 다음 곡으로 넘어가고 나서도 아내의 여린 손가락은 그의 팔뚝을 움켜쥐고 있었다. 2분 57초라는 그녀의 말은 틀렸다. 그는 엄지손가락으로 기도가 있을 법한 자리를 꾹 눌렀다. 그녀의 다리가 퍼덕거리고, 허리가 꿈틀꿈틀 요동쳤다. 마침내 그녀의 손이 아래로 떨어질 때까지 그는 손가락에서 힘을 빼지 않았다. 아내의 육체에서 영혼이 전부 빠져나갈 때까지.

김은 눈을 감은 채 티셔츠를 벗었다. 그리고 그녀의 얼굴에 덮어씌웠다. 죽은 아내의 얼굴을 보고 싶지 않았다. 스피커에서는 여섯 번째 곡이 흘러나오고 있었다. 아내는 여섯 번째 곡을 싫어해 항상 건너뛰었다. 레코드판 위의 바늘을 떼어 놓던 그는 비로소 피가 흐르는 팔뚝을 보았다. 그녀의 손톱이 길게 가른 상처에서 검붉은 피가 배어 나왔다.

기다란 손톱자국, 피가 흐르는 팔뚝. 아니, 아니야. 그건 칼에 찔린 아내가 내 팔을 잡으려다 할퀸 상처였어. 글자 위에 또 다른 글자를 쓴 것처럼 그의 기억이 중첩되었다. 피와 내장을 쏟아 내며 죽어간 아내, 목이 졸린 채 티셔츠를 얼굴에 덮어쓴 아내. 어느 쪽이 진실인지 알 수 없었다. 그의 분노 때문이었는지 그녀를 위해서였는지, 아내를 죽인 이유조차 불분명했다. 어쩌면 둘 다였는지도 모른다. 김은 아내의 목숨이 두 개였는지도 모르겠다고 생각했다.

열두 시, 배식구가 열리고 식판이 안으로 들어왔다. 다섯 개의 식판 구멍에는 밥과 미역국, 김치, 소시지볶음, 콩나물무침이 있었다. 적갈색의 소시지를 보자 교도소에 납품하는 소시지 공장에 상실형으로 절단된 신체 부위를 보낸다는 도시 괴담이 떠올랐다. 잘린 손가락들은 아직 집행실의 폐기물 봉투에 남아 있을까. 그런 건 중요하지 않았다. 손가락은 다시 돋아나지 않을 테고, 그는 몹시 배가 고팠다. 식판 옆의 홈에는 포크 달린 숟가락이 놓여 있었다. 김은 숟가락을 쥐기 위해 손을 가져갔다. 한 마디밖에 남지 않은 손가락으로는 무리였다. 왼손까지 동원해 자루를 손바닥 안쪽에 밀어 넣었다. 하지만 손가락 없이 고정시킬 방법은 없었다. 그는 숟가락을 손바닥 위에 올려놓고 오랑우탄처럼 팔을 움직여 국을 펐다. 숟가락이 입에 닿기도 전에 미역이 바닥으로 미끄러졌다. 미간이 좁혀 들고 목덜미에 땀이 배어 나왔지만 참을성 있게 시도했다. 이번에는 밥을 펐다. 숟가락을 입에 넣기 위해 팔의

각도가 뒤틀어졌다. 머리는 왼쪽으로 잔뜩 기울여야 했다. 간신히 입을 가져다 대는 순간, 숟가락이 떨어지며 밥알이 바닥에 흩어졌다. 으어어, 그의 입에서 신음이 터져 나왔다. 인정해야 했다. 손이 없는 그는, 더 이상 도구의 인간이 아니었다.

어쩔 수 없이 왼손으로 식판을 받쳐 들고 오른손으로 입에 국과 밥을 밀어 넣었다. 짧은 손가락이 숟가락 끝에 달린 포크나 다름없게 느껴졌다. 입안의 음식물을 다 씹기도 전에 소시지와 콩나물무침을 욱여넣었다. 그의 눈에서 뜨거운 물이 질금질금 흘러나왔다.

김은 빈 식판을 세면대로 가져갔다. 고춧가루와 밥알이 붙어 있는 식판을 씻으며 감방에서 나가면 의지(義肢)부터 맞춰야겠다고 생각했다. 실리콘으로 만든 손가락을 골무처럼 끼고 다녀야겠지. 상실형을 받은 사람에게는 기계 신체를 이식하는 일, 즉 사이보그화가 허락되지 않았다. 남은 생 동안 상실했다는 사실을 상실할 수 없는 것, 그것이 상실형의 핵심이었다.

다른 죄수들처럼 감방의 허공을 응시하던 김은, 문득 커피 한 잔이 간절해졌다. 오후 세 시가 되면 마시던 진한 에스프레소. 카페인에 취약한 그는 불면의 밤을 겪어야 했음에도 에스프레소를 마시는 걸 포기할 수 없었다. 처음부터 커피를 좋아했던 건 아니었다. 그는, 사람들이 왜 쓰디쓴 음료를 비싼 돈을 내고 마시는지 이해할 수 없다는 부류였다. 하지만 아내와 결혼하고 담배를 끊으면서 커피의 쓴맛을 즐기게 되었다. 니코틴이 주는 일시적 안정감과 카페인이 주는 일시적 각성은 얼핏 반대의 효능을 가진 것 같았지만 묘하게 통하는 면이 있었다. 무엇보다 커피의 쓴맛은 담배의 쓴맛을 어느 정도 대체해 주는 효과가 있었다. 이제 아내가 없으니 이 짧은 손마디 사이에 담배를 끼우고 피워 대도 잔소리할 사람이 없겠군. 그런데 내가 무슨 담배를 피웠더라.

교도소의 시간은 비선형적으로 흘렀다. 사고의 흐름도 마찬가지였다. 하나의 생각이 다음 생각으로 이어지지 않고 뒤틀리거나 엉겨 붙었다. 그의 사고는 죄와 벌 사이를 소득 없이 헤집고 다녔다. 살인이라는 입구와 형벌이라는 출구로 만들어진 미로를 헤매는 생쥐처럼.

아직도 두 단계의 형벌이 남아 있다는 사실이 그를 미치게 했다. 이럴 줄 알았으면 형의 말대로 능력 있는 변호인을 썼어야 했다. 형은 김이 구치소에 있을 때 몇 번이나 찾아왔었다. 비록 모든 정황이 너를 범인으로 지목하고 있지만, 결정적인 증거나 목격자가 없다. 변론만 잘한다면 2단계의 형량을 받을 수도 있다. 형은 면회실 유리 벽에 침을 튀기며 말했다. 그러나 김은 국선변호인으로 만족했다. 소중한 아내를 잃었으니 무엇을 잃어도 상관없었다. 감정적이고 어리석은 판단이었다. 신체 일부를 잃게 된다는 것은, 단순히 해당 기관의 기능을 잃는 것이 아니다. 그로 인해 한 인간의 내면이 파괴될 수 있음을 그는 간과했다. 이런 고통을 당하느니 죽는 편이 나을 것 같았다. 죽음이 축복의 형벌임을, 사형 제도를 용인했던 100년 전의 사람들이야말로 자비로웠음을 그는 미처 깨닫지 못했다.

까무룩 잠이 들었던 김은 어수선한 분위기에 눈을 떴다. 소리는 들리지 않았지만 공기의 흐름으로, 심상치 않은 일이 일어나고 있다는 것을 눈치챘다. 몸을 일으켜 철창 밖을 내다봤다. 죄수복을 입은 덩치 큰 남자—남자는 발목 아래가 잘리고 없었다—와 그를 끌고 갈 회색 제복들이 실랑이를 벌이고 있었다. 시뻘건 얼굴로 악을 써 대는 남자. 김은 또다시 무성영화를 보는 기분으로 감방 밖에서 벌어지는 일을 감상했다. 저건 영화일 뿐이라고, 요즘은 영화를 봐도 별다른 감정을 느낄 수 없지 않았냐며 자신을 세뇌했지만 정직한 몸은 저절로 떨려 왔다.

교도관은 한 걸음 떨어진 곳에서 모자를 고쳐 쓰며 무심한 얼굴로 소동을 지켜보았다. 다른 죄수들도 흥미진진한 쇼를 보는 표정으로 철창에 매달려 있었다. 발목 없는 남자는 어찌나 힘이 센지 회색 제복들과 막상막하의 줄다리기를 했다. 그러나 저항도 잠시 교도관이 전기충격기를 죄수의 목에 갖다 댔고, 쇼는 끝이 났다. 막대기처럼 쓰러진 죄수를 회색 제복들이 질질 끌고 갔다. 남자의 발목이 닿은 바닥에 두 개의 빨간 줄이 그어졌다. 계단을 내려갈 때까지 길게 이어지는 빨간 줄을, 김은 애써 외면했다. 그리고 침대로 기어가 이불 속으로 파고들었다.

형벌에 대한 두려움에서 벗어나기 위해, 아내를 기억하려 했다. 그런데 아내의 얼굴이 떠오르지 않았다. 눈코입이 뭉개진 희미한 윤곽으로만 일렁일 뿐, 선명하게 기억해 낼 수가 없었다. 그녀의 눈썹이 날카롭게 뻗은 일자였는지, 부드럽게 휜 아치형이었는지, 코끝에 점이 있었는지, 점은 눈 밑에 있었는지 전혀 기억나지 않았다.

11년을 한집에서 살았는데 기억이 안 나? 당신, 내 얼굴을 쳐다보긴 했어?

기억 속 아내가 흐릿한 얼굴로 말했다.

당연하지. 매일 아침, 잠든 네 얼굴을 바라보는 게 내 유일한 낙이었는데.

그렇게 설탕 입힐 필요 없어. 우리는 이미 썩은 땅콩이잖아.

비아냥거리던 아내의 입에서 고양이 울음소리가 튀어나왔다. 냐아옹. 아내의 얼굴이 금세 고양이 얼굴로 바뀌었다. 새카만 털, 녹색이 감도는 노란 눈. 그 고양이는 까미였다. 검은 고양이라서 아내가 붙여 준 이름이었다. 그리고 그 고양이를 부를 때는 까뮈라고 발음했다. 그녀가 고양이를 부를 때마다 김은 태양 때문에 사람을 죽인 뫼르소가 연상되었다. 때로는 아내의 품에서 한가롭게 잠든 까미가 부러웠다. 그렇다고 고양이 따위를 질투한 적은 없었다. 그러니 고양이를 죽일 이유도 없었다. 애당초 고양이는 죄가 없다. 까미가 죽은 건, 사고였다.

마지막 기억 속에서 까미는 검은색이 아니라 주홍색이었다. 아니, 눈부신 황금색이었다. 고양이는 불타고 있었다. 불이 난 건 누구 탓이지? 아내가 피워 두던 향초 때문이었나?

불이 붙은 고양이는 날카로운 울음소리를 내지르며 날뛰었다. 아내가 아끼던 화병이 부서졌다. 소파 위 방석에 불이 붙고 그 불은 곧 거실 바닥의 러그에, 그리고 리넨 커튼에 옮겨 붙었다. 김은 베란다에 두었던 소화기로 불을 껐다. 불길은 번지지 않았지만 고양이는 살릴 수 없었다. 아내는 죽은 고양이를 품에 안고 그를 노려봤다.

당신이 고양이를 죽였어.

•

김은 날카로운 발톱으로 아랫배를 헤집는 듯한 통증을 느끼며 세 번째 마취에서 깨어났다. 화끈거리는 아랫배와 달리 하반신에서는 아무런 감각이 느껴지지 않았다. 이번에는 하반신이 통째로 사라져 버린 걸까? 두 다리가 말끔히 잘려 나간 모습을 상상하면서도 눈으로 확인하는 일은 쉽지 않았다. 그는 누운 채로 허벅지에 손을 가져갔다. 헐렁한 죄수복 아래로 단단한 허벅지 근육이 느껴졌다. 하반신의 마취가 풀리지 않았는지 남의 살을 만지는 기분이었지만 분명 그의 허벅지였다. 허벅지까지 남아 있음을 확인한 그는 종아리 잘린 여자와 발목 없는 남자를 떠올리며 몸을 일으켰다. 예측은 또다시 빗나갔다. 바짓단 아래로 건재한 발목과 발이 보였다. 아랫배의 통증, 멀쩡한 하반신…… 남은 것은 하나뿐이었다. 확인하고 싶지 않았지만 확인해야만 했다. 급박한 요의가 닥쳐 왔기 때문이다. 변기 앞으로 어정어정 걸어간 그는 바지를 내린 순간 짧은 비명을 내질렀다.

김이 세 번째로 상실한 것은, 성기였다. 사타구니 사이에 있는 볼품없는 돌기가 도저히 자신의 성기라고 믿어지지 않았다. 터질 것 같은 방광의 느낌을 조롱하듯 소변은 쉽사리 나오지 않았다. 이마의 땀이 툭툭, 변기로 떨어질 때쯤 질금질금 소변이 새어 나왔다. 혈뇨였다. 붉고 가는 소변 줄기가 허벅지를 타고 흘러내려 바지를 적셨다. 그는 축축한 바지를 추켜올리고 변기 옆에 쓰러졌다. 지린내가 코를 찔렀지만 상관없었다. 불완전한 육체에 온전한 굴욕감이 파고들었다.

저들은 그의 성기를 잘라 내며 무슨 생각을 했을까? 사회정의 구현? 잔혹 범죄 예방? 모든 게 어설프게 짜인 부조리극처럼 느껴졌다. 피부 아래로, 혈관 사이로 벌레가 꿈틀거리며 기어가는 느낌. 간지럼을 태우듯 온몸이 근질거렸다. 꽉 다문 이 사이로 웃음이 비어져 나왔다. 한번 터진 웃음은 통

제할 수 없는 발작처럼 멈출 줄 몰랐다.

김은 눅눅한 감방 바닥을 구르며 웃었다. 어찌나 웃었는지 눈물이 나오고 뱃가죽이 찢어질 것처럼 아팠다. 여차하면 밤새도록 웃어 댈 수도 있을 것 같았다. 웃음소리를 들은 교도관이 들어왔다. 교도관은 허리에 찬 경봉을 빼 들고 그의 등을 후려쳤다. 그런데도 그는 웃음을 멈추지 않았다. 교도관이 뒷주머니에서 빼낸 전기충격기를 그의 목덜미에 갖다 댔다. 온몸에 수백, 수천 개의 칼을 꽂고 후벼 파는 듯한 고통이었다. 그는 물 밖에 꺼내 놓은 생선처럼 사지를 펄떡이며 입을 뻐끔거렸다.

교도관은 태블릿에 또박또박 글씨를 썼다.

- 한 번만 더 웃으면 머리통이 날아가게 해 주지.

그것도 나쁘지 않겠군. 하지만 더는 웃을 기운이 없었다. 입가에 흐르는 침을 닦지도 못한 채 바닥에 늘어져 있는데, 그의 머릿속에 어떤 장면이 뚜렷이 되살아났다. 전기충격 때문이었을까. 그는 마침내 진실을 기억해 냈다.

그 장면은 퇴근한 김이 현관문을 여는 것으로 시작되었다.

여보, 나 왔어.

아내의 모습이 보이지 않았다. 불길한 예감이 들었다. 평상시 아내는 현관문 열리는 소리가 나면 어디서든 달려 나와 그를 맞아 주곤 했다. 집 안 공기도 평소와 달랐다. 오래된 사우나에 들어섰을 때처럼 습하고 퀴퀴한 공기가 그를 감쌌다. 그리고 아내의 신음 소리…… 열린 침실 문 사이로 벌거벗은 남자의 뒤태가 보였다. 그 밑에 깔린 아내는 신음을 흘리며 버둥대고 있었다. 김은 그 자리에 멈춰 섰다. 당장에라도 달려들어 남자와 아내를 떼어 놔야 하는데, 난데없이 처용가만 머릿속에 맴돌았다.

집에 들어와 잠자리를 보니 다리가 넷이어라.
둘은 내 아내 것인데 둘은 누구 것인고.

그러나 두 사람은 정사를 벌이는 게 아니었다. 남자는 아내의 목을 조르고 있었다. 허공을 향해 쳐들렸던 아내의 팔이 침대 밑으로 떨어지고 나서야 김은 남자가 아내를 죽였다는 사실을 깨달았다. 처용처럼 넋을 놓고 있던 김이 남자에게 달려들었다. 죽은 아내 위에서 두 남자가 엉키고 겹쳐졌다. 김은 남자의 반반한 얼굴을 쥐어뜯었다. 김의 손을 떼어 내려 허우적대던 남자가 협탁 위의 주석 잔을 집어 김의 뒤통수를 내리쳤다. 하얀 시트가 새빨갛게 물드는 것을 보며 김은 의식을 잃었다.

사이렌 소리에 정신을 차렸을 때, 남자는 사라지고 없었다. 유령처럼 흔적을 조금도 남기지 않은 채. 김이 모든 죄를 뒤집어쓸 수밖에 없는 상황이었다.

조심스레 뒤통수로 손을 가져갔다. 과연 그 자리에는 세로로 찢어진 흉터가 만져졌다. 다른 부분은 삭발한 머리카락이 자라기 시작해 까칠까칠한 느낌이 드는 반면, 흉터 부위는 볼록하고 반질거렸다.

"교도관! 교도관!"

그는 목소리를 짜내어 교도관을 불렀다. 목구멍과 입안에 침이 다 말라 쇳소리가 나올 때까지 불렀지만 한 번만 더 웃으면 머리통을 날려 주겠다던 교도관은 오지 않았다. 말로는 안 될 것 같아 낮은 책상을 힘껏 밟았다. 플라스틱 책상은 비스킷처럼 쉽게 부서졌다. 교도관은 오지 않았다. 내친김에 세면대 위의 거울을 깼다. 주먹으로 치고 싶었지만, 주먹을 쥘 수 없어 손바닥 아랫부분으로 힘껏 쳤다. 거울 표면에 거미줄처럼 금이 갔고, 한 번 더 치자 조각조각 부서져 내렸다.

무슨 짓을 해서라도 교도관을 불러야 했다. 혀를 잘라서라도. 무릎을 꿇고 바닥에 떨어진 거울 조각을 뭉툭한 손끝으로 헤집었다. 그리고 가장 뾰족한 조각을 찾아냈다. 거울 조각을 집을 수 없음에 또 한 번 절망하며, 바닥을 핥았다. 날카로운 파편이 입에 들어왔다. 김은 혀를 접고 지그시 눌렀다. 뜨끔하는 통증과 함께 입안에 피 맛이 번졌다. 그게 전부였다. 그는 스스로 혀를 잘라 낼 만큼 강인하지 못했다. 강인함은 김에게 어울리는 형용사가 아니었다. 그는 강인하지 못해 지속적으로 고통받아야 했던 지난날을 되새겼다. 수술이 두려워 뭉근한 통증을 참아 가며 종양을 키우는 환자처럼, 진실이 밝혀지는 것이 두려워 의심을 키워 갔다. 곪아 터진 진실이 가장 처참한 방식으로 그의 앞에 모습을 드러낼 때까지.

김은 죄수복을 벗고 거울 조각 위에 누웠다. 그리고 바닥에 등을 누르는 기분으로 힘을 주었다. 자잘한 유리 조각이 피부 속으로 파고들었다. 미지근한 피가 굼실거리며 흘러내렸다.

그런데도 교도관은 오지 않았다.

불이 꺼져 있으니 아직은 밤이었다. 네 번째 형벌을 기다리는 것 말고 그가 할 수 있는 일은 아무것도 없었다.

•

감방의 불이 켜지고 문이 열렸다. 진실된 기억이 오염될까 노심초사하며, 그토록 기다리던 아침이었다. 김은 여전히 반벌거숭이 상태로 깨어진 거울 조각 위에 누워 있었다. 교도관이 방 안에 들어왔다. 이번에는 글씨를 휘갈겨 쓰는 쪽이었다. 교도관은 크로키를 그리듯 태블릿 위에 여덟 개의 글자를 적었다.

- 당신을 석방합니다.

석방이라니, 아직 한 단계의 형벌이 남아 있는데. 김은 고개를 들어 교도관을 바라봤다. 감정이 깃들지 않은 두 개의 검은 점이 그를 내려다봤다. 이건 혹시 질 나쁜 농담이 아닐까. 진의를 의심하면서도 몸을 일으켜 교도관의 앞으로 다가갔다. 바닥에 깔린 유리 파편이 발바닥을 파고들었지만 그깟 통증은 무시해야 했다.

“지, 진실이 밝혀진 겁니까?”

자신의 목소리가 들리지 않는 그는 어눌한 발음으로 말했다.

- 무슨 진실?

교도관이 귀찮아하며 태블릿에 적은 글자를 보여 줬다.

“내가 죄인이 아니라는 거! 당신들이 잘못된 형을 집행했다는 거!”

김은 몸을 떨며 울부짖었다. 아내를 죽인 건 내가 아니다. 무엇을 위해 이 모든 걸 ‘상실’해야 했단 말인가. 교도관은 몸을 돌려 감방을 나갔다. 감방 문이 닫혔다. 역시 농담이었나. 김은 바닥에 주저앉았다.

얼마간의 시간이 흐른 후, 교도관이 회색 제복 두 명을 데리고 왔다. 한쪽은 키가 크고 한쪽은 키가 작았다. 키가 작은 쪽이 바닥에 떨어진 죄수복을 주워 김에게 입혔다. 네 번째로 그들에게 끌려가며 김은 교도관에게 살의를 느꼈다.

"나는 아내를 죽이지 않았다고! 내게 해명할 기회를 줘!"

지하로 내려가는 계단 앞에서 악을 쓰며 버텼지만 그들은 조금도 동요하지 않았다. 키가 큰 쪽이 그를 조금 더 세게 잡아당겼을 뿐이다. 양쪽에 선 남자들의 키 차이 때문에 그는 절룩거리며 걸어야 했다.

그들이 데려간 곳은 유리창이 없는, 맨 안쪽 방이었다. 방에는 수술대와 수술 도구 대신 정사각형 모양의 테이블과 두 개의 의자가 있었다. 테이블 위에는 펜과 노란색 노트가 놓여 있었고, 천장에는 감시 카메라가 달려 있었다. 마치 취조실 같다고, 김은 생각했다. 내게 해명할 기회를 주려나? 적어도 당장 형을 집행하지는 않을 모양이다.

키 큰 남자가 김을 의자에 앉히고 의자 손잡이에 걸린 수갑을 양손에 채웠다. 회색 제복들과 교도관이 나가고 흰 가운을 입은 초로의 여자가 들어왔다. 여자는 손으로 가운을 쓸어내리며 그의 앞에 앉았다. 여자에게는 입술이 없었다. 그래서 어색한 웃음을 짓고 있는 것처럼 보였다. 여자도 과거에 상실형을 받은 걸까? 어떻게 이곳에서 일하고 있을까? 그러나 여자에 대해 깊이 생각할 겨를이 없었다. 자신의 결백을 밝힐 마지막 기회인지도 모른다. 김은 다급하게 말했다.

"나는 아내를 죽이지 않았습니다. 그날 어떤 일이 있었는지, 진실이 무엇인지 전부 다 기억났어요. 아내를 죽인 건 제가 아니라 우리 집에 침입한 남자였습니다. 여기, 제 뒤통수에 흉터 보이시죠? 그놈이 제 아내를 죽인 다음, 제 머리를 내리치고 도망갔단 말입니다."

김은 의자에 묶인 채로 고개를 한껏 틀어 여자에게 뒤통수를 보여 주었다. 여자가 펜을 들고 노란색 노트에 무언가 적었다. 그리고 노트의 방향을 돌려 내용을 보여 주었다.

- 그 흉터는 수술 자국입니다.

"뭐라고요? 저는 뇌수술을 받은 적이 없습니다."

여자가 또다시 글을 적었다. 이번에는 꽤 긴 문장이었다.

여자는 오른손으로 글을 쓰는 도중에도 왼손에 쥔 손수건으로 간간이 흐르는 침을 닦아 냈다. 김은 뭔가 더 말하고 싶었지만 일단 기다리기로 했다. 여자에게 진실을 전달하기 위해서는 최대한 이성적으로 보여야 할 테니까.

부지런히 펜을 놀리던 여자가 그의 앞에 노트를 내밀었다.

- 당신이 첫 번째로 상실한 것은, 기억입니다. 우리는 뇌수술을 통해 당신의 기억을 제거했습니다. 그로 인해 당신은 기억의 왜곡과 혼란을 겪는 것입니다.

"그럴 리가 없어요. 난 그날 일어난 일을 똑똑히 기억합니다. 난 아내를 죽이지 않았어요."

김의 말에 여자가 웃기 시작했다. 눈을 부릅뜬 채, 여태껏 인중으로 감추고 있던 보라색 잇몸을 훤히 드러내고 웃었다. 입안의 치아가 쉰여섯 개는 될 법한 웃음이었다. 여자는 이내 표정을 굳히고 노트에 새로운 문장을 써 나갔다.

- 맞습니다. 당신은 아내를 죽이지 않았습니다.

"그렇다면 저는 왜 형벌을 받은 겁니까?"

김은 여전히 부정확한 발음으로 말했지만 의사소통이 불가능할 정도는 아니었다.

- 당신은 아내의 내연남 집에 찾아가 그를 칼로 찌르고, 그의 부인을 교살하고, 집에 불을 질렀습니다. 방에서 자던 두 살배기 아이도 불에 타 숨졌지요.

세 사람을 죽였다니, 김은 약간의 충격을 받았다. 그의 뇌에는 혼재된 기억만이 존재하므로 여자가 쓴 문장을 실감할 수 없었다. 다시 한번, 눈앞의 문장을 찬찬히 읽어 내려가며 그는 자신이 아내를 죽이지 않았다는 사실에 안도했다.

"그럼 아내, 제 아내는 살아 있습니까?"

- 당신의 아내는 자살했습니다.

건조한 글씨체로 쓰인, 자살이라는 단어를 이해하기까지 그에게는 몇 초의 시간이 필요했다. 아내가 자살했다고? 아니, 그럴 리 없어. 역시 이들이 하는 말을 믿어서는 안 돼. 내가 기억해 낸 게 진실이야.

"아내는 그놈이 죽였어요. 거짓말, 전부 거짓말이야!"

여자는 무표정인지 비웃음인지 알 수 없는 얼굴로 그를 바라보다 자리에서 일어났다. 방문을 열기 전 여자가 무언가 말했지만 입술조차 없는 입으로 하는 말을, 김은 절대 읽어 낼 수 없었다. 여자가 나가고 회색 제복들—키 큰 남자와 키 작은 남자—이 들어왔다. 교도관은 보이지 않았다.

김은 남자들에게 이끌려 계단을 올라갔다. 감방이 있던 층을 지나 한 층 더 올라가자 철문으로 가로막힌 좁고 긴 복도가 이어졌다. 일곱 개의 문을 지나 입출소실에 도착했다. 김이 구속될 당시 입고 있던 옷과 신발, 핸드폰이 빨간 플라스틱 바구니에 담겨 있었다. 탈의실에서 죄수복을 갈아입고 쫓겨나듯 교도소 밖으로 나왔다. 황폐한 사막 같은 풍경이 눈앞에 펼쳐졌다. 말라 죽은 나무들과 용도를 알 수 없는 시멘트 건물들이 낯선 장소에 기이함을 더하고 있었다.

어디로 가야 할지 막막했다. 머리 위로 내리쬐는 태양 때문에 현기증이 났다. 비틀거리며 몇 걸음 걷다가 이마에 난 땀을 닦으려 멈춰 섰다. 카페에서 집어넣은 휴지 쪼가리라도 있길 바라며 바지 주머니를 뒤졌다. 휴지는 없고 구겨진 쪽지가 들어 있었다. 그의 필체로 쓰인, 누군가의 주소였다. 자신의 집 주소를 적었을 리 없으니 내연남의 주소일 가능성이 컸다.

입술 없는 여자의 말이 사실인가? 나는 아내의 내연남뿐만 아니라 죄 없는 여자와 아이까지 죽인 살인귀인가? 정말 그런가?

김은 반대편 주머니를 뒤졌다. 담배꽁초가 아무렇게나 처박혀 있는 구겨진 담뱃갑이 나왔다. 담배라니, 담배는 벌써 11년 전에 끊지 않았나. 지금 그는, 아무것도 확신할 수 없었다.

기억나지 않는 범행을 인정하고 싶지는 않다. 그렇지만 그 사실을 부정하면 그가 받은 형벌은 가치를 잃게 된다. 어느 쪽이든 그로서는 만족스러운 답이 아니다. 진실을 찾아야 해. 진실을 알려 줄 사람. 김은 형을 떠올렸다. 형이라면 그에게 사실을 말해 줄 것이다.

핸드폰 전원을 켜고 연락처를 열었다. 저장된 연락처 0개. 저들이 연락처를 삭제했나?

형의 전화번호를 기억하려 몸부림쳤지만 소용없었다. 전화번호는커녕 형의 이름조차 기억나지 않았다. 과연 그에게 형이 있는지도 의심스러웠다.

뜨거운 햇살이 그의 정수리를 달궜다. 그는 집에 가고 싶었다. 집에 가서 더운물로 샤워하고 싶었다. 하지만 집이 어딘지도 기억해 낼 수 없었다. 어지러웠다. 저 태양 때문이다. 금방이라도 쓰러질 것 같았지만 걸음을 멈출 수 없었다. 이 고요한 세상에서 벗어나려면 어디로든 가야 했다. 발에 달라붙을 듯 짧아진 그림자가 비척거리는 그의 뒤를 집요하게 따라갔다.

초대받은 손

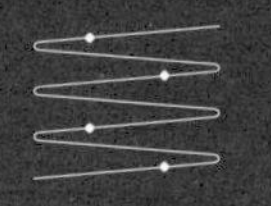

* 2019년 《괴이, 도시_에덴 아파트》(도시괴담 앤솔로지 vol. 2) 수록

1.

그 남자는 우리 집에 초대받은 유일한 손님이었다.

결혼 생활 9년 동안 가족 이외에 우리 집에 들인 사람은 아무도 없었다. 월영시에서도 변두리에 위치한, 재개발 예정인 낡은 아파트라 남에게 보이고 싶지 않은 마음도 있었고, 남편도 나도 청소와는 거리가 먼 인간들이라 남에게 보일 수 없기 때문이기도 했다. 신혼 초 우리 집을 시찰하러 온 시어머니는 욕실에 들어갔다가 공중화장실보다 더러운 변기와 검은 곰팡이가 핀 타일을 보고는 말없이 소매를 걷어붙였다. 시어머니가 욕실 청소를 하는 데는 꼬박 두 시간이 걸렸다. 그 후로 시어머니는 두 번 다시 우리 집에 오지 않았다.

그 남자를 만난 건 6개월 전, 헌책방에서였다. 오랜만에 대학 동창을 만나러 강남역에 갔었다. 시간이 남아 헌책방에서 책을 보고 있는데 낯선 남자가 다가와 아는 척을 했다. 7월 초인데도 그 남자는 체크무늬 남방 위에 검은 패딩 조끼를 입고 있었다. 숱 많은 머리는 빗질과 거리가 먼 듯 부스스했다.

안녕하세요.

나는 사람의 얼굴을 잘 기억하지 못하는 편이라 일단 인사를 하고 그가 무슨 말이든 먼저 꺼내 주길 기다렸다.

상윤이 형 형수님, 맞으시죠?

홍상윤, 내 남편의 이름이다.

저 인규라고 해요, 황인규. 형수님 결혼식에도 갔었는데, 기억 안 나시죠?

네, 그날은 제가 워낙 정신이 없어서요.

그럼요, 이해합니다. 게다가 벌써 9년이나 지난 일인 걸요.

남자의 입에서 9년이란 말이 바로 나와 내심 놀랐다. 나는 내가 결혼 생활 몇 년 차인지도 헷갈릴 때가 있는데, 남편이랑 많이 친했나? 그보다 남편과는 어떻게 아는 사이지? 어떤 반응을 보여야 할지 몰라 어색한 미소만 짓고 있는데,

저…… 형수님. 사실 제가 상윤이 형 연락처를 잃어버렸거든요. 아니, 실은 핸드폰이 물에 빠지는 바람에 연락처를 다 날렸어요. 미리 백업을 해 놨어야 하는 건데…… 괜찮으심 형

님 연락처 좀 알려 주실 수 있을까요?

남자가 준비해 놓은 대사를 읊듯 말했다. 결혼식에까지 왔던 후배라는데 매몰차게 안 된다고 거절할 수는 없었다. 그렇다고 내 멋대로 남편의 연락처를 알려 줘도 될지 판단이 서지 않았다. 단정치 못한 행색 때문만은 아니었다. 남자에게서 어딘지 모르게 음침한 기운이 느껴졌기 때문이다.

혹시 명함 같은 거 있으심 제가 전해 드릴게요.

제가 백수라 명함이 없는데.

백수, 라는 단어를 말하며 남자는 입가에 작은 경련까지 일으켰다. 의도한 건 아니었지만 그를 난처하게 만들었나 싶어 얼떨결에 남편의 연락처를 불러 주었다. 남자는 패딩 조끼 안주머니에서 작은 수첩과 모나미 볼펜을 꺼내 열한 자리 숫자를 받아 적었다. 물에 빠뜨렸다더니 설마 핸드폰도 없이 지내나? 돈이라도 빌려 달라고 연락하면 골치 아플 텐데, 괜히 알려 준 거 같아 한동안 찜찜한 기분이 가시지 않았다.

그날 밤, 남편에게 황인규를 만났다는 얘기를 했다. 알고 보니 남편과는 학교 후배도 아니고, 보라매공원에서 공익근무요원을 같이 한 사이일 뿐이었다. 남편은 그가 결혼식에 왔었는지도 기억하지 못했다. 우리는 결혼식 앨범과 방명록을 찾아보려 했지만 어디에 둔 지 몰라 금세 포기하고 말았다.

백수라던데 연락처 알려 주지 말 걸 그랬나.

어떻게 그러냐. 잘했어. 신경 쓰지 마.

남편은 대수롭지 않게 말했다. 그리고 우리 부부는 곧 황인규에 대해 잊었다.

2.

오늘 인규한테 연락 왔던데.

서점에서 황인규를 만나고 석 달쯤 지났을 때였다. 아이쿠, 드디어 올 것이 왔구나 하는 심정이 되었다.

뭐래? 돈 꿔 달래?

아니, 한번 보고 싶다던데.

새삼스럽게 왜? 9년 동안이나 연락 안 하고 살았던 거잖아.

너랑 우연히 만나고 내 생각이 났을 수도 있지.

돈 꿔 달라면 어쩔라고?

돈 없다고 하면 되지, 그게 무슨 걱정이야.

딱 부러지는 남편의 대답에 마음이 놓였다.

사실 우리는 할 수만 있다면 돈을 꾸어야 할 형편이었다. 나는 소설을 쓰겠다고 3년 전 회사를 그만두었고, 남편은 1년

반 전 회사에서 구조조정을 당했다. 40대 초반에 구조조정이라니, 남편의 실직은 우리 인생 계획에 포함되지 않았던 일이었다. 그렇게 될 줄 알았다면 나도 회사를 그만두는 객기를 부리지는 못했을 것이다. 들어오는 돈 없이 쓰기 시작하자 모아 둔 돈이 모래시계처럼 줄어들었다. 주식을 손절하고, 적금을 하나둘 깨고도 통장 잔고 부족으로 카드값이 연체되었다는 문자를 받아야 했다. 돈도 돈이지만 집에서 게임만 하는 남편도 문제였다. 그나마 몇 달 전까지는 친구들과 술 약속도 제법 있었는데 요즘은 우울증에 걸렸나 의심스러울 정도로 집에만 틀어박혀 있었다. 나는 보통사람이 폐인이 되어 가는 과정을 적나라하게 보여 주는 실시간 다큐멘터리의 시청자가 된 기분이었다.

그날 밤, 황인규를 만나러 나갔던 남편은 만취한 상태로 그에게 업혀서 들어왔다. 그는 여전히 체크 남방에 검은 패딩 조끼를 입고 있었다. 10월 중순이었으니—7월에도 똑같은 옷을 입은 그를 만나지 않았다면—전혀 이상할 것 없는 차림새였다. 술을 얼마나 마셨는지 얼굴뿐 아니라 목이랑 손까지 빨개진 남편은 집에 간다는 그를 자고 가라며 붙잡았다. 나는 간신히 화를 참으며 황인규와 남편 사이에 섰다. 그 와

중에 옷을 갈아입지 않는 그에게서 나쁜 냄새가 날까 봐 숨을 참았다. 황인규는 내 눈치를 살피며 이만 가 보겠다고 했지만, 남편이 나를 밀치며 그를 집요하게 잡자 못 이기는 척 거실에 눌러앉았다.

나는 침실로 들어가 문을 잠갔다. 남편의 코 고는 소리가 방문을 뚫고 들려왔다. 거실에 낯선 사람이 있다고 생각하니 어쩐지 불안해 잠이 오지 않았다. 술을 좋아하긴 했지만 감당 못 할 정도로 마시는 법이 없었던 남편이다. 친하지도 않은 후배를 만나 인사불성이 되도록 마신 것도 이상했지만, 자고 가라며 붙잡는 건 더욱 이상했다. 우리 집에 다른 사람이 오는 건 나보다 남편이 백배는 더 싫어했으니까.

다음 날 아침 황인규는 내가 일어나기도 전에 돌아갔다. 콩나물국이라도 끓여 줬어야 하는 건데 술 취한 남편을 데려다 준 사람한테 너무 대놓고 싫은 티를 냈구나 싶었다. 남편은 술병이 나서 글자 그대로 손가락 하나 꿈쩍하지 못했다. 나는 그런 남편이 보기 싫어 아침을 두유로 때우고 도서관에 가려고 집을 나섰다. 엘리베이터에서 내려 경비실 앞 계단을 내려가다 흠칫 놀라 멈춰 섰다. 아파트 화단에 아기 팔뚝만 한 시궁쥐가 죽어 있었다. 아무리 낡은 아파트라도 쥐는 없었는데.

경비 아저씨한테 말하려다 오지랖이다 싶어 발걸음을 재촉했다.

저녁 시간이 되어 라면을 사 들고 집에 돌아와 보니 남편이 대구탕을 먹고 있었다. 마트에 나가 대구를 사다가 끓였을 리는 없고, 우리 집에 우렁각시라도 나타났나 어리둥절해하는데 남편이 벌겋게 물든 입술로 말했다.

인규가 와서 대구탕을 끓여 주고 갔어. 어제 우리 집에서 신세 졌다고. 녀석, 한 그릇 먹고 가라고 해도 굳이 사양하더라고.

주방에 대해 특별한 애착은 없지만, 잘 알지도 못하는 사람이 멋대로 들어와 내 물건을 만졌다고 생각하니 기분이 좋진 않았다. 하지만 대구탕은 정말 맛있었다. 나는 물에 빠진 생선을 별로 좋아하지 않는데, 난생처음 생선 매운탕을 국물까지 싹 비웠다.

3.

연말이 되었는데도 남편은 별다른 약속이 없었다. 면접을 보러 가는 일도 없었고, 소파에 누워 주구장창 게임만 했다. 어찌나 소파에만 붙어 있는지, 남편이 없을 때도 소파에서는 남편 냄새가 났다. 크리스마스가 이틀 앞으로 다가왔지만 종교도 없고 아이도 없고 돈도 없는 우리에게는 아무 의미 없는 날이었다.

크리스마스 파티 하자는데.

늦은 오후, 게임도 지쳤는지 드라마를 보던 남편이 옥상에 올라가 담배를 피우고 와서 말했다.

누가?

인규가.

웬 파티, 그 사람 우리랑 비슷한 처지 아냐?

이번에 집에 있던 CD들을 처분했다고 자기가 한턱 쏘겠다네. 우리 동네에 도루묵조림 잘하는 집이 있다나 봐.

황인규를 만나는 게 썩 내키지는 않았지만 우리 집에 오겠다는 것도 아니고, 일부러 우리 집 근처까지 와서 맛있는 걸 사겠다는데 거절할 이유는 없었다.

다소 이른 저녁, 그가 우리 집 앞으로 찾아왔다. 역시 지난번과 같은 옷차림이었다. 남편과 나는 그를 따라 도루묵조림을 잘한다는 '영덕 물회'를 찾아갔다. 그런데 가게 문이 닫혀 있었다. 정기 휴일이라든가 임시 휴업이 아니라 망한 지 꽤 된 듯 말라붙은 수족관에는 먼지가 잔뜩 끼어 있었다.

죄송해요, 제가 본 블로그가 3년 전 거였네요.

아연한 상태로 비뚤어진 간판을 보고 있는데 황인규가 스마트폰을 들여다보며 말했다. 약간 짜증이 났지만 미리 확인해 보지 않은 내 잘못도 있다고 스스로를 설득하며 감정을 가라앉혔다. 주택가에 있던 가게라 근처에 마땅한 식당도 없었다. 구시가지까지 걸어가야 하나 고민하는데 남편이 말했다.

삼겹살 사다가 집에서 구워 먹자.

에이, 형수님 번거로우실 텐데 그냥 밖에서 먹죠.

형수님 번거롭지 않게 인규 네가 고기 구우면 되겠네. 여보, 집에서 먹자. 응?

글쎄…….

형수님이 허락해 주신다면 삼겹살은 제가 굽겠습니다.

황인규가 나를 보며 허락을 구하는 듯 겸연쩍게 웃었다. 자꾸 다른 사람을 집에 들인다는 게 마음에 들지 않았지만, 식당을 찾아 헤맬 기분도 아니어서 마지못해 그러자고 했다. 돌아오는 길에 마트에 들러 삼겹살과 상추, 맥주와 소주를 샀다. 그는 내가 카드를 꺼내기도 전에 재빨리 계산했다.

우리 집에 들어온 황인규는 비닐봉지를 들고 거실 한가운데 엉거주춤하게 서 있었다. 나는 싱크대에서 프라이팬을 꺼내 가스레인지 위에 올려놓았다.

인규 씨, 봉투 좀 테이블 위에 올려놔 주세요.

그러자 그가 부스럭거리는 소리를 내며 주방으로 왔다. 냄새가 날까 봐 숨을 참는 것도 한계가 있어 숨을 들이쉬고 말았는데 다행히 나쁜 냄새는 나지 않았다. 스티브 잡스처럼 똑같은 옷이 수십 벌은 아니겠고, 두세 벌 있는지도 모를 일이었다.

형수님, 괜찮으시면 제가 할게요.

황인규가 주저하며 말했다. 남편은 소파에 누워 게임을 하느라 이쪽은 어떻게 되든 신경도 안 쓰는 눈치였다. 하긴 기름 튀고, 냄새나고, 가위로 자르기도 힘들고…… 집에서 삼겹살을 구워 먹는 건 번거로운 일이었다.

그럼 부탁드릴게요.

못 이기는 척 말하고 서재로 들어가 글을 썼다. 공모전 마감이 일주일도 남지 않아 마음이 급하기도 했지만, 다른 사람이 내 주방에서 고기 굽는 모습을 멀뚱히 지켜보고 있을 수도 없는 노릇이었다.

여보오, 나와서 먹어라.

남편이 부르는 소리에 거실로 나왔다. 주방에 있는 테이블은 2인용이라 티 테이블 위에 상을 차려 놓고 둘러앉아 먹기 시작했다. 삼겹살은 내가 쓰던 프라이팬으로 구운 게 맞나 싶을 정도로 먹기 좋게 구워져 있었다. 소맥과 삼겹살, 환상의 조합으로 서먹한 분위기가 조금은 누그러졌다. 주로 남편과 황인규가 대화하고 나는 그들이 하는 말을 듣는 쪽이었다. 내게는 백수라고 말했지만, 둘이 하는 얘기를 들어 보니 집에서 주식 투자를 해 회사원 월급 정도는 버는 것 같았다. 나중에 남편한테 들은 바로는 몇 년 전까지만 해도 잘나가는 게임 개발자였는데, 가뜩이나 예민한 성격에 사람들한테 치이다가 완전히 몸이 망가지는 바람에 회사를 그만두게 되었다고 했다.

집에서만 있어서인지 유난히 창백한 피부, 눈 밑에 자리 잡은 보라색 다크서클, 그리고 볼이 홀쭉하게 들어간 역삼각형의 얼굴은 전형적인 신경증 환자를 떠올리게 했다. 양반다리를 하고 앉느라 올라간 바짓단 밑으로 나온 발목은 내 손목만큼이나 가늘어 보였다.

술이 제법 줄어들고 화젯거리도 떨어진 참이었다. 남편은 붉어진 얼굴로 예능 프로그램에 나오는 여자 아이돌—평소에 종종 장난처럼 이상형이라고 말하던—을 보며 아빠 미소를 짓고 있었다. 나는 쌈장에 고추를 찍어 먹다가 황인규와 눈이 마주쳤다.

인규 씨는 이상형이 누구예요?

딱히 대화를 이어 나가야 한다는 강박을 가진 타입도 아닌데, 입에서 왜 그런 질문이 튀어나왔는지 알 수 없었다. 아마도 남편의 이상형이라는 아이돌을 보고 있었던 탓이겠지.

이상형이요?

이 녀석은 여자면 다 좋을걸.

남편이 실없는 소리를 했고,

전 좀 인상이, 세 보이는 여자가 이상형인데요.

황인규가 조용한 목소리로 대답했다. 나로 말할 것 같으면 인상 세 보이는 여자와는 정반대의 인간이었다.

근데 정작 사귈 때는 그런 거 안 따지는 것 같아요. 오히려 정반대의 이미지를 가진 사람을 좋아하게 되더라고요.

순간 나를 보는 황인규의 눈이 반짝 빛났다. 마치 내가 이상형이라고 말한 것 같아 기분이 나쁘지는 않았다. 남편은 들은 척 만 척 잔에 남은 술을 들이켜고는 어허, 좋다 하는 소리를 냈다.

황인규도 재빨리 잔을 비우고는,

형, 이 집에 방이 몇 개죠?

우리 집 방 개수를 확인하듯 고개를 이리저리 돌리며 물었다.

세 개.

형수님 서재랑, 침실이랑…….

하나는 옷방으로 쓰고 있지. 뜬금없이 그건 왜 물어? 여기 들어와 살게?

남편이 농담처럼 말했다.

네.

황인규도 웃으며 말했다. 농담이었겠지만, 술이 확 깨고 정신이 번쩍 들었다.

실은 제가 이달 말에 집이 만기가 되거든요. 근데 들어갈 방을 아직 못 구했어요.

돌연 진지한 얼굴이 된 황인규를 보면서 농담이 아니라는 걸 깨달았다. 우리에게 접근한 이유가 어쩌면 이것 때문이었을까?

혹시 저기…… 옷방으로 쓰는 방 비워 주실 수 있으시면 제가 청소도 하고 집안일은 책임질게요. 월세는 지금 있는 데랑 똑같이 사십오만 원 드리면 어떨까 하는데. 보증금은…….

보증금은 필요 없지.

남편이 입방정을 떨었다. 갑자기 분위기가 이상하게 흘러간다 싶었지만, 나는 두 사람의 대화에 끼지 않고 황인규의 말 속에 담긴 진의를 파악하려 애썼다.

9시가 되자 황인규는 자리에서 일어나 뒷정리를 하기 시작했다. 그냥 두라고 내가 하겠다고 해도 막무가내였다. 못 이기는 척 그에게 설거지를 맡겼다. 솔직히 동물성 지방이 덕지덕지 붙은 접시와 프라이팬을 닦고 싶지 않은 마음도 있었다. 청소도 하고 집안일도 책임진다…… 그가 했던 말이 귓가에 맴돌았다.

설거지를 마친 황인규는 이제 가 보겠다며 덕분에 잘 먹었다는 인사를 몇 번씩이나 했다. 남편은 그런 황인규를 지하철역까지 바래다주고 오겠다고 했다. 나가는 김에 담배도 피우고 오려는 심산이겠지. 돈도 없다며 그놈의 담배 사 피울 돈은 어디서 나는지 몰라. 남편과 황인규가 나간 다음 주방으로 가서 접시와 프라이팬을 만져 보았다. 접시는 기분 좋게 뽀득거렸고 프라이팬은 새로 산 것처럼 바닥까지 반짝거렸다. 청소도 하고 집안일도 책임진다…… 그리고 월세 사십오만 원이란 말이지…….

십 분 정도 지나자 남편이 찬 공기를 잔뜩 묻히고 집으로 돌아왔다. 그러고는 내게 다짜고짜 물었다.

인규, 집에 들이는 거 어떻게 생각해?

뭘 어떻게 생각해? 말도 안 되는 소리지.

말도 안 되는 소리라고 잘라 말하면서도 머리 한쪽으로는 부지런히 계산기를 두드렸다. 이번 달 카드 값이 나오면 마지막 남은 적금을 깨야 할 판이었다. 큰 액수는 아니지만 7년 만기에 5개월 남은 터라, 중도해지를 하기가 너무 아까웠다. 그러나 사십오만 원이 있다면…… 남은 주식을 팔아 어떻게든 카드값을 충당할 수 있을 것이다.

5개월 동안만 있으라고 하면 어떨까?

왜 5개월인데?

우리 7년짜리 적금, 5개월 남았거든.

남편과 나는 황인규와 함께 살 경우 예측되는 플러스와 마이너스를 창작 노트로 쓰고 있는 스케치북에 쭉 적어 봤다.

플러스

1) 매월 현금 45만 원

2) 청소, 요리 등 집안일 분담

마이너스

1) 하나밖에 없는 욕실 공유

2) 이방인과 함께 산다는 심적 부담감

3) 집 안에서 옷 벗고 돌아다니지 못함

4) 세탁기 공유

5) 제한적인 부부 관계?

나는 5번 항목을 다른 항목보다 좀 더 크게 적었다. 남편은 그걸 보더니 힝, 코웃음을 쳤다.

웃을 일이 아니야, 나도 내후년이면 마흔이라고.

그게 뭐, 그래도 아직 이십 대처럼 예쁜데.

그런 얘기가 아니잖아.

남편과의 대화는 초점을 벗어나기 일쑤였다. 아기를 가질 거면 더 늦기 전에 가져야 한다는 말을 하고 싶었던 건데. 하지만 둘 다 백수인 상황에서 아기 이야기를 꺼낼 수는 없었다. 다시 황인규 문제로 돌아가서 플러스와 마이너스를 놓고 짧은 토론을 거친 결과 마이너스 항목은 약간의 불편함과 심리적인 문제일 뿐이고, 플러스 항목은 돈이라는 커다란 실익이 있으므로 황인규를 집에 들이는 것이 좋겠다는 결론이 나왔다.

남편과 나는 옷장과 서랍장을 침실로 옮겼다. 내용물을 빼고 옷장을 치우자 벽 한 면에 아기 머리통만 한 검은 곰팡이가 피어 있었다.

저거 그냥 둬도 될까? 도배해 줄 필요는 없겠지?

도배는 무슨 도배, 싫으면 지가 시트지 사다가 붙이겠지.

옷장과 서랍장을 침실에 들이자 침대와 옷장 사이에 한 사람이 간신히 지나다닐 만큼의 공간만 남았다. 하는 수 없이 행거는 거실 한구석에 두었더니 영 지저분해 보여 치우기로 했다. 행거에 걸려 있던 옷들을 옷장에 전부 넣었더니 문이 잘 닫히지 않았지만 어쩔 수 없었다.

12월 31일, 황인규는 성인 남성의 살림살이가 다 들어가기에는 턱없이 부족해 보이는—신혼여행에 들고 갈 만한 사이즈의—여행 가방을 끌고 우리 집으로 들어왔다.

4.

황인규로 인해 상상했던 것보다 훨씬 많은 것이 달라졌다. 솔직히 말해 후회의 연속이었다.

가장 불편한 건 예측대로 욕실이 하나라는 점이었다. 평소 같으면 머리를 감고 배수구에 머리카락을 놔 뒀다가 물이 잘 안 내려가게 되면 치웠는데, 객식구가 있으니 아무래도 매번 깔끔히 정리해야 했다. 변기를 같이 써야 하는 것도 싫었다. 어디 그뿐이랴. 샤워를 하고 몸에 습기가 남아 축축한 상태에서 옷을 입어야 하는 건 고문에 가까운 일이었다.

좁아진 침실도 불편하긴 마찬가지였다. 옷장과 침대 사이를 지나가기 위해 옆으로 게걸음을 할 때마다 숨이 턱턱 막혔다. 밤에 자다 깼을 때는 열린 옷장 문 사이로 누군가 지켜보고 있는 것 같아 섬뜩했다. 옷장 문을 꽉 닫아도 용량 초과로 문이 완전히 닫히지 않았기 때문이다. 하지만 내 통장에 사십오만 원이 입금된 것도 사실이었다. 나는 이런저런 일들로 후회될 때마다 사십오만 원을 주문처럼 외우며 견뎠다.

그렇다고 나쁜 일만 있는 건 아니었다.

거실과 주방, 욕실이 몰라보게 깨끗해졌다. 황인규가 집에 들어오고 나서 집 안에서 맨발로 다녀도 발바닥에 먼지가 달라붙지 않았다(침실과 서재는 내가 정리하겠다고 선을 그었다. 거기까지 들어오게 하고 싶지는 않았다). 다만 청결한 환경에 어울리지 않는 악취가 날 때가 있었다. 노후한 아파트라 하수도 냄새가 나기 시작하나 싶었지만 막상 하수도에 코를 대고 냄새를 맡아 보면 그것도 아닌 것 같았다. 어쨌거나 나는 비염 때문에 냄새를 잘 맡지 못하는 편이라 악취의 존재를 종종 잊었다.

식사도 브런치는 내가, 저녁은 황인규가 담당했다. 그는 주식 투자 때문인지 자기 방에 틀어박혀 세 시까지는 밖에 나오지 않았으므로, 브런치는 남편과 나만 먹으면 됐다. 말이 좋아 브런치지 대개는 누룽지를 끓여 먹거나 시리얼을 먹는 정도였다. 저녁에는 요리를 좋아하는 황인규 덕분에 신선한 채소와 나물이 있는 밥을 먹을 수 있었다. 요리하는 동안은 잡념이 들지 않아 좋다는 말을 식사 전에 기도문처럼 들어야 한다는 걸 제외하고는 대체로 만족스러웠다.

또 하나 좋은 점은 황인규가 화장실에 자주 가지 않는다는 점이었다. 솔직히 그가 화장실에 들어가는 걸 한 번도 보지 못했다. 참았다가 내가 밖에 나갈 때 가는 걸까? 아니면 같은 변기를 쓰는 게 불편해 요강 같은 걸 쓰고 있는 걸까? 그런 거라면 집 안에서 은근히 풍기는 악취가 설명될 수도 있다. 게다가 샤워를 하는 것도 보지 못했다. 불현듯 남편과 나는 그가 요리하는 세균 덩어리를 먹고 있는지도 모른다는 생각이 들었다.

이대로 그에게 요리를 맡겨도 될까. 기회 봐서 내가 하겠다고 해야 하나. 신경 쓸 게 너무 많다. 겨우 일주일밖에 안 지났는데, 이래서야 5개월은커녕 5주도 버티기 힘들 것 같다.

하루는 도서관에 책을 반납하고, 동네 슈퍼에서 시금치와 배추를 사서 집에 왔는데 황인규가 내 서재에 들어가 있었다. 순식간에 기분이 나빠졌지만 웃는 얼굴을 만들려 노력하며 물었다.

이 방에서 뭐 하세요?

형수님, 정말 책이 많으시네요.

황인규는 미안한 기색도 없이 도서관에서 필요한 책을 찾는 사람처럼 책등을 손가락으로 훑어가며 말했다. 손톱 밑에는 까만 때가 끼어 있었다. 죄송하지만 앞으로 이 방에는 들어오지 말아 주세요, 라는 말이 입에서 막 튀어나오려는데,

저, 이 책 좀 빌려주실 수 있어요?

황인규가 책장에서 책을 한 권 뽑아 들었다. 러브크래프트 전집 중 4권이었다. 사 놓고 1권만 읽다가 그대로 두었는데. 원래부터 남에게 책을 빌려주는 걸 싫어하지만 아직 내가 읽지도 않은 책을 빌려 달라니 더욱 싫었다. 하지만 안 된다고 할 수도 없는 노릇이었다.

그래요, 빌려드릴게요.

감사합니다, 형수님.

황인규가 책을 가슴에 품고 방에서 나갔다. 서재에서 나와 소파에 있는 남편을 째려봤다. 남편은 입 모양으로 뭐? 하며 어깨를 으쓱했다. 나는 남편을 침실로 데려와 잔소리를 했다.

왜 인규 씨가 서재에 들어가게 놔뒀어?

그럼, 책 좀 구경하겠다는데 들어가지 말라고 해?

그래야지. 책상 서랍에 비상금하고 상품권도 넣어 놨는데.

여보야, 그게 무슨 소리냐. 너 엄한 사람 의심하는 버릇 좀 고쳐.

의심하는 게 아니라 내 사적인 공간에 다른 사람이 들어오는 게 싫다고. 게다가 내가 보지도 않은 책까지 빌려 달라 하고.

그러게 돈도 없는데 보지도 않을 책은 왜 사서 쟁여 놓냐?

지금 그 얘기가 왜 나와. 당신이 기회 봐서 얘기 좀 해. 이러다간 침실에도 들어오겠네.

알았어.

남편이 성의 없이 대답하고 거실로 나갔다.

그날 밤, 막 잠이 들 무렵 황인규의 방에서 이상한 소리가 들렸다. 가위로 거친 삼베를 조각조각 써는 소리 같았다. 아니, 잔뜩 숨을 죽이고 속닥거리는 사람들의 목소리였다. 노인과 아이, 여자와 남자의 목소리가 뒤섞인 듯한 소리.

황인규가 방에 누군가를 들였나? 이 밤에?

무서우면서도 화가 났다. 그런데 가만히 듣고 있자니 황인규의 목소리밖에 들리지 않았다. 그는 소리를 죽인 채 무언가를 읊고 있었다. 끊어질 듯 이어지는 묘한 리듬감, 입술 사이로 새어 나오는 마찰음. 마치 사이비 종교를 믿는 사람이 요상한 주문을 암송하는 것처럼 들렸다.

남편의 옆구리를 쿡쿡 찔렀지만, 코까지 골며 자던 남편은 미간을 약간 찌푸리며 웅얼거릴 뿐 일어나지 않았다. 나는 소름 돋은 팔뚝을 쓸어내리며 잠을 청했다. 더 이상 황인규의 목소리가 들리지 않는데도, 속닥거리는 소리는 귓구멍 언저리에 달라붙은 듯 쉽게 떠나지 않았다. 오한이 들고, 소름이 자꾸만 돋았다.

여보, 어젯밤에 인규 씨가 방에서 혼자 중얼거렸어. 나 소름 끼쳐 죽는 줄.

남편이 일어나 눈곱을 떼기도 전에 어젯밤의 일을 말했다.

책 빌려 갔다며, 그거 읽었나 보지.

책을 소리 내서 읽는다고?

가끔 그런 사람들 있어. 왜 그렇게 예민하게 굴어? 너 인규한테 관심 있냐?

나는 말도 안 되는 소리 말라며 베개로 남편을 두들겨 팼고, 황인규에 대한 대화는 거기서 끝났다.

세 시 정각에 황인규가 어김없이 방에서 나왔다. 남편과 나는 소파에 나란히 앉아 귤을 먹고 있었다. 그가 내게 빌려 갔던 책을 건넸다.

잘 봤습니다, 형수님.

귤 좀 드세요.

황인규에게 귤을 내밀었지만 그는 괜찮다고 손을 내젓고는 죄지은 사람처럼 서둘러 자기 방으로 들어갔다. 어딘지 모르게 부자연스러운 행동이라고 생각했는데 무심코 책장을 넘기다 그 이유를 알게 되었다. 책 중간 부분에 책장이 진득하게 들러붙어 있었다. 음료수라도 흘렸나 싶어 조심스레 책장을 떼 보다가 깜짝 놀라 책을 떨어뜨렸다. 왜 그래? 남편이 물었다. 피. 나는 최대한 목소리를 낮추고 말했다.

어제 인규 씨가 빌려 간 책에 피가 묻어 있어.

밤새 책 보다가 코피라도 흘렸나 보지.

남편은 또 태평한 소리를 했다.

아니, 그럼 책을 새로 사 주던가. 그러지는 못할망정 미안하단 말은 해야 하는 거 아냐?

어허, 또 까칠하게 군다. 당신이 그냥 새로 사.

지금 그걸 말이라고.

내 목소리가 높아지자 남편이 자기 입술에 검지를 가져다 대며 눈을 부라렸다. 다른 사람의 피가 묻어 있는 책이라니, 끔찍해서 쳐다보기도 싫었다. 나는 책을 빈 택배 상자에 넣어 재활용 쓰레기통에 버렸다. 그냥 버리면 황인규가 지나가다 볼까 봐 그렇게 해야 했다.

5.

황인규가 집에 들어오고 3주가 지났을 때 남편이 취직을 했다. 대학교 선배가 하는 소규모 컨설팅 업체였다. 출근하기 전날 밤 남편과 밤새도록 싸웠다. 물론 황인규 때문이었다. 나는 남편이 없는 집에 황인규랑 둘만 있는 건 불가능하다고 주장했고, 남편은 그렇다고 월세까지 내고 사는 사람을 당장 내쫓을 수는 없는 일이라고 했다. 내가 그럼 한 달이 되는 날까지 일주일만 더 참겠다고 하자, 남편은 적어도 새로 들어가 살 집을 구할 때까지는 기다려 줘야 하지 않겠냐고 했다.

어떻게 밀폐된 공간에 외간 남자랑 단둘이 있어? 당신은 아무렇지도 않아?

야, 걱정 마. 인규는 센 여자 좋아한다잖아. 너 같은 스타일은 여자로 보지도 않을걸.

그런 얘기가 아니라니까.

정 싫으면 당분간 도서관에 다니던가.

인규 씨 혼자 우리 집에 두라고? 그건 더 싫어.

내가 집을 비운 사이 서재에 들어왔던 그의 모습이 겹쳐졌다. 남편이 회사에 가고 나까지 도서관에 가면 침실에 들어와 서랍장을 뒤져 볼지도 모르는 일이었다.

당신이 기분 나쁘지 않게 얘기해 봐. 빨리 집 구하라고. 고시원 같은 데는 금방 들어갈 수 있을 거 아냐.

알았다, 알았어.

남편은 귀찮다는 듯 고개를 끄덕였다. 나는 황인규와 단둘이 있어야 하는 시간을 계산해 봤다. 황인규는 항상 세 시 이후에 방에서 나오니까 남편이 여덟 시에 퇴근한다고 했을 때 다섯 시간 정도만 참으면 된다는 답이 나왔다. 침실 문은 잠가 놓고, 서재 안에 들어가 글을 쓰면 남편이 없다고 해도 집 안을 헤집고 다니지는 못할 것이다. 어쨌거나 일주일만 참자, 는 생각이었다.

나 오늘 회식 있어서 늦는다.

인생은 언제나 계획대로 흘러가지 않는다. 남편의 회사는 회식이 잦았다. 그 말은 내가 황인규와 둘이 보내야 할 시간이 늘어난다는 의미였다. 남편은 아직 그에게 집을 알아보라는 말도 하지 않은 눈치였다.

형은 오늘도 늦게 오시나 봐요.

거실에서 주식 방송을 보고 있던 황인규가 얼른 채널을 돌리며 말했다. 나는 어차피 텔레비전을 보지 않는 편이라 주식 방송을 봐도 상관없었지만 그가 내 눈치를 살피는 게 싫진 않았다. 화면 속의 출연자는 김이 펄펄 나는 닭백숙을 뽀얀 국물에서 건져 내고 있었다.

네, 또 회식이라네요.

나는 먹음직스럽게 닭 다리를 뜯는 출연자를 보며 침을 삼켰다. 요즘은 남편이 일찍 나가니 혼자 차려 먹기도 귀찮아 요구르트나 두유 정도로 브런치를 때우는 편이었다. 사실 그걸 브런치라고 부르기도 뭐했다.

형수님, 저녁에 백숙 드실래요? 저 백숙 잘하는데.

백숙 좋네요.

손톱 밑의 검은 때가 마음에 걸리긴 했지만, 어차피 펄펄 끓이는 음식이고 세균 좀 먹는다고 죽는 건 아니니까.

황인규는 그길로 백숙 거리를 사 오겠다며 나갔다. 그사이 나는 침실로 들어가 누웠다. 밤늦게부터 새벽까지 글 쓰는 버릇 때문인지 요즘 들어 늦은 오후만 되면 까무룩 눈이 감겼다.

구수한 냄새에 눈을 떴다. 주방에서 나는 백숙 냄새였다.

형수님, 식사하세요.

황인규가 나를 불렀다. 식탁 위에 우리 집에서 제일 큰 냄비가 올려 있었다. 기대하며 냄비 뚜껑을 연 순간, 끄으악, 내가 듣기에도 이상한 비명을 내지르며 뚜껑을 내던졌다. 그 안에 허여멀건한 머리가 달린 닭 한 마리가 들어앉아 있었기 때문이다.

왜요?

냉장고에서 김치를 꺼내던 황인규가 뚜껑을 주워 들고 물었다.

저기, 닭에 머리가…….

아, 제수용 닭을 사 왔더니 놀라셨구나. 죄송해요. 제가 대가리를 좋아해서요. 얼른 먹어 치울게요.

황인규가 뜨겁지도 않은지 냄비 속에 손을 넣어 닭 벼슬이 붙은 대가리를 비틀어 뜯었다. 그리고 모가지 쪽을 입에 넣고 쯥쯥, 하는 소리를 내며 게걸스럽게 빨았다. 닭 대가리를 먹는 지방이 있다는 말은 들었지만 실제로 본 건 처음이라 속이 울렁거렸다. 하지만 맛있게 먹는 사람 앞에서 헛구역질을 할 수는 없었다. 나는 시큼한 침을 삼키며 말했다.

저는 좀 피곤해서 나중에 먹을게요.

침실로 들어와 이불을 뒤집어썼지만, 허옇게 삶은 닭 대가리의 환영이 머릿속에서 떠나지 않았다. 내 눈으로 본 건 아니었지만 닭의 뇌가 황인규의 입속으로 빨려 들어가는 장면이 상상되어 괴로웠다.

6.

1월 31일이 되었지만 황인규는 우리 집에서 나가지 않았고 내 통장에는 사십오만 원이 입금되었다. 남편이 여태껏 나가라는 말을 하지 못한 것이다. 밤늦게 들어와 잠만 자고 아침에 나가다 보니 황인규와 얼굴 볼 시간도 없었다고 핑계를 댔다.

문자로라도 해.

아무리 그래도 같이 사는데 어떻게 그러냐?

남편이 출근하기 전 이런 대화가 잠깐씩 반복될 뿐이었다. 나라도 나서서 얘기해야 하나 고민하던 차에 남편이 1박 2일로 지방 출장을 가게 되었다.

출장? 절대 안 돼.

1박 2일인데 뭘 그래.

아무리 하룻밤이라도 인규 씨가 나가기 전엔 안 돼.

왜 인규가 널 잡아먹기라도 한대? 그럼 회사 관두고 하루 종일 집에 있을까? 징징거리는 것도 하루 이틀이지, 진짜 애처럼 왜 이래?

남편이 버럭 화를 내는 바람에 더 이상 할 말이 없었다. 나는 등을 돌리고 누웠다. 눈물이 날 것 같았다.

너무 걱정 마. 이번에 좀 큰 건 맡을 수 있을 거 같다. 내일 출장 가는 데가 춘천에 있는 업첸데 거기 대표가 또 군대 동기더라고. 올해 귀인은 군대에서 만난 녀석들인가 봐.

귀인 좋아하시네. 귀신이다, 귀신. 글쎄 저번엔 머리가 달린 닭을…….

우리 애기 삐졌어? 하룻밤만 참아. 내가 출장 다녀오면 꼭 나가라고 할게.

남편이 내 등을 꼭 끌어안았다. 나는 입안에 고이는 말을 삼켰다. 하고 싶은 말을 하면 쓸데없는 투정으로 취급당할 뿐이었다. 책에 묻은 피, 손톱 밑의 때, 일자로 눈이 감긴 닭대가리, 정체 모를 악취, 그리고 한밤중에 들려오는 중얼거림…… 이런 것들이 내 신경을 야금야금 갉아먹고 있었다.

다음 날 남편은 기차 시간을 맞추기 위해 다른 날보다 일찍 집에서 나갔다. 하룻밤 자고 오는 건데 어떠냐며 속옷도 양말도 챙겨 가지 않았다. 나는 황인규에게 남편이 출장 갔다는 말을 할 생각이 없었다. 어차피 밤늦게 귀가할 때가 많으니, 오늘도 그런 날인 척 넘어가면 될 일이었다. 그런데 세 시가 되자 방에서 나온 황인규가 내게 물었다.

오늘 상윤이 형 출장 가셨죠?

네? 네…….

어떻게 알았지? 남편이 말했나? 그를 보는 내 얼굴은 틀림없이 굳어 있었을 것이다.

아, 저 어젯밤에 두 분 말소리가 들려서.

황인규가 고개를 숙이며 말했다. 어제 우리가 하는 말을 들었다고? 그럼 내가 자기를 두고 싫은 소리를 하는 것도 들었을까? 뭐라 말해야 좋을지 몰라 손톱만 쳐다보는데 황인규가 도로 방에 들어갔다. 그는 저녁 시간에도 밖에 나오지 않았다. 남편이 출장 갔다니 조심하는 건가 싶어 약간은 고마웠다.

이어폰으로 음악을 들으며 글을 쓰다 보니 새벽 두 시가 훌쩍 넘었다. 되도록 세 시는 넘기지 않고 자려 했기 때문에 노트북을 끄고 자리에서 일어났다. 자기 전에 소변을 보려고 화장실에 들어갔는데, 배수구에 시커먼 뭔가가 있었다. 정체 모를 털 뭉치 아래로는 붉은 얼룩이 번져 있었다. 반사적으로 비명이 튀어나왔고, 방에 있던 황인규가 밖으로 뛰쳐나왔다. 나도 모르게 그의 품으로 뛰어들었다.

형수님, 괜찮으세요?

저, 저기…….

손가락으로 욕실을 가리키며 발을 동동 굴렀다. 그러자 황인규가 나를 부축해 소파에 앉히고 주방에서 키친타월과 쓰레기봉투를 가져와 욕실로 들어갔다. 나는 무릎을 바짝 당겨 끌어안은 채 욕실에서 나는 소리에 귀를 기울였다. 부스럭거리는 소리, 묵직한 뭔가가 비닐봉투 안으로 떨어지는 소리, 샤워기에서 쏟아져 나오는 물소리…….

이것 좀 버리고 올게요.

황인규가 쓰레기봉투를 들고 밖으로 나갔다. 나는 여전히 충격에서 벗어나지 못한 채 아래턱을 떨고 있었다.

형수님, 다 치웠어요. 이제 괜찮아요.

현관문을 열고 들어온 황인규가 말했다. 푸른 새벽빛 때문인지, 그는 유령처럼 흐릿해 보였다. 알았다고, 고맙다고 해야 하는데 정작 말라빠진 입술 사이로 나오는 건 흐느낌뿐이었다. 다른 사람도 아니고 황인규에게 이런 약한 꼴을 보이고 싶지는 않았지만 이미 내 의지를 벗어난 일이었다. 그가 내 옆에 앉더니 나를 빤히 바라봤다. 깊은 우물처럼 새카만 눈동자였다. 그 눈동자를 보자 비정상적이다 싶을 정도로 순식간에 그에 대한 혐오가 사라지는 게 느껴졌다. 하아, 한숨을 내쉬자 입에서 하얀 입김이 나왔다.

진정해요, 형수님.

황인규의 손이 내 어깨를 감쌌다. 그러고는 내게 입을 맞췄다. 너무 놀라 아, 하고 입이 벌어졌는데 그 틈으로 그의 혀가 파고들어 왔다. 얼음덩어리처럼 차가운 혀. 그의 차가운 혀가 어금니에 닿자 마취를 안 하고 치과 치료를 받는 것처럼 이가 찌릿했다. 정신이 번쩍 든 나는 온 힘을 다해 그를 밀어냈다. 그가 다시 나를 바라봤다. 검은 눈동자가 어찌나 큰지 흰자위가 안 보일 정도였다. 이 사람 눈동자가 이렇게 컸나? 자칫하다간 눈동자 안으로 빨려 들어갈 것 같은 착각이 들었다. 어지러웠다. 심장이 미칠 듯 뛰어야 하는 상황인데, 나른한 감각이 몸을 지배했다. 온몸의 근육이 녹아내리는 기분이었다.

형수님, 괜찮아요. 제가 형수님이 원하는 걸 드릴게요.

황인규가 웅크리고 있는 나를 품듯이 끌어안았다. 나는 불가항력적인 힘에 홀린 듯 저항할 수 없었다. 그가 나를 더욱 세게 안았다. 얼음기둥이 몸 안을 뚫고 들어오는 생경한 느낌. 아마도 나는 비명을 질렀을 것이다. 밖으로 터져 나오지 못하고 내 안에서만 처절하게 울리는 비명을.

7.

어금니의 통증 때문에 눈을 떴다. 나는 침대에 누워 있었다. 미세먼지 때문인지 창밖으로 보이는 하늘은 누렇게 물들어 시간을 가늠하기 어려웠다. 반사적으로 벽시계를 봤다. 건전지를 갈지 않은 벽시계는 멈춘 지 오래였다. 어제 황인규의 혀가 닿았던 어금니가 시리고 아팠다. 혀끝으로 살살 건드려 보니 흔들렸다. 이가 흔들릴 때마다 두통이 심해졌다.

핸드폰을 어디에 뒀더라.

황인규가 있을까 봐 두려워 침실 문을 빠끔 열고 문틈으로 거실을 내다봤다. 그는 보이지 않았고 티 테이블 위에 놓인 내 핸드폰이 보였다. 거실로 나가 핸드폰을 집어 들었다. 오후 세 시 십오 분. 열두 시간 넘게 정신을 잃었다는 뜻이다. 어젯밤의 일이 악몽처럼 느껴졌다. 그러나 꿈이 아니라는 것도 알고 있었다. 눈에서 눈물이 흘러내렸다. 남편에게 연락할 수는 없었다. 어젯밤의 일은 남편에게 절대 말하지 않을 것이다.

황인규는 나갔을까? 나한테 그런 짓을 하고 뻔뻔히 우리 집에 있지는 못하겠지?

술에 취한 듯 휘청거리는 몸을 가누며 그의 방 앞으로 갔다. 안에서 인기척이 나는지 방문에 귀를 대 봤지만 별다른 소리는 들리지 않았다. 숨을 크게 들이쉬고 그의 방문을 열어젖혔다. 그의 방 창문은 검은 천으로 가려져 있었다. 햇빛이 들어오지 않아서인지 방에서는 곰팡내와 비릿한 악취가 풍겼다. 방 안으로 들어가 창문을 열어젖히려다 그 자리에 멈춰 섰다. 벽 한 면이 온통 글자로 덮여 있었기 때문이다. 벽지에 빼곡하게 적혀 있는 갈색 글자들. 피로 쓴 글자였다. 어떤 곳은 피가 뭉쳐 짙은 갈색이었고, 어떤 곳은 흐린 갈색이었다. 한글이 아니란 건 두말할 것도 없었고, 한자도, 영어도, 히라가나도 아니었다. 잘은 모르지만 태국이나 아랍 글자에 가까워 보였는데 그것도 아닌 것 같았다. 벽 한가운데는 피로 그린 그림이 있었다. 동그라미 속에 다윗의 별이 있는 그림이었다. 자세히 보니 동그라미는 뱀이 자기 꼬리를 문 형상이었고 다윗의 별 가운데에는 무한대 기호가 그려져 있었다. 6개의 삼각형에는 각기 다른 기호가 있었지만, 의미를 알 수 없었다. 그리고 그림 아래 놓여 있는 불길한 검은 비닐봉지. 내용물을 확인하고 싶지 않았지만 그냥 둘 수는 없는 일이었다.

봉투의 매듭을 푼 순간 썩은 냄새가 확 퍼져 나왔다. 그 안에는 죽은 쥐 두 마리가 들어 있었다. 한 마리는 목을 따고 피를 쥐어짜 낸 듯 온몸이 바람 빠진 고무풍선처럼 쪼그라져 있었고, 피투성이인 다른 한 마리는 새끼를 밴 듯 배가 빵빵하게 부풀어 올라 있었다.

이게…… 다 뭐야…….

황인규는 역시 사이비 종교를 믿고 있었던 걸까. 이걸 어쩌지? 경찰에 신고라도 해야 하나? 경찰에 신고하면 어젯밤 일도 밝혀야 하는 걸까? 핸드폰을 든 채 어쩔 줄 모르고 서 있는데 손안에 있던 핸드폰이 진동했다. 남편이었다.

여보, 그 집에서 빨리 나와.

남편이 다급한 목소리로 말했다.

뭐?

나 지금 서울 가는 기차 안인데, 그 군대 동기랑 같이 가고 있거든. 근데 황인규…….

갑자기 남편의 목소리가 멀어졌다. 쩔렁쩔렁, 카트 지나가는 소리가 들렸다.

황인규가 뭐?

1년 전에…… 었…….

터널이라도 지나는지 남편의 목소리가 잘 들리지 않았다.

잘 안 들려. 황인규가 어쨌다고?

1년 전에 죽었대.

어?

목을 매고 죽었다는 소문이 있는데, 죽기 전에 희한한 종교에 빠졌다나 봐. 환생교라던가, 암튼 거기서 빨리 나와.

알았다고, 빨리 나가겠다고 말하려는데 목에서 소리가 나오지 않았다. 방 안의 공기가 전부 사라진 듯 숨을 쉴 수 없었다. 금붕어처럼 뻐끔거리다가 그 자리에 쓰러졌다. 글자들이 벽에서 튀어나와 내 목을 조여 오는 것 같았다.

여보, 뭔 일이야. 여보, 괜찮아? 여보!

남편의 목소리가 아주 멀리에서 들렸다.

정신을 잃어서는 안 된다고 생각하며 몸을 일으키려 애썼다. 무리였다. 팔에 도무지 힘이 들어가지 않았다. 팔꿈치로, 턱으로 지탱하며 문을 향해 기어갔다. 그때였다. 찌이, 찌이익, 고막을 긁는 듯한 울음소리가 들려왔다. 소리가 나는 쪽으로 고개를 돌렸다. 암컷 쥐의 팽팽한 뱃가죽이 잘 익은 무화과처럼 벌어지더니 말간 새끼 쥐들이 꼬물거리며 밖으로 나왔다. 울컥, 속에서 신물이 올라왔다. 도망치고 싶었다. 이 방에서. 이 집에서. 그런데 몸은 얼어붙은 듯 꼼짝할 수가 없었다.

스르륵, 검은 천이 펄럭이며 창문이 열리고, 구렁이가 얕은 담장을 넘듯 황인규가 서서히 안으로 들어왔다. 우리 집은 11층인데…… 창문으로 사람이 들어올 수가 없는데…… 아, 저건 사람이 아니지…… 입에서 짓눌린 신음이 새어 나왔다. 방 안에 들어온 황인규는 벽에 그린 그림 앞에 서서,

나마차구…… 나마차구…… 사타…… 사불…….

무슨 뜻인지 알아들을 수 없는 주문을 외우고는 무한대 기호 위에 손을 올렸다.

나마차구…… 사타…….

그가 몸을 부르르 떨더니 나에게로 돌아섰다. 그러고는 주머니에서 무언가를 꺼내 들었다. 이발용 면도칼이었다. 날 죽이려는 건가? 이 괴물이?

형수님, 그동안 신세 많이 졌습니다. 덕분에 살았어요. 이 집에 초대해 주셔서.

그의 목소리는 여러 갈래로 갈라져 알아듣기 힘들었다.

제발…… 살려…….

황인규가 날카롭게 벼려져 푸른빛이 도는 면도칼을 치켜들었다. 그의 얼굴에는 사악한 미소가 어려 있었다. 이렇게 죽는구나. 포기하고 눈을 감으려는 순간 황인규가 자신의 목을 단숨에 갈랐다. 얼음물처럼 차가운 피가 내 얼굴 위로 폭포처

럼 쏟아져 내렸고, 나는 그대로 정신을 잃었다.

얼마나 기절해 있었는지 모르지만 다시 정신이 들었을 때, 황인규는 사라지고 없었다. 떨리는 몸을 겨우겨우 가누며 현관까지 기어 나와 옆집 문을 두드렸다. 피투성이가 된 나는 옆집 아주머니의 신고로 구급차에 실려 응급실로 갔다. 다친 곳은 한 군데도 없었다. 당연한 일이었다. 온몸에 묻어 있던 피는 내가 흘린 피가 아니라 황인규의 피였으니까. 검사 결과 몸에는 아무런 이상이 없었다. 다만 흔들리던 어금니는 결국 빠지고 말았다.

기차에서 내리자마자 회사로 복귀하는 대신 집에 갔던 남편은 옆집 아주머니에게 자초지종을 전해 듣고 병원으로 왔다. 더 입원해 있을 필요가 없는 나는 퇴원 수속을 밟고 집으로 향했다.

이사 가자.

남편이 택시 안에서 조용한 목소리로 말했다. 나도 가만히 고개를 끄덕였다. 병원에서 집까지 오는 길지 않은 시간 동안, 남편은 신호에 걸릴 때마다 긴 한숨을 내쉬었고, 끝내 자신의 손 옆에 놓인 내 손을 잡아 주지 않았다.

남편이 집에 들어가 '그 방'을 치우는 동안 나는 집 앞 놀이터 그네에 앉아 있었다. 겨울이지만 바람이 그다지 차갑지 않았다. 대신 미세먼지 때문에 목이 칼칼했다. 머릿속에도 미세먼지가 잔뜩 끼어 있는 듯 제대로 된 생각을 할 수 없었다.

[다 치웠다. 들어와.]

남편에게서 온 문자를 보고 집으로 들어갔다. 이사 갈 때까지 그 방에는 들어가지 않을 생각이었는데, 남편이 내 손을 잡고 그 방으로 데려갔다.

벽지는 사람 불러서 해야겠지.

남편이 피로 그려진 다윗의 별을 보며 말했다. 바닥은 말끔히 치워져 있었지만 창에는 검은 천이 그대로 붙어 있었다.

근데 왜 저 검은 천은 안 떼고 둔 거야?

검은 천? 좀 이따 떼려고.

남편이 기이하게 번들거리는 눈으로 나를 보며 웃었다. 섬뜩한 기운이 칼처럼 내 몸을 가르고 지나갔다.

지금 떼 버리자.

창가로 가 천을 향해 손을 뻗는데 남편이 뒤에서 나를 끌어안았다. 그러더니 내 고개를 억지로 돌려 키스했다.

왜 이래, 나 그럴 기분 아니야.

나는 남편의 가슴을 떠밀었다.

하지 말라고.

몸을 뒤틀며 저항했지만 소용없었다. 그럴수록 남편은 더욱 센 힘으로 나를 밀어붙였다. 아까 택시 안에서는 손도 잡지 않더니…… 왜 다른 곳도 아닌 이 방에서…….

알았어, 알았으니까. 거실에서 해.

남편은 말이 통하지 않는 짐승이 된 것 같았다. 어쩔 수 없이 그를 받아들여야 했다. 기왕 이렇게 된 거 남편과의 관계로 황인규의 흔적을 씻어 버리자고, 그렇게 생각했다. 어차피 죽은 사람이 흔적을 남기는 일이 가능할 것 같지는 않았지만, 그래도 씻어 내야 한다는 생각이 들었다. 닫힌 창문에 걸린 검은 천이 펄럭인 순간 남편의 온기가 내 안에 퍼졌다.

8.

우리는 이사하면서 결혼식 앨범을 찾았다. 친구들과 찍은 사진에 정말로 황인규가 있었다. 맨 뒷줄, 체크무늬 남방에 검정 조끼 차림으로. 우리 결혼식은 8월이었다. 다른 사람들의 얼굴은 선명한데 유독 황인규의 얼굴 부분만 인화가 잘못된 것처럼 흐릿하게 번져 있었다. 그러나 45도 아래로 몰린 검은 눈동자가 나를 향하고 있다는 것만큼은 지나칠 정도로 또렷하게 보였다.

나는 그날의 관계로 임신이 되었고, 아홉 달 후 무사히 아이를 낳았다. 아들이었다. 예정일보다 이른 출산이었지만 아이는 건강했다.

젖을 빨던 아이가 고개를 들어 나를 바라본다. 깊은 우물 같은 새카만 눈동자로.

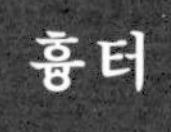
흉터

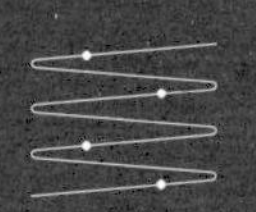

아침부터 교실이 시끄러웠다. 반장이 얼굴에 커다란 반창고를 붙이고 나타났기 때문이다. 키우던 고양이가 갑자기 할퀴었다고, 흉터가 생길까 봐 걱정이라며 호들갑을 떨었다. 겨우 그 정도 흉터로 호들갑이야? 하, 나도 모르게 헛웃음이 튀어나왔다. 옆에 앉은 짝이 나를 흘끔 보더니 얼른 고개를 돌렸다. 나는 짝의 어깨를 잡아 돌리고 싶은 충동을 눌러야 했다.

왜? 왜 나를 똑바로 보지 못하는데? 내 얼굴의 흉터가 너한테 전염이라도 될까 봐?

그렇다. 내 얼굴에는 흉터가 있다. 고양이가 할퀸 따위와는 비교도 되지 않는, 웃는 남자 그윈플레인처럼 입부터 광대까지 길게 찢어진 흉터가. 그나마 다행이라면 한쪽에만 있다는 것이다. 그게 정말 다행일까? 머리카락으로 오른쪽 얼굴을 가리고 어딜 가나 오른쪽 벽에 붙어, 사람들에게 왼쪽 얼굴만 보이도록 신경 쓰면서 살아야 하는 게 다행스러운 일일까?

반장은 아직도 고양이에 대해 떠들고 있었다. 고모네로 보내 버리고 싶은데 엄마가 말린다며, 자기보다 고양이를 더 사랑하는 것 같다며 투덜댔다. 나는 한순간 고양이로 변신하고 싶었다. 커다란 고양이가 되어 반장의 얼굴 한가운데를 가로지르는 흉터를 만들어 주고 싶었다. 아니, 고양이가 된다면 복수의 대상은 반장이 아니다. 정가영, 나의 언니. 그 인간에게 복수해야 한다. 내 얼굴을 이런 꼴로 만들어 놓고도 벌을 받지 않고 살아가다니. 나는 흉터 때문에 하루하루 고통 속에 살고 있는데.

그 일은 내가 세 살 때 일어났다. 나랑 두 살 터울인 언니는 다섯 살이었다. 우리를 돌봐 주던 보모가 화장실에 간 사이, 언니가 잠든 내 얼굴에 가위를 떨어뜨렸다. 내가 숨이 넘어갈 듯 자지러지게 울자, 언니는 잔뜩 겁을 먹었고 내 얼굴에 꽂힌 가위를 빼내야겠다고, 그럼 모든 게 다시 말짱해질 거라고 생각했다. 언니가 가위를 잡아당기자 부드러운 내 피부는 익은 복숭아처럼 쉽게 잘려 나가 버렸다.

그렇게 내 얼굴에는 지워지지 않는 흉터가 생겼다. 아마도 그랬을 것이다. 사실 나는 그때의 상황이 전혀 기억나지 않는다. 게다가 누구도 내 흉터에 대해 자세히 말해 주지 않았다.

다만 언니의 잘못이었다는 것, 가위로 인해 생겼다는 것만은 어찌어찌해서 알게 되었다.

언니가, 나를 괴물로 만들었다.

상처가 나은 후에도, 나는 흉터 제거 수술을 하러 몇 번이나 병원에 다녀야 했다. 그래서 내 어린 시절의 기억은 병원 냄새와 병원의 하얀 천장, 리모컨으로 작동되던 침대, 침대에서 먹던 맛없는 밥 같은 것들로 가득하다. 다섯 살 때였나, 피부 이식을 받느라 허벅지 안쪽의 피부를 네모나게 도려냈다. 허벅지 안쪽에 네모난 흉터가 생겼다. 흉터가 흉터를 낳은 셈이다. 그렇지만 정작 얼굴의 흉터는 사라지지 않았다. 이식한 부위에 면역거부반응이 일어난 것이다. 피부가 검붉은 자주색으로 괴사하는 바람에 붙였던 피부를 도로 떼어 내는 수밖에 없었다.

"다른 사람의 피부를 이식하면 면역거부반응이 일어나는 경우가 있는데요. 자가조직에 면역거부반응은 워낙 드물어서……."

어린 나이라 의사의 말을 다 이해할 수 없었음에도, 이상할 정도로 또렷하게 그의 말이 기억에 남아 있다. 아니, 이것도 흩어진 정보의 조각들을 이어 붙여서 내가 만들어 낸 건지도 모르겠다. 어쨌든 1차 피부이식술은 실패했다.

"괜찮아. 좀 더 크면 다시 해 보자."

집에 오면서 엄마가 했던 말, 엄마가 사 줬던 달콤하고 인공적인 딸기 아이스크림의 맛과 차가운 온도가, 지금도 혀를 내밀면 느낄 수 있을 듯이 생생하다.

한 해 한 해 나이를 먹을수록 나는 내 얼굴이 다른 아이들과 다르다는 사실을 깊이 자각했다. 지나가는 사람들의 시선, 그 시선들이 내 얼굴에 머무르는 몇 초의 시간, 흔들리는 눈동자, 반대편으로 돌아가는 고개…… 그리고 그들의 입가에 맺히는, 나는 저렇지 않아서 다행이라는 안도감 같은 것들.

그들에게 구경거리도, 비교 대상도 되고 싶지 않았다. 나는 언젠가부터 마스크를 쓰고 다녔다. 귀 뒤가 벌겋게 짓물러도 마스크를 벗지 않았다. 학년이 바뀔 때마다 엄마는 담임을 찾아가 내 사정을 말하고 양해를 구했다.

5학년 때였다. 엄마가 갑작스럽게 출장을 가느라 새 학기 첫날 나를 데려다주지 못했다. 엄마는 내게 수업 시작 전에 교무실에 찾아가 새로운 담임에게 마스크를 쓴 이유를 말하라고 당부했다. 하지만 나는 그냥 교실로 들어가 앉아 있었다. 5학년 담임은 우리 학교에 처음 부임하는 새내기 교사였다. 내 사정을 알 리가 없는 담임은 내게 왜 마스크를 썼냐고 물었다. 내가 대답도 하지 않고 마스크를 벗지도 않자 담임은 발소리를 크게 내며 내 자리로 다가왔다.

"감기 걸렸어?"

그냥 끄덕이고 넘어갈 수도 있었다. 하지만 나는 아니라는 의미로 고개를 가로저었다.

"그럼 벗어."

나는 머리카락을 귀 뒤로 넘기고 고개를 바싹 쳐들었다. 그리고 마스크의 끈을 한쪽씩 빼냈다. 그때 담임의 얼굴에 나타난 당혹스러움이란! 나는 오른쪽 입꼬리를 올려 비웃어 주었다. 굳이 입꼬리를 올리지 않아도 비웃는 것처럼 보이겠지만 말이다.

작년 여름방학, 왼쪽 허벅지 피부를 얼굴에 이식했다. 또 거부반응이 나타났다. 끔찍하게도 이제는 양쪽 허벅지에 네모난 운동장이 생겼다.

나는 그 운동장에서 작은 인간들이 축구하는 상상을 한다. 머리에 뿔이 나고 뾰족한 돌기가 솟은 꼬리를 가진 보라색 인간들. 그 인간들에게 운동장을 빌려주는 대신, 언니의 복수를 하게 만든다면. 나는 작은 인간들이 언니의 콧구멍으로, 귓구멍으로, 감은 눈꺼풀 사이로 비집고 들어가 언니의 뇌를 파먹는 상상을 한다. 그러면 허벅지 피부만큼 잘려 나간 마음에서 흘러넘치던 피가 서서히 멎곤 한다. 하지만 어떨 때는 도무지 피가 멎지 않는다. 가슴 속이 온통 피로 넘실대고 목구멍까지 피가 차올라 구역질이 난다. 나는 화장실로 달려가 변기를 부여잡는다. 피를 토할 줄 알았는데, 시큼한 위액만 넘어온다.

•

언니는 예쁘다. 언니의 왼쪽 얼굴은 내 왼쪽 얼굴보다는 예쁘지 않지만 그런 건 별 의미가 없다. 흉터는커녕 점 하나 없는 언니는 눈꼬리가 올라갈 정도로 머리를 바짝 묶고 다닌다. 머리카락 한 올도 얼굴을 가리지 못하도록. 언니는 흉터 없는 자의 권리를 마음껏 누린다. 불공평하다. 내 얼굴에 흉터가 생긴 날부터, 행운은 내게 등을 돌렸다. 그건 너무나 가혹한 일이다.

사실 진짜 괴물은 언니다. 언니는 다른 사람 앞에서는 천사의 얼굴을 하고 있지만, 나랑 둘이 있을 때는 본색을 드러낸다. 지난 주말, 언니 생일에도 그랬다. 우리 가족은 언니가 좋아하는 일식집에 갔다. 좁은 방에서 언니와 같은 테이블에 마주 보고 앉아 있는 것만으로도 숨이 막힐 것 같은데, 엄마 아빠가 케이크에 촛불까지 붙이고 생일 축하 노래를 불렀다.

주문 제작한 케이크에는 '가영이 열일곱 번째 생일 축하해'라는 글자 아래 우리 가족의 얼굴이 그려져 있었다. 맨 왼쪽에 엄마, 그다음에 언니, 맨 오른쪽에 아빠, 그리고 중간에 끼인 나. 아니 단발머리가 날 닮긴 했지만 내가 아니다. 그림 속 아이에게는 흉터가 없었으니까.

"사랑하는 가영이의 생일 축……."

엄마와 아빠가 입을 모아 노래 불렀다. 촛불이 반사된 불그레한 얼굴들. 이 위선을 더는 참고 볼 수가 없었다. 나는 초콜릿으로 그려진 단발머리 얼굴을 손으로 뭉갰다. 미끄덩한 생크림과 축축한 카스텔라의 감촉.

"정아영, 무슨 짓이야!"

마치 자기 얼굴이 뭉개지기라도 한 듯 언니가 소리쳤다. 나는 방을 나와 화장실로 갔다. 그리고 더러운 케이크가 묻은 손을 씻었다. 테이블을 통째로 뒤엎어 버렸어야 하나, 분이 풀리지 않아 눈물이 나왔다. 핸드 타월을 뽑아 눈물을 찍어 내고 코를 푸는데, 언니가 들어왔다.

"너 진짜 왜 이러는데?"

"몰라서 물어?"

"뭐? 또 그 얘기야?"

"그 얘기? 그게 뭔데? 흉터라고 솔직히 말해 보시지. 양심은 있나 보네."

"양심 같은 소리 하네. 내가 일부러 그랬어?"

"그거야 모르지."

"까불지 마. 가위가 조금만 아래로 떨어졌으면, 넌 죽을 수도 있었어."

언니가 가위 모양의 손가락을 목에 푹 꽂는 시늉을 했다. 나야말로 언니의 목에 손톱을 박아 넣고 싶었다. 있는 힘을 다해 목을 졸라 주는 거다. 경부를 압박해 사망에 이르는 시간은 평균 3분에서 5분. 그 시간 동안 내 손아귀가 버틸 수 있을까?

"너희들 여기서 뭐 해?"

엄마도 화장실 안으로 들어왔다. 미간에 깊은 주름이 잡혀 있었다.

"아, 아영이 걱정돼서 내가 따라 나왔지."

엄마는 호들갑 떠는 언니를 사랑스러운 눈으로 바라봤다. 나는 화장실을 나와 집으로 와 버렸다. 엄마가 내 이름을 불렀지만 그게 다였다. 이번에는 아무도 나를 따라 나오지 않았다.

두 시간 후, 집에 온 엄마는 방문을 열더니 내 뒤통수에 대고 한숨을 쉬었다. 모처럼의 가족 모임인데 먼저 가 버리면 어쩌냐는 질책은 없었다. 엄마는 언제나 내 눈치를 살핀다. 나한테 화를 낸 적도 없다. 하지만 언니한테 신경질을 내는 엄마를 보면, 나는 오히려 차별받고 있다는 생각이 든다. 나를 조심스럽게 대한다는 사실 자체가 흉터를 의식하고 있다는 의미니까. 이 집의 구성원으로 사는 이상, 그들은 내 흉터에 대해 끊임없이 상기시켜 줄 것이다.

그나마 다행인 건 우리 집이 넓다는 것 정도다. 넓은 집에서는 가족들과, 특히 언니와 부딪칠 일이 거의 없다. 만약 언니와 같은 방을 써야 한다거나, 방은 따로 쓰더라도 거실이 좁아서 화장실에 가다가 마주쳐야 한다면, 아마도 나는 미쳐 버렸을 것이다. 그렇게 좁은 공간이라면 언니의 몸에서 나는 냄새까지 맡아야 할 테니까. 나는 언니의 냄새를 맡아 본 적이 없다. 다만 엄마는 언니를 끌어안고 "내 새끼, 아직도 젖 냄새가 나네." 하며 숨을 훅 들이마신다. 엄마는 나를 그런 식으로 대한 적이 없다. 그래서 나는 맡아 보지 못한 언니의 냄새가 싫다. 목소리도 싫고, 걸음걸이도 싫다. 나는 언니의 모든 것이 싫다.

언니가, 죽어 버렸으면 좋겠다.

자는 동안 언니의 방만 공기가 다 빠져 나가 진공 상태가 된다거나, 언니의 내장에서 불이 붙어 안에서부터 활활 타올라 재가 된다거나. 하지만 그런 일은 자연 상태에서는 절대로 일어나지 않는다. 그렇다면 내가 진공의 방을 만들어 그 안에 언니를 밀어 넣어야 한다. 뱃속에 들어가면 화학반응을 일으켜 불이 붙는 알약을 만들어야 한다.

언제부턴가 나는 언니를 과학적으로 죽이는 방법을 궁리했다. 그러다 보니 물리, 화학, 생물 같은 과학 과목에 취미가 붙었다. 나는 과학자가 될 것이다. 아무도 없는 연구실에서 머리를 질끈 묶고 언니를 죽일 수 있는 기발한 발명품을 만들어 낼 것이다.

•

학교에서 돌아오는 길이었다. 누군가 내 뒤를 쫓아오는 느낌이 들었다. 어려서부터 사람들을 경계하고 살아서인지 나는 육감이 발달한 편이다. 카메라 기능을 켜고 핸드폰을 보는 척하며 뒤쫓아 오는 사람을 확인했다. 미행하려고 작정한 듯 검은 옷을 입고 검은 마스크를 쓴 사람이 눈에 띄었다. 백발에 가까운 회색 머리카락, 노인인 것 같았다. 마스크로 가린 얼굴 때문에 눈매가 유난히 두드러져 보였는데 어쩐지 낯설지가 않았다. 그래서였을까? 평소와 다르게 호기심이 발동했다.

나는 사람이 드문 골목으로 들어갔다. 그리고 노인을 기다렸다. 왜 나를 쫓아오는지 물어볼 생각이었다. 몸싸움한다 해도 나랑 체격이 비슷한 노인에게 밀릴 것 같지는 않았다.

30초쯤 지났을까. 골목에 등을 기대고 서 있는데 노인이 나타났다.

"저, 따라온 거죠?"

짧은 순간, 내 눈을 바라본 노인은 다짜고짜 손을 내밀었다. 노인의 손바닥에는 작은 캡슐이 놓여 있었다. 보통의 알약처럼 생겼지만, 금속으로 만들어진 듯한 은색 캡슐이었다.

"이걸 삼키고 돌아가고 싶은 날을 생각해. 그럼 그날로 널 데려다줄 거야."

이 할머니가 지금 무슨 소리를 하는 거야? 눈빛이나 말하는 투로 봐서 미친 사람 같지는 않은데…….

"뭐라고요? 제가 이걸 왜 삼켜요?"

"빨리 받아. 시간이 없어."

"그니까 이게 뭐냐고요."

"타임머신이라고 할 수 있지. 한 번밖에 쓸 수 없지만."

"타임머신?"

이상한 금속 캡슐을 내밀며 타임머신이라니, 미친 사람이 맞나 보다. 오늘 아침 현관 앞에서 언니랑 마주쳤을 때부터 재수가 없더라니……. 노인을 피해 골목을 나가려는데, 노인이 내 앞을 막아섰다.

"정아영, 머리 굴리지 말고 내 말 들어."

"네? 당신이 내 이름을 어떻게……."

아, 잊고 있었다는 듯 노인이 마스크를 벗었다. 노인의 얼굴에는 흉터가 있었다. 정확히 나랑 똑같은 자리에.

"더 설명이 필요해?"

노인이 얼굴을 가까이하자 온몸의 털이 삐죽 솟구쳤다. 무슨 상황인지 알 것도 같은데 머릿속이 녹슨 기계로 가득 차 삐걱대는 느낌이었다. 물어보고 싶은 건 많지만 입술만 달싹일 뿐, 무슨 말을 먼저 해야 할지 알 수 없었다.

"이걸 읽으면 의문이 풀릴 거야."

노인이 딱지 모양으로 접은 쪽지를 내 주머니에 찔러 넣었다. "어서 받아." 노인이 재촉했다. 나는 얼떨결에 손을 내밀었다. 노인이 내 손바닥 위에 캡슐을 떨어뜨렸다. 손바닥에 작고 차가운 캡슐의 느낌이 전해졌다. 나는 살그머니 손을 오므렸다. 그때였다. 세상에서 가장 듣기 싫은 목소리가 들렸다.

"너 여기서 뭐 하냐? 이 할머니 누구야?"

언니가 내 앞으로 바짝 다가왔다. 언니는 학원 가방을 들고 있었다. 이 골목이 언니의 학원으로 가는 지름길이란 걸 알았더라면, 애당초 들어오지도 않았을 텐데.

"나도 몰라, 저리 비켜."

언니를 어깨로 툭 치고 지나가려는데 눈앞에서 노인이 사라졌다. 노인이 있던 공간만 도려낸 것처럼 흔적도 없이 사라진 것이다.

"뭐야? 저 할머니 지금 사라진 거야?"

활짝 벌어진 언니의 눈은 뒤통수만 툭 건드려도 튀어나올 것 같았다.

"미쳤어? 사람이 어떻게 사라져?"

"너도 봤잖아. 왜 시치미 떼는데?"

언니와 실랑이를 할 시간은 없다. 노인은 사라졌고 내 손안에 캡슐은 남아 있다. 노인이 과학적으로 증명할 수 없는 존재, 귀신이나 유령이 아니라면, 노인의 말은 사실일 가능성이 크다. 만약 사실이라면—캡슐이 나를 과거로 보내 줄 수 있다면—빨리 집에 가서 노인이 준 쪽지를 읽어 봐야 한다. 그리고 흉터가 생기기 전으로 가야 한다.

"야, 너 손에 쥔 거 뭐야?"

언니가 내 손을 가리키며 말했다.

"상관 마."

나는 주먹을 꽉 쥐고 뛰었다. 그러자 언니도 뛰기 시작했다. 나보다 키가 두 뼘이나 큰 언니는 나를 금세 따라잡고 내 손목을 꽉 틀어쥐었다.

"아야, 아파!"

나도 모르게 손을 펴자 언니가 재빨리 캡슐을 낚아챘다.

"이럴 줄 알았어. 이거 뭐야? 어린 게 신종 마약이라도 하는 거냐?"

"그런 거 아니야. 당장 내놔."

내 오른쪽 얼굴을 빼앗긴 것으로 충분하다. 또다시 언니에게 내 것을 빼앗길 수는 없었다. 온몸을 날려 언니를 덮치려 했지만, 언니는 나를 피해 큰길로 튀어 나갔다. 나는 무릎이 까진 것도 아랑곳하지 않고 언니를 향해 달려가며 손을 뻗었다. 마침내 언니의 셔츠 자락을 움켜쥐려는 순간, 언니가 나를 피해 차도로 내려갔다. 차가 달려오는 4차선을 건너는 척하던 언니가 돌연 몸을 틀어 반대편 사거리로 달렸다. 젠장, 폐가 찢어질 것처럼 숨이 찼지만 찢어져도 상관없다는 생각으로 쫓아갔다. 그런데도 거리는 좁혀지지 않았고……

저러다 캡슐을 떨어뜨려 하수구에 빠지면 어쩌나 속이 타들어 가던 찰나, 언니만큼이나 빠르게 달려오던 트럭이 언니를 덮쳤다.

쿵 하는 충돌음, 귀를 찢는 브레이크 소리.

교복을 입은 언니가 포물선을 그리며 날아올랐다. 그리고 둔탁한 소리를 내며 바닥으로 떨어졌다. 언니의 고개도, 오른쪽 다리도, 기이한 각도로 틀어져 있었다. 새빨간 피가 언니의 머리 주위로 번져 나갔다. 지나가던 사람들이 웅성거리며 모여들었다. 누군가는 비명을 질렀고, 누군가는 119에 신고하라고 소리쳤다.

언니가 죽었어.

눈에서 한 줄기 눈물이 흘러내렸다. 안도의 눈물이었다. 드디어, 내 소원이 이뤄진 것이다.

휘청거리며 언니에게 다가가 무릎을 꿇었다. 피 웅덩이 속에서 저녁 햇살을 반사한 캡슐이 반짝, 빛을 냈다. 나는 캡슐을 주워 들었다. 그리고 교복 치마에 피를 닦아 주머니에 넣었다.

장례식장의 엄마 아빠는 넋이 나간 모습이었다. 엄마는 몇 번이나 기절해 응급실에 다녀오기를 반복했다. 언니는 영정 사진 속에서도 잡티 하나 없는 얼굴로 활짝 웃고 있었다. 저 사진을 찍을 때 언니는 자기가 열일곱의 나이로 죽게 될 거라 상상이나 했을까? 그것도 교통사고로 허망하게?

문득 궁금해졌다. 저 영정 사진의 주인공이 나였다면 어땠을까? 그래도 엄마는 기절할 만큼 슬퍼할까? 그건 그렇고 나는 사진이 없는데, 사리 분별을 하게 되고서는 사진을 찍은 적이 없는데, 그럼 영정 사진에는 세 살 이전에 찍은 사진을 쓰려나?

"어린 게 충격이 얼마나 컸으면 울지도 않아."

눈물 한 방울 흘리지 않는 나를 보며 어른들은 제멋대로 해석했다. 그러면서 나를 안쓰러운 눈으로 바라봤다. 어른들은 모든 걸 자신들의 상식으로 이해하려 한다. 나는 주머니 속의 캡슐을 만지작거리고 있을 뿐인데. 손끝으로 캡슐의 감촉을 음미하며, 노인이 주고 간 쪽지의 내용을 곱씹었다.

의심이 많은 건 알지만 시간이 없으니 간략히 쓰겠다.

넌 나야. 난 너고.

넌 오늘 밤 정가영을 죽인다.

그리고 소년교도소에서 13년을 보내게 돼.

교도소에 있으면서 많은 생각을 했다.

그곳은 생각 말고 내 의지로 할 수 있는 일이 많지 않거든.

여러 가지 경우의 수를 살펴봤지만 결국은 흉터 때문이다.

흉터가 생기는 걸 막아. 그날이 며칠이었는지 알아내.

네 인생을 구하기 위해 내 평생을 바쳤다.

제발 캡슐을 헛되이 쓰지 않기를.

언니가 죽은 지 사흘이 지났다. 발인식을 했고, 완전히 탈진한 엄마는 병원에 입원했다. 나는 아빠와 함께 집으로 돌아왔다. 내 방에 들어서자 비로소 안전하다는 느낌이 들었다. 캡슐을 꺼내 책상 위에 올려놓았다. 장례식장에서 내내 생각해 봤지만, 여전히 어느 시점으로 돌아가야 할지 정하지 못했다. 캡슐은 하나뿐인데, 경우의 수가 너무 많았다. 흉터가 생겼을 때 나는 겨우 세 살이었다. 악마 같은 혹은 멍청하기 짝이 없는 언니가 내게 가위를 다시 떨어뜨리지 말라는 법이 없다. 세상을 움직이는 보이지 않는 힘이 있다면, 그 힘이 사람들이 말하는 운명이라면, 내게는 다시 흉측한 흉터가 생길 것이다. 살인을 막기 위해 미래의 내가 왔기 때문에, 캡슐을 건네줬기 때문에 언니가 사고로 죽은 것처럼.

게다가 나는 흉터가 생긴 날이 언제인지 모른다. 내가 다니던 병원에 12년 전의 의료기록을 찾을 수 있냐고 물어봤지만, 의료기록 보존 연한은 10년이라고 했다. 실망했지만 좌절하진 않았다. 날짜야 어떻게든 알아낼 수 있을 것이다. 하지만 내게는 날짜 따위와는 비교도 되지 않는, 커다란 딜레마가 있었다. 흉터가 생기기 전으로 돌아간다면, 언니가 살아날 수도 있다. 모처럼 죽은 언니를 살리고 싶진 않다.

내 흉터를 없애면서 언니는 살아나지 않을, 확실한 방법이 있을까?

답은 정해져 있다. 그런 방법은 없다. 그렇다면 흉터를 갖고 살아가는 수밖에.

나는 캡슐을 서랍 안쪽 깊은 곳에 넣어 두었다.

다시 일상이 반복되었다. 아빠는 우울한 얼굴로 아침에 나갔다가, 지친 얼굴로 밤늦게 들어왔다. 엄마는 어딘가 고장 난 사람처럼 내가 불러도 잘 듣지 못하거나, 시커먼 텔레비전 화면을 멍하니 바라보곤 했다. 나는 매일 아침 욕실 벽에 붙은 거울을 볼 때마다 언니가 살아나거나 말거나 서랍 속의 캡슐을 삼키고 싶은 충동에 휩싸였다. 하지만 그러지 않았다. 내 손으로 언니를 살리는 일만은 피하고 싶었으니까.

한 사람이 다른 사람에게 행한 가해는 어떻게 해도 사라지지 않는다. 그러니 언니를 용서할 수 없다. 설령 언니가 사고로 죽은 게 아니라, 내게 용서받기 위해 스스로 목숨을 끊었다고 해도 말이다. 언니가 죽었다고 내 증오가 사라진 것도 아니다. 언니가 죽은 지금도 증오는 유령처럼 내게 달라붙어 있다.

나는 여전히 분노하고 좌절하며 악몽에 시달린다. 차라리 내 손으로 언니를 죽이고 소년원에 갔다면…… 노인처럼 시간을 허비하는 편이 나았을지도 모른다. 가만, 언니를 죽여?

이럴 수가! 내 흉터를 없애면서 언니는 살아나지 않을 방법이 있었다. 흉터가 생기기 전으로 가서 언니를 죽여 버리는 것이다. 지금까지 흉터가 생기는 걸 막아야 한다는 생각, 그렇게 되면 언니가 살아난다는 생각에만 빠져 있었다. 바보처럼.

내 안의 증오가 사라지려면 내 손으로 언니를 죽여야 한다.

뱃속이 간질간질한 느낌이 들었다. 어깨가 자꾸 들썩였다. 어디선가 웃음소리가 들렸다. 그것이 내가 내는 소리가 아니라 거실에서 들리는 소리라는 걸, 코미디 프로그램을 보던 엄마가 발작적으로 웃는 소리라는 걸, 나는 한참 후에야 알게 되었다.

모두가 잠든 새벽, 나는 캡슐을 삼켰다.

차가운 캡슐이 목구멍을 타고 내려갔고, 온몸이 작은 입자로 부서지는 것 같았다. 아니, 내 몸이 거대한 빛줄기가 되어 사방으로 퍼지는 느낌이었다.

눈을 떴을 때 나는, 내 방에 있었다. 그러나 내 방의 풍경은 사뭇 달랐다. 물기를 머금은 듯한 하늘색 벽지와 천장에 달린 모빌, 그리고 아기 침대. 아기 침대 안에는 두 살배기 아기인 내가 잠들어 있었다. 보송보송하고 청결한 피부, 흠결 없는 얼굴, 분홍빛을 머금은 우윳빛 볼…… 손으로 쓰다듬고 싶은 충동을 참으며 살그머니 문을 열었다. 주방으로 가서 칼꽂이에서 가장 날카로운 칼을 빼 들었다. 나도 모르게 흐, 비슷한 소리가 입에서 새어 나왔다. 깜짝 놀라 입을 틀어막고 집 안의 기척을 살폈다. 다행히 모두 깊이 잠들었나 보다. 나는 입술이 아플 정도로 입을 꽉 다물고 언니 방으로 갔다.

언니가 없었다.

언니가 자고 있어야 할 침대 위에는 구겨진 이불만 있을 뿐이었다. 설마 엄마 아빠 방에서 자고 있는 건 아니겠지? 당황하고 있는데 방 안쪽의 화장실에서 물 내리는 소리가 들렸다. 독 안에 든 쥐새끼였네.

나는 언니가 제 손으로 문을 열고 나오길 기다렸다. 딸깍, 문고리가 돌아가고 네 살짜리 악마가 화장실에서 나왔다. 입을 크게 벌리고 소리 지르는 악마. 동굴 같은 입에서 날벌레들이 튀어나올 것 같았다. "엄마, 엄마아!" 어찌나 악을 써 대는지 놀란 엄마가 언니 방으로 달려왔다.

"너, 너 누구야? 우리 집에 어떻게 들어왔어?"

엄마의 시선이 내 손에, 정확히는 내가 들고 있는 칼에 꽂혔다. 엄마는 언니를 향해 몸을 날렸다. 나도 그랬다. 내가 훨씬 더 빨랐다. 나는 언니의 목을 겨냥해 칼을 휘둘렀다. 하지만 칼은 빗나가 언니의 통통한 볼을 대각선으로 그었다. 엄마의 하얀 잠옷에 뿌려진 새빨간 피, 성대가 찢어질 듯한 울음소리, 엄마가 알아들을 수 없는 말을 내뱉으며 내 손에서 칼을 빼앗은 순간, 나는 시간 속으로 빨려 들어갔다.

조용하다. 너무나도 익숙한 고요함이 나를 감싸고 있었다. 은은한 디퓨저 향기. 우리 집에 돌아왔다는 걸 알았다. 그런데도 쉽사리 눈을 뜰 수가 없었다. 두려웠다. 아무것도 바뀌지 않았을까 봐. 눈을 감은 채 무릎 사이에 얼굴을 묻고 방금 일어난 일을 돌이켜 봤다. 날카로운 쇠붙이가 연하고 부드러운 것을 가르던 감촉…….

조심스레 눈을 떴다. 새벽일 줄 알았는데 늦은 오후의 햇살이 방 안을 비추고 있었다. 머리에 찌릿한 통증이 파고들었다. 과거에 다녀온 후유증인지 어질어질하고 귀가 먹먹했다. 후우, 한숨을 내쉬며 두 손으로 얼굴을 감쌌다. 열도 제법 나는지 얼굴이 뜨거웠다. 손으로 이마를 짚어 보려다 멈칫했다. 그리고 오른손으로 볼을 쓸어 올렸다. 설마? 심장이 미친 듯이 빠르게 뛰기 시작했다. 이번에는 손끝으로 천천히 쓰다듬었다.

오른쪽 볼이, 매끈했다.

벌떡 일어나 욕실로 갔다. 그리고 아침마다 깨 버리고 싶었던 거울에 얼굴을 비춰 봤다. 없었다. 흉터가, 사라지고 없었다. 나도 모르게 환호성을 질렀다. 발까지 동동거리며 기뻐하다 내 방으로 달려갔다. 책상 위의 액자 속에서 환하게 웃는 내가 있었다. 달라졌다. 갑자기 세상의 색이, 달라 보였다. 한층 밝아진 책상이, 커튼이, 벽지가 나를 포근히 감싸고 있었다.

내가 과거로 가서 모든 게 달라진 것일까? 그렇다면 언니는? 언니는 어떻게 됐을까? 혹시 그 상처로 인해 죽은 걸까?

띠띠 — 띠띠띠 —

현관문이 열리는 소리가 들렸다. 엄마든 아빠든, 힘껏 안아주고 싶었다. 하지만 방 밖에서 마주친 사람은 언니였다. 언니는 긴 머리카락으로 왼쪽 얼굴을 가리고 있었지만, 내게는 너무나도 또렷하게 보였다. 언니의 왼쪽 볼을 가로지른 초승달 모양의 흉터가.

언니는 나를 외면한 채 자기 방으로 들어갔다. 언니의 주위에만, 밝은 집 안에 어울리지 않는 어두운 그림자가 드리워 있었다. 나는 양손으로 입을 틀어막고 내 방으로 들어왔다. 문을 잠그고 그대로 방바닥으로 무너져 내렸다. 온몸이 덜덜 떨렸다. 소리 없는 웃음을 웃느라 뱃가죽이 당겼다. 나는 앞으로 평생, 언니를 비웃으면서 살 수 있다.

그때였다. 노크도 없이 방문이 열렸다. 아직 웃음이 가시지 않은 채 고개를 들었다. 그리고 내 방에 온 불청객을 올려다봤다. 검은 그림자 속에 언니가 서 있었다. 언니의 손에 들린 날카로운 물체가 금속 특유의 차가운 빛을 발했다. 한껏 올라간 언니의 왼쪽 입꼬리. 언니는 나를 비웃고 있었다. 아니, 흉터 때문인가?

기억의 꿈

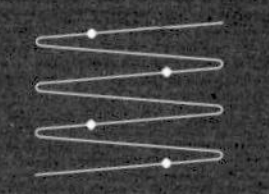

오늘 팔이 하나 떨어져 나갔다.

괜찮다.

내게는 아직 하나의 팔과 두 개의 다리가 남아 있다.

조금 허전할 뿐, 아프지 않다.

아프지 않지만 소리 지르고 싶다.

나는 있는 힘을 다해 악을 쓴다.

목에서는 그웨에엑, 소리만 간신히 나올 뿐이다.

허기.

끊임없이 밀려드는 허기가 사고를 정지시킨다.

썩은 내장이 식도를 타고 역류하는데도

먹고자 하는 욕구는 잦아들지 않는다.

미래는 없다.

나는 오로지 먹기 위해 일을 한다.

내 일터는 서바이벌 게임장이다.

좀비 서바이벌 게임장.

입구에는 입장료 만오천 원,

페인트 탄으로 좀비 사냥을 하는 곳.

커다란 간판이 걸려 있다.

놀이공원에 있는 유령의 집처럼.

간판 오른편에는 험악하고 혐오스러운 좀비의 얼굴이, 왼편에는 좀비들을 겨누고 있는 비장한 표정의 군인이 그려져 있다.

내가, 그리고 다른 감염자들이 맡은 역할은 사람들을 공격하는 성난 좀비다.

나는 그저 배고픈 좀비일 뿐인데.

시급을 받으려면 그들이 원하는 좀비를 연기해야 한다.

시급은 유통기한이 지난 빵 한 개.

국회에서 ACAS 감염자고용특별법을 통과시키며 감염자에게 시급 사천삼백이십 원을 지급하라고 했을 때, 편의점 아르바이트생이었던 나는 산 사람들 시급이나 올려 주지 참 쓸데없는 짓만 한다고 생각했다.

막상 감염자 신세가 된 지금, 시급이란 다른 의미로 쓸데없는 짓이다.

세상에 어떤 고용주가 좀비에게 주는 시급 따위 지키겠냐는 말이다.

상한 빵이라도 제시간에나 주면 다행이다.

안 그러면 배고파서 손님이라도 뜯어 먹고 싶어질 테니까.

말이 그렇다는 거지,

실제로 사람을 먹고 싶은 생각은 조금도 없다.

미친 듯이 사람에게 달려드는 식인 좀비란 망할 놈의 좀비 영화가 만들어 낸 편견과 허상일 뿐이다.

인간은 언제나 현실보다 허상을 좇는 법이지.

나는 게임장 안을 어슬렁거린다.

군복을 입은 사람들과 마주치면 두 팔을 앞으로 쭉 내밀고 입을 쩍 벌리며 달려든다.

영화에 나오는 식인 좀비처럼, 그들이 바라는 모습으로.

페인트 탄이 날아오고, 개중 하나가 나를 맞히면 죽는시늉을 한다. 어려울 것도 없는 일이다.

아까는 재수가 좀 없었다.

총알을 맞고 쓰러지는데 돌부리에 팔꿈치가 찍혀 오른팔이 떨어져 나간 것이다.

나를 명중시킨 놈은 환호성을 지르며 으스댔다.

이봐, 지금 당신은 지구를 구한 게 아니야. 몸이 썩어 가는 병에 걸린 남자를 페인트 총알로 맞춘 것뿐이라고.

은근히 부아가 나서 물어 버리고 싶었지만 그런다고 그놈을 감염시킬 수 있는 것도 아니고, 괜히 일자리만 잃는 꼴이 될 테니 꾹 참아야 했다.

나는 찢어진 바지 사이로 드러난 다리를 보고 있다.

푸른빛이 도는 회색빛 피부.

오전에만 해도 없었던 거뭇거뭇한 반점들.

총알을 맞지 않아도 떨어져 나가는 건 시간문제다.

팔다리가 다 떨어져 나가고 몸통에 머리만 달린 토르소 신세가 되면 서바이벌 게임장 구석에 있는 사격장으로 끌려간다.

사격장의 입장료는 비싸다.

서바이벌 게임장에 비교할 수 없을 만큼.

그래도 손님들은 번호표를 받아 들고 줄을 선다.

끌려간 좀비들은 목덜미에 굵은 갈고리가 박힌다.

정육점 고기처럼 대롱대롱 매달려 총알을 기다린다.

사격장에서는 페인트 탄이 아닌 실탄을 사용한다.

물론 불법이다.

반짝이는 탄환이 회색빛 대뇌피질을 관통할 때 감염자들은 진짜 죽음을 맞이한다.

나는 그날이 오길 기대하고, 또 기대하지 않는다.
죽은 상태로 사는 것과 표적이 되어 죽는 것.
어느 쪽이든 좋을 건 없다.

나는 걷는다.
목을 앞으로 내밀고 어깨를 움츠리며 어기적어기적 걷는다.
나는 좀비가 되기 전에도,
주눅 든 개처럼 고개를 숙이고 구부정하게 걸었다.
왜 그렇게 기죽은 채 살았을까?
남들은 들어가지 못해 안달인 직장에서 적응하지 못하고 반강제적으로 해고되어서?
남들 다 있는 여자 친구 한 명 제대로 사귄 적이 없어서?
평생 소처럼 일했지만 번번한 집 한 채 마련하지 못한 부모님 때문에?
남의 물건을 훔친 적도, 사람을 죽인 적도 없는데 도대체 왜?

나는 걷고 또 걷는다.

한때 시민의 숲이라 불렸던 이곳을.

지금은 좀비들의 일터이자 무덤이 되어 버린 이곳을.

차가운 밤공기 속에 숨 쉬는 나무들은 인간도 아니고 시체도 아닌 존재에 대해 묘한 적대감을 드러낸다.

나는 멈춘다.

은행나무 등걸 밑에 내 팔이 떨어져 있다.

팔꿈치 부분에는 형광색 페인트가 잔뜩 묻어 있다.

마치 조악한 마네킹의 팔을 보는 느낌이다.

허리를 구부려 주우려다 그냥 지나친다.

어차피 다시 붙일 수도 없는데 썩은 팔을 들고 감상에 젖고 싶지 않다.

떨어진 팔 옆의 뾰족한 돌부리가 검은 혀를 내밀고 나를 조롱한다.

낮에 본 인간들의 얼굴이 떠오른다.

특공대라도 된 것처럼 군복을 차려입고

총알을 쏴 대는 인간들.

좀비를 맞출 때마다 신이 나서 낄낄거리며

하이파이브를 하는 인간들.

이곳을 찾는 인간들은 오만 덩어리다.

자신만은 바이러스에 특별한 면역력이라도 갖고 있다는 듯 잘난 척을 해 댄다.

이해한다.

나도 한때는 그들과 다를 바 없는 인간이었으니까.

좀비 바이러스 따위 나랑 상관없는 일이라 생각했었다.

일부러 이딴 곳에 온 적은 없지만 말이다.

또 배가 고프다.

바지 주머니에서 납작해진 크림빵을 꺼낸다.

비닐 포장을 벗겨 내고 휴지처럼 구겨 입에 욱여넣는다.

씹지 않고 삼킨 빵 덩어리가 식도를 지나 위장에 툭, 떨어진다.

날이 어두워지고 있다.

오늘은 어디에서 자야 하나.

오솔길 건너편으로 실내 테니스장의 희미한 불빛이 보인다.

나는 벤치에 누워 눈을 감는다.

딱히 잠을 잘 필요는 없지만 밤이 되면 습관적으로 누울 자리를 찾는다.

그리고 꿈을 꾼다. 잠이 들지 않은 상태로 꾸는 꿈.

기억이라는 이름의 꿈을.

어디서부터 잘못된 걸까.

안개처럼 희뿌옇게 퍼진 기억 속에서 불행의 시작점을 더듬더듬 헤집어 본다.

여자.

그 여자의 모습이 서서히 다가온다.

새벽 세 시.

여자는 편의점 앞 아이스크림 냉장고 옆에 쪼그리고 앉아 구토를 하고 있었다.

박스들을 포개 들고 편의점 밖으로 나오던 나는 어둠 속에 보이는 여자의 그림자에 흠칫 놀랐다.

쯧, 어지간히 취했나 보군. 하필 우리 가게 앞에서. 주인아저씨가 보면 나더러 치우라고 할 텐데.

박스를 내려놓고 반사적으로 여자의 뒷모습을 쳐다봤다.

하늘색 원피스를 입은 등은 무척 왜소했지만, 그 아래로 윤곽이 드러난 동그란 엉덩이와 하얀 종아리를 보자 저절로 마른침이 넘어갔다.

목이 탔다.

편의점으로 들어가 냉장고에서 생수 하나를 꺼냈다.

내가 마시려고 꺼냈지만, 여자에게 주는 게 낫겠다는 생각이 들었다.

편의점 밖으로 나왔다.

여자는 토하는 걸 멈추고도 쪼그려 앉아 있었다.

나는 좀처럼 다가갈 용기가 나지 않았다.

한참을 여자 뒤에 서서 망설이다가 숨을 크게 들이쉬고 여자의 어깨를 살짝 건드렸다.

여자가 뒤를 돌아보았다.

윽, 순간 비명이 새어 나오는 걸 간신히 삼켰다.

여자의 입에는 온통 검은 피가 묻어 있었고 얼굴은 달빛만큼 창백했다.

여자는 감염자였다.

감염자를 그렇게 가까이서 본 건 처음이었다. 어딘가 슬퍼 보이는 얼굴.

나는 여자의 손에 생수를 쥐여 주고 가게로 들어왔다.

심장이 마구 요동쳤다.

감염자를 보고 놀랐기 때문인지 여자의 얼굴이 아름다웠기 때문인지 알 수 없었다.

'제 여자 친구는 좀비입니다.'

계산대 안에 서 있는데 자주 가는 커뮤니티 게시판에서 읽었던 글이 머릿속에서 맴돌았다.

글쓴이는 대학생.

바이러스에 감염된 여자 친구를 돌봐 주며 매일 섹스를 한다는 내용이었다.

여자 친구는 PL-1을 맞은 상태라 감염될 걱정은 없지만 하루하루 부패하는 과정을 지켜보는 게 너무 고통스럽다며 올린 글이었다.

댓글에는 미친놈, 변태 새끼, 시체 성애자라는 욕이 달려 있었고, 간혹 진정한 사랑이라며 응원하는 글도 있었다.

잠깐, 좀비가 된 여자 친구와 새로 사귀게 된 여자가 좀비인 것에 무슨 차이가 있지?

이건 평생 여자 한 번 사귀어 보지 못한 나를 위해 하늘이 내린 선물이다.

변변찮은 외모에 소심한 성격, 가난한 집구석까지 삼박자를 고루 갖춘 내게 여자 친구라는 건, 칠성급 호텔처럼 실재하지만 나와는 전혀 상관없는 존재였다.

계산대 밑에 있던 물티슈를 서너 장 뽑아 들고 가게 문을 열었다.

여자는 아직 그 자리에 있었다.

가까이 다가가 여자의 손목 안쪽을 살펴봤다.

PL-1, 전염 억제제를 맞았다는 낙인이 분명히 찍혀 있었다.

나는 여자의 입을 물티슈로 닦아 주었다.

검은 피를 닦아 내고 나니 여자의 얼굴은 더욱 예뻐 보였다.

새벽 네 시, 정환이가 교대하러 오려면 아직 세 시간 정도 남았지만 편의점 문을 잠그고 집으로 향했다.

손을 잡고 오는데 여자가 걷기 힘들어했다.

여자를 부축하려 겨드랑이에 손을 찔러 넣었다.

손가락 끝에 뭉클한 가슴이 닿았다.

아랫도리가 뻣뻣해져 왼쪽 손을 바지 주머니에 넣고 걸어야 했다.

여자를 끌고 오는 건 이래저래 쉽지 않았다.

십오 분이면 도착할 반지하 방까지 족히 삼십 분은 걸렸다.

"여기에요, 들어와요."

여자는 주춤거리며 안으로 들어섰다.

"지저분하죠? 좁고 눅눅하고."

대답할 수 없다는 걸 알면서도 여자에게 계속 말을 걸었다.

여자는 방구석으로 가더니 바닥에 주저앉아 무릎을 턱밑으로 끌어당겨 안았다.

문득 여자의 어깨를 가로지른 작은 크로스백에 눈이 갔다.

나는 여자의 백을 벗겨 열어 봤다.

안에는 짧은 편지가 들어 있었다.

외동딸이 썩어 가는 꼴을 차마 지켜볼 수가 없어서, 그렇다고 제 손으로 죽일 수도 없고 안락사 업체에 맡길 형편도 안 돼서 결국 길거리에 버리게 되었다. 못난 어미를 용서하라는 신파조의 내용이었다. 여자의 이름은 제니라고 했다.

아마 가명이겠지?

가방 안에는 오만 원짜리 두 장도 같이 들어 있었다.

그날 이후 여자와 동거를 시작했다.

일을 나갈 때는 발목에 끊어진 전깃줄을 감아 책상다리에 묶어 놓았다.

처음에는 맨투맨 티셔츠를 입혀 놨는데 빨랫거리만 늘고 별로 의미 없는 짓이라 벌거벗겨 놓았다.

먹거리는 걱정 없었다.

편의점에서 팔다 남은 우유, 삼각김밥, 빵—수저를 사용하지 못하는 여자에게 도시락은 무리였다—같은 걸 가져다 주었다.

여자는 항상 사흘은 굶은 듯 벌건 눈을 굴리며 게걸스럽게 먹었다.

"배부르지? 우리 할까?"

여자를 먹이고 나면 섹스를 했다.

내 몸통 뒤의 뭔가를 바라보는 듯 무표정한 얼굴, 귀에 거슬리는 그륵그륵 소리, 푸석푸석한 살결.

야동에서 보던 여자들과 사뭇 다른, 실망스러운 섹스였다.

그런데도 나는 매일 여자를 안았다. 차가운 스펀지 같은 여자를.

여자는 나날이 썩어 갔다.

살이 푸릇푸릇해지고 보랏빛 혈관이 두드러져 보였다.

허벅지를 손으로 누르면 쑥 들어간 자리가 도로 올라오지 않았다.

매일 30도가 넘는 찜통더위에 에어컨도 없으니 당연한 일이었다.

저녁에 쓰레기를 버리러 나가다 4층에 사는 주인아주머니를 만났다.

"총각, 혼자 사니까 청소하기 힘들지?"

"네?"

"딴 게 아니라, 그 집에서 냄새가 난다고 옆집 사는 할머니가 어찌나 성화인지."

"아…… 음식물 쓰레기 때문에 그런가 봐요."

"여름이니까 귀찮아도 빨리빨리 버리고 그래. 남한테 싫은 소리 안 들으려면."

젠장, 비염 때문에 여자의 냄새가 그렇게까지 지독한 줄은 몰랐다.

어떡하지.

나는 게시판에 글을 올렸던 남자처럼 여자 친구를 위해 포르말린을 사 줄 돈도 없고, 포르말린을 부어 놓을 욕조도 없다.

결정적으로 나는, 여자의 애인이 아니지 않은가.

고작 퍽퍽한 섹스 몇 번으로 저 여자 엄마도 못한 뒤처리를 내가 해야 하는 건 불공평했다.

그래도 정이란 게 들었는데 아무 데나 유기할 수는 없을 것 같고, 함부로 죽였다가 지나가는 순찰차에 걸리기라도 하면 감옥에 가야 할지도 모른다.

쓰레기를 버리고 와서 책상 앞에 앉았다.

요즘 여자한테 정신이 팔려 도통 공부를 못했다.

7급 공무원 시험이 두 달도 채 남지 않았는데…….

방구석에 벌거벗고 앉아 있는 여자 때문에 정신이 사나웠다.

나는 옷장에서 유행 지난 남방을 꺼내 여자에게 입혔다.

썩어 가는 몸을 가려 놓고 보니 새삼 얼굴이 예쁘긴 예쁘다는 생각이 들었다.

감염자만 아니면 얼마나 좋아.

하긴, 감염자가 아니면 내가 넘볼 수도 없었겠다만.

다시 책상 앞에 앉아 책을 펼쳤다. 글자가 통 눈에 들어오지 않았다.

나는 컴퓨터를 켜고 인터넷에 접속했다.

시험 관련 정보라도 찾아보려 했지만 어느새 하릴없이 이것저것 둘러보고 있었다.

그러다 지난번 들어갔던 커뮤니티에서 좀비 사창가에 대한 글을 발견했다.

동대문 도매시장 뒷골목에 가면 예쁘장한 여자 좀비들을 사고팔 수 있다는 내용이었다.

게시글을 찬찬히 읽어 보고 메모를 했다.

혹시나 해서 좀비 사창가로 검색해 봤지만 다른 글은 찾을 수 없었다.

새벽차가 다닐 시간이 되자마자 여자에게 하늘색 원피스를 입히고 동대문으로 향했다.

평화빌딩 426호.

간판도 없이 호수만 달랑 적힌, 4층 모퉁이에 있는 가게였다.

위장용인지 가게 앞에는 너저분한 옷가지들이 주렁주렁 걸려 있었다.

나를 보고 경계하던 주인아저씨는 여자를 보자 눈빛을 빛내며 낮은 소리로 말했다.

"저거 팔러 왔어?"

"네, 좀 썩기 시작하긴 했는데 얼마나 주실 수 있어요?"

"으이구, 이거 좀 썩은 게 아니라 많이 썩었네. 얼굴은 예쁘장하니까 빨리 가져왔음 A급으로도 넘길 수 있었을 텐데. 이 정도라면 업소에서도 헐값에 사 갈 테니 우리도 남는 게 없어."

"그래서, 얼마 주실 수 있는데요?"

"십오만 원."

"이십만 원 주세요. 저도 인터넷에서 다 알아보고 왔어요."

"모르는 소리 말어. 인터넷에 올린 놈들은 다 사기꾼들이여. 괜스레 바람만 잡는 거지."

"아저씨가 올린 거 아니에요?"

"아녀아녀. 이런 거 올렸다가 걸리면 큰일 날라고."

"십팔만 원 주세요."

"십칠만 원 줄게. 젊은 사람이 사연이 있는 거 같아서 그나마 잘 쳐 주는 거여."

날이 어스름히 밝아 오기 시작한다.

눈꺼풀 사이를 파고든 햇살에 눈을 뜬다.

자리에서 일어나 벤치에 앉는다.

청설모 한 마리가 화들짝 놀라 나무 위로 사라진다.

나는 다시 눈을 감는다.

기억이 이어진다.

여자를 팔고 돌아오는 길.

속이 헛헛했다.

눈앞에 보이는 허름한 중국집에 들어가 짬뽕을 시켰다.

국물이 시뻘건 게 매운 냄새가 코를 확 찔렀다.

그릇째 들고 후루룩 들이켜는데 기침이 터져 나왔다.

컹컹, 쇳소리가 날 때까지 기침은 잦아들지 않았다.

이러다가 죽을 수도 있겠다는 생각이 들 즈음 목구멍에서 끈적거리는 가래 덩어리가 올라왔다.

냅킨을 뺄 틈도 없이 다시 발작적인 기침이 났고 목에 걸린 가래가 툭, 짬뽕 국물 속으로 튀어 들어갔다.

국물 위를 둥둥 떠다니는 가래는 국물보다 더 시뻘건 색이었다.

"감염자다!"

카운터에서 나를 쳐다보던 주인아주머니가 소리를 질렀다.

주방에 있던 아저씨가 젖은 고무장갑을 낀 채 뛰어나왔다.

"에이, 아침부터 재수 없게."

피할 틈도 없었다. 아저씨는 내 멱살을 잡아 길거리로 내동댕이쳤다.

넋이 나가 길바닥에 주저앉아 있는데 건너편에 주차되어 있던 질병 관리청 순찰 차량에 불이 켜졌다.

짧게 울리는 사이렌 소리.

순찰차에서 나온 사람들이 내 팔뚝에 주사를 꽂았다. 그리고 권총같이 생긴 레이저로 손목에 낙인을 찍었다.

으악, 왜 이러세요.

나는 저항하며 외쳤다.

입에서 나온 소리는 의미를 알 수 없는 괴성이었다.

팔목에는 여자에게서 보았던 것처럼 한자로 '完(완)' 자가 찍혀 있었다.

슬슬 주변이 소란스러워진다.

벌써 아홉 시가 지났나 보다.

떼로 다니는 인간들보다는 자기가 스나이퍼나 되는 양 숨어서 맞추는 놈한테 한 발 맞고 쓰러지는 게 편하다.

그런 놈들은 대개 나무가 우거진 곳에서 마주치게 마련이다.

나는 벤치에서 일어난다.

퍽, 페인트 탄이 날아와 가슴에서 터진다.

퍽, 다음엔 허벅지.

퍽, 종아리.

퍽, 퍽, 퍽.

온몸에 형광 페인트가 들러붙는다.

젠장, 다섯 놈은 되는 것 같다.

나는 재빨리 쓰러진다. 엎드린 채 꼼짝 않는다.

이제 다른 좀비를 사냥하러 가겠지.

그러나 놈들은 저벅저벅 군화 소리를 내며 내게 다가온다.

"야, 사람 없지?"

"없는 거 같은데."

"잘 봐. 새꺄. 걸리면 큰일 나."

"없어. 없어."

"확실해?"

"그렇다니까."

"그럼 시작해 볼까."

잠깐, 뭘 시작한다고?

생각할 겨를도 없이 녀석들의 군화가 나를 짓밟는다.

우두둑, 으지직. 뼈가 부러지고 부러진 뼈가 으깨지는 소리가 들린다.

"아, 씨발. 저기 사람!"

"야, 빨리 튀어."

놈들이 사라지고 몸을 일으키려 했지만 내게는 이제 팔도 다리도 없었다.

몸통에 머리만 달린 토르소가 되어 버린 것이다.

제기랄. 정육점 고기처럼 매달려 죽을 순 없다.

오른쪽에 뾰족이 튀어나온 돌부리가 보인다.

어제 내 팔을 잘라 먹고 나를 조롱하던 그 돌부리다.

오늘은 오히려 반갑게 느껴진다.

나는 돌부리를 향해 애벌레처럼 꿈틀꿈틀 기어간다.

돌부리에 이마 정가운데를 겨냥한다.

머리를 최대한 높이 쳐들었다가 내리꽂는다. 퍼석.

머리에서 흘러나온 검은 피가 뱀처럼 바닥을 기어간다.

꿈을 꾼다. 여자가 보인다. 하늘색 원피스를 입은 여자가 웃고 있다. 웃는 모습은 본 적이 없는데. 좋다. 예쁘다. 아마도 이건 나의 마지막 꿈이 되겠지.

내 이름은 제니

무언가를 잊고 있는 것 같은데 그게 뭔지는 잘 모르겠어.
남아 있는 기억들이 많지는 않거든.
뇌 주름 사이사이 박혀 있는 조각난 기억들.
그마저 드라이아이스처럼 희뿌연 연기를 내며 증발해 가는 느낌이야.
어쩌다 이렇게 된 거지?

그래, 그날이었어.
모든 일이 시작된 날.
그날 하늘은 눈이 시리도록 선명한 파란색이었지.
구름 한 점 없는 하늘을 보면 이유 없이 마음이 술렁이잖아.
딱히 그리워할 사람이 없는데도 누군가가 그리워지고.
설마, 나만 그런 건 아니겠지.
그 파란 하늘 때문에 나는 다른 날보다 들떠 있었어.
아니, 날씨 때문만은 아니었던 것 같아.

그날의 기분은 설렘에 가까웠어.

새로운 만남이 잘 이뤄질 것 같다는 예감이 들었거든.

"그 남자는 네가 만났던 어떤 남자보다 완벽해."

엄마는 그 남자의 완벽함에 대해 노래했어.

그렇게 완벽한 남자라면 과연 나를 좋아할까?

솔직히 전날 밤까지만 해도 별로 자신이 없었지.

하지만 그날만큼은 뭐든지 할 수 있을 것 같았어.

명치끝이 스멀거리면서 자신감이 막 샘솟았거든.

완벽한 남자 따위 우습지.

악마나 천사, 아니 신이라고 해도 유혹할 법한 기분.

평소에는 너무 과한 것 같아 옷장 속에 모셔 뒀던 하늘색 시폰 원피스도 꺼내 입었어.

거울에 비친 내 모습은 내가 보기에도 예뻤어.

지나가던 사람들이 걸음을 멈추고 돌아볼 정도로 말이야.

어려서부터 사람들은 내게 말했어.

참 예쁜 아이구나. 엄마를 똑 닮았네.

그럴 때면 엄마는 내가 자신의 아바타인 양 앞에 내세우며 자랑스러워했어.

나는 엄마 뒤에 숨어 버리고 싶은 마음을 억누르며

사람들이 기대하는 '소녀의 미소'를 지어 보였어.

엄마의 인형이 되는 건 적성에 맞지 않았지만,

엄마가 웃는 모습은 보고 싶었거든.

엄마는 사람들이 나를 칭찬할 때면 턱을 약간 치켜들고 미소 지었어.

이를 드러내지 않고 입꼬리만 살짝 들어 올린 미소.

엄마는 나랑 둘이 있을 때는 웃지 않았어.

웃기는커녕 늘 화난 얼굴이었지.

나는 엄마의 기대에 미치지 못하는 아이였거든.

여덟 살이었나.

정육점 아저씨가 내게 귀엽다고 했을 때,

나는 엄마의 긴 원피스 자락으로 얼굴을 가렸어.

아저씨가 들고 있는 네모난 칼이 무서웠고,

정육점에서 풍기는 비릿한 냄새가 싫었어.

피와 근육과 지방의 냄새.

엄마는 정육점에서 사 온 돼지고기를 구우며 중얼거렸어.

"인사성 없는 애는 질색이야."

엄마의 중얼거림은 저녁상 앞에서도 이어졌어. 찌푸린 얼굴은 덤이었지.

입안에서 기름이(비계가) 겉도는 돼지고기를 억지로 먹어서였을까.

급체한 나는 밤새 변기 앞을 떠나지 못했어.

지금 와서 엄마를 원망할 생각은 없고,

다시 그날의 이야기를 해 볼게.

그날 만남은 엄마 친구의 소개였어.

그건 뻔한 거짓말이었지.

엄마는 친구라고 부를 만한 사람이 없었거든.

옛날에 마담뚜라고 불리던 전문 중매쟁이가 나선 일이었지.

엄마는 내가 졸업반이 되면서부터 맞선 비슷한 것들을 끊임없이 물어 왔어.

판사, 검사, 변호사, 의사, 치과의사, 한의사…….

엄마는 '사' 자 사위를 얻기 위해 고군분투했어.

하지만 나는 번번이 애프터 신청을 받지 못했지.

"너처럼 예쁜 애가 왜 애프터를 못 받아?"

엄마는 나보다 훨씬 초조해하며 다그쳤어.

그거야 내가 어쩔 수 있는 문제가 아니잖아.

예쁘다는 건 주관적인 가치니까.

사람마다 미의 기준도 취향도 다르니까.

"그런 남자들은 조신한 여자를 좋아한다고! 제발, 엉뚱하게 굴지 좀 마."

참을성이 바닥난 엄마가 나를 윽박질렀어.

하지만 내가 왜 엉뚱하게 굴겠어?

내게 직업이 있는 것도 아니고,

잘 팔리는 학과를 나온 것도 아니고,

결혼, 소위 취집이 아니고서야 엄마한테서 벗어날 가능성이 희박한 상황이었는데 말이야.

애프터를 못 받은 진짜 이유?

아마도 그들이 '인형'을 바랐기 때문이 아닐까?

찰랑거리는 머리카락 아래 뇌라고는 들어 있지 않은, 바비 인형 같은 여자(남자들은 그런 여자가 실제로 있을 거라고 믿는 걸까?).

이번 만남도 썩 내키지는 않았어.

엄마의 '완벽남'은 나이도 많았거든.

서른일곱인가 여덟?

나랑 열 살 이상 차이 나는데도, 엄마는 이번에는 제발 망치지 말라고 성화를 부렸어.

집안에 의사가 한 명은 있어야 한다면서.

나는 좀 웃겼어. 코웃음이 나왔는데 얼른 재채기하는 시늉을 했지.

엄마 집안에 의사가 있었던 적은 없거든.

아빠는 물론이고, 할아버지도, 외할아버지도 의사는 아니었으니까.

어…… 무슨 얘기를 하다 여기까지 왔지?

아, 날씨가 좋아서 기분까지 좋았다고.

차라리 그날 날씨가 흐렸다면, 그래서 내 마음이 차분했다면 뭔가 달라질 수 있었을까.

남산에 있는 하얏트 호텔 로비 라운지에서 남자를 만났어.

남자는 차가운 인상이었지.

뾰족한 턱, 날카로운 눈매, 금색 무테안경, 페라가모 넥타이, 명품매장 마네킹에서 막 벗겨 입고 온 듯 고급스러운 양복.

생김새는 물론이고 차림새가 너무나 전형적이라, 남자는 2차원 세계에서 빠져나온 캐릭터 같았어.

남자는 만나자마자 자기 얘기를 시작했어.

맞선을 나온 게 아니라 지식을 자랑하러 나온 사람처럼, 모든 것을 안다는 듯한 태도였지.

그런데 그 지식이 내 흥미를 돋우지 못할 거란 사실은 몰랐나 봐.

생각해 봐.

누가 맞선에 나와서 ACAS 감염자 이야기를 듣고 싶겠어?

자기가 S 대학병원 치료제 개발 프로젝트에서 중요한 역할을 맡고 있다나 뭐라나.

보균자의 몸속에 몇 년이고 잠복해 있다가 어느 날 갑자기, 천재지변처럼 발현된다나 뭐라나.

나는 얼굴에서 온화한 미소가 빠져 나가지 않도록 안간힘을 쓰며 남자의 말에 귀를 기울이는 척했어.

자꾸 표정이 굳어지고 하품이 나오려는 걸 참느라 괴로웠지.

이야기가 끊어지면 그만 가 봐야겠다고 해야겠다.

그런 생각만이 머릿속에 맴돌았어.

슬슬 인내심이 바닥나던 찰나, 남자가 물었어.

"혹시 ACAS에 대해 좀 아세요?"

ACAS, 뇌가 완전히 소멸될 때까지 식욕만 남은 상태로 생명을 유지하는 질병이지.

사람들은 ACAS 감염자를 좀비라고 불러.

나는 절대로 그렇게 부르지 않지만.

아무리 세상일에 관심이 없어도 그걸 모르는 사람이 있을까?

6년 전 세상을 뒤집어 놓았는데?

이 남자, 날 도대체 어떻게 보는 거야?

"Acquired Cardiac Arrest Syndrome, 후천성 심정지 증

후군이요."

나는 최대한 건조하게 말했어. 그리고 남자가 입을 떼기 전에 덧붙였어.

"이런 자리에서 대화 주제로 삼고 싶지는 않네요."

"아, 그런가요? 제가 요즘 일에 빠져 있어서…… 죄송합니다."

기분 나빠지라고 한 말인데, 뜻밖에도 남자는 얼굴을 붉히며 사과했어.

그리고 어색하게 웃었지.

눈꼬리가 약간 내려오며 눈가에 주름이 잡혔어.

어쩌면 좋은 사람일 수도 있겠다.

첫인상이란 별로 믿을 게 못 되잖아.

내 마음을 감싸고 있던 얼음 장벽 같은 게 녹기 시작했어. 내가 너무 면박을 줬나 싶더라.

"한 가지 궁금하긴 해요. 연구자들은 ACAS 감염자들을 어떻게 생각해요?"

남자는 내 질문을 이해하지 못한 듯 고개를 옆으로 기울였어.

"죽었다고 생각해요? 살았다고 생각해요?"

그의 얼굴에 묘한 미소가 떠올랐어.

"글쎄요. 이런 자리에서 대화 주제로 삼고 싶지는 않네요."

남자가 내 말을 따라 하며 웃었지. 나도 따라 웃는데,

"배고파요?"

그가 물었고, 나는 가볍게 고개를 끄덕였어.

"식사하러 가시죠."

남자가 일어났어. 뭘 먹고 싶은지 물어보지도 않고 스카이 라운지로 데려가더라.

불쾌했던 건 아니야.

오히려 좋았어.

메뉴를 결정하는 일은 정말 어렵거든.

남자는 엘리베이터에서도 나랑 멀찌감치 떨어져 있었어.

그것도 좋았어.

어떤 남자들은 엘리베이터에만 타면 바짝 다가오거든.

자기 페로몬을 과시하고 싶어 안달이 난 듯 옆에 달라붙지.

정말 역겨워.

맨 꼭대기 층에는 이탈리안 레스토랑이 있었어.

남자는 전에도 자주 와 본 듯 자연스럽게 창가 자리에 앉았고, 메뉴도 보지 않고 주문했어. 그리고 와인도.

"내가 할게요."

와인을 가져온 웨이터가 마개를 따 주려 하자 그가 가볍게 저지하며 말했어.

"전 조금만 주세요."

나는 작게 말했어.

남자는 들었는지, 듣고도 모른 척하는지 내 잔에 와인을 가득 붓고 건배를 청했어.

가볍게 건배하고 입술을 축였는데 와인에서 의외로 달콤한 맛이 나는 거야.

이거 맛있네!

난생처음 먹어 보는 이름도 발음하기 어려운 고급 요리들을 먹었어.

긴장해서 그런지 요리의 맛이 전혀 느껴지지 않았어. 마치 미각이 사라진 것처럼.

그가 권하는 대로 와인을 홀짝거리다 보니 서서히 취기가 올랐지.

내 웃음소리가 대책 없이 커졌어.

그만 마셔야 하는데, 생각하면서도 남자가 한 병 더 주문하는 걸 말리지 못했어.

술이 들어가서 그런가?

남자가 하는 얘기도 그다지 지루하지 않더라.

어느 순간부터 말하는 내용을 듣는 게 아니라 그의 목소리를 듣고 있었던 것 같아.

낮고 차분한 목소리의 울림이 귓가에 와 닿는 촉감이 좋았거든.

말투도 로비 라운지에서 커피를 마실 때보다 훨씬 부드럽고 다정하게 느껴졌어.

디저트까지 먹고, 와인을 마시고, 얘기를 듣다 침묵의 순간이 왔어.

남자가 내 눈을 빤히 쳐다봤지.

눈길을 피하느라 주변을 둘러봤어. 손님이 한 명도 남아 있지 않았어.

"지금 몇 시쯤 됐죠?"

나는 남자에게 시간을 물었어.

핸드폰을 볼 수도 있었는데 아마 취해서 그랬나 봐.

남자는 손목에 찬 롤렉스를 보더니 아홉 시 사십 분이라고 대답했어.

아차, 너무 늦었네.

엄마가 절대 늦게까지 있지 말라고,

처음 만난 남자와 열 시를 넘기면 '싸구려' 같다고 했는데.

물론 엄마 말에 동의하진 않아.

다만 엄마랑 같이 사는 동안에는 분란을 최소화하고 싶거든.

남자에게 양해를 구하고 화장실에 갔어.

화장실에 다녀와 집에 간다고 말하려고.

소변을 보고 거울 앞에 섰는데 맙소사, 얼굴이 엉망이었어.

마스카라는 눈 밑에 드문드문 번져 있었고,

볼은 발갛게 상기돼 있었지.

화장을 고쳐야 하는데 파우치를 가방 안에 두고 왔지 뭐야.

아쉬운 대로 핸드 타월에 침을 묻혀 눈 밑에 번진 마스카라를 닦아 내는데,

눈앞이 일렁이며 세상이 돌아갔어.

쓰러지기 직전에 간신히 세면대를 붙잡았지.

어지러워.

세면대가 빙글빙글 돌아가는 느낌.

원래 술이 센 편은 아니지만 이 정도로 약하지는 않았는데…….

구역질이 나는 걸 참으며 심호흡을 했어.

어지러움은 가시지 않았지만 조금 진정이 되는 것 같았지.

화장실에 다녀오자 남자가 비어 있는 잔에 와인을 채우며 말했어.

"한 잔 더?"

"저, 집에 가야겠어요."

"벌써요?"

남자는 과장되다 싶을 정도로 아쉬워했어.

시간도 늦었지만 그보다 울렁증 때문에 마음이 급해졌지.

첫 만남부터 술에 취해 제 몸 하나 가누지 못하면 얼마나 꼴사나워 보이겠어?(이런 생각을 하다니, 나는 어쩔 수 없이 엄마 딸이야.)

가방을 들고 일어서는데 몸이 휘청 옆으로 휘었어.

반사적으로 테이블에 손을 짚었어.

와인잔이 바닥으로 떨어졌고, 쨍 소리가 나며 사방으로 파편이 튀었지.

샌들을 신은 발등이 따끔하더니 새빨간 피가 송골송골 솟아났어.

그걸 본 남자가 내 옆에 쪼그리고 앉았어.

그리고 내 발을 살피며 진지하게 말했어.

"어쩌죠? 지금 응급실에 가도 오래 기다릴 텐데."

응급실이라고? 나는 헛웃음을 참으며 괜찮다고 했어.

"내가 집에 가서 치료해 줄게요. 여기서 가까운 데 살거든요."

고개를 끄덕인 건 분명 술기운 때문이었을 거야.

피가 철철 흐르는 것도 아니고, 아파 죽을 정도도 아니고, 반창고 하나만 붙이면 될 정도였는데.

남자의 부축을 받으며 주차장으로 내려갔어.

그가 주머니에서 꺼낸 리모컨을 누르자 벤츠 S클래스의 미등이 반짝, 빛났어.

남자의 집은 호텔에서 정말 가까웠어.

호텔만큼이나 근사한 고급 아파트였지.

이런 곳에 살고 싶다는 생각보다 이런 곳에 살면 어떤 기분일까, 하는 생각이 먼저 드는 집이었어.

집 안에 들어선 내가 쭈뼛거리자 남자가 내 손목을 잡고 욕실로 데려갔어.

"거기 걸터앉아 봐요."

남자의 손이 욕조를 가리켰어.

욕실이라고 부르기도 민망한 우리 집 욕실보다 두 배는 큰 욕조였지.

나는 욕조 턱에 걸터앉았어.

남자가 샤워기를 틀어 내 발을 꼼꼼히 씻겨 주었어.

베인 부분이 쓰려 나도 모르게 발을 움찔했어.

"발이 참 예쁘네요."

그는 내 발을 천천히 어루만지더니 입으로 가져가 상처를 혀로 핥았어.

아랫배에 전류가 흐르는 기분.

어지러움과 흥분이 뇌 속을 휘저었어.

안 돼. 무너지면 안 돼. 오늘 처음 만났잖아? 첫 섹스는 여자의 무기야. 절대 싸구려처럼 굴지 마.

엄마의 목소리가, 아니 엄마의 목소리를 닮은 내 목소리가 머릿속에서 울렸어.

"저 가야겠어요."

나는 억지로 말을 쥐어짜 내야 했어. 편도선이 부은 듯 목이 너무 따가웠어.

"가긴 어딜 가. 날 이렇게 만들어 놓고."

남자가 내 손을 자기 사타구니로 끌어당겼어.

그건 당신 사정이지, 내가 만든 게 아니야.

머리로는 그렇게 생각하면서도 별로 저항하지 않았어.

손은 은근슬쩍 빼냈지만 발은 여전히 남자에게 맡기고 있었지.

기분 좋았거든.

이렇게 달콤한 쾌락을, 굳이 사양해야 할까?

발을 애무하던 남자의 혀가 종아리를 타고 위로 올라왔어.

그의 손이 허벅지를 지나 원피스 자락 아래로 들어와서는……

난폭하게 팬티 끈을 움켜쥐었어.

여린 살 틈으로 파고들어 오는 기다란 손가락, 촉촉한 점막을 자극하는 능숙한 움직임.

신음을 내지 않으려 입을 꾹 다물었어.

콧바람 소리가 유난히 크게 들렸지.

어쩐지 민망해서 숨을 참았어.

남자는 바지의 지퍼를 내렸고, 그의 양복에 전혀 어울리지 않는 성기가 튀어나왔어.

천박하고 음란하지만 자극적인.

그가 나를 바닥으로 끌어 내렸어.

뜨거운 몸이 차가운 타일에 닿아 시원했어. 왜 이렇게 열이 나지?

남자가 서둘러 내 골반 위에 올라앉는데 쉬이이익 어디선가 소름 끼치는 소리가 들렸어.

쉬익쉬익.

그건 내 목구멍에서 나는 소리였어.

열에 들떠 불그레하던 남자의 얼굴이 구겨진 휴지처럼 일그러졌어.

씨발, 남자는 욕을 뇌까리며 떨어져 나갔지.

허둥지둥 욕실 수납장을 열어젖히고 스프레이를 꺼내 마구 뿌려 댔어.

소독약 냄새가 지독한 항균 스프레이 말이야.

나한테 왜 이래요? 난 세균이 아니라고요!

힘껏 외쳤는데, 내 목구멍에서는 자전거 타이어에 바람 넣는 소리만 들렸어. 쉬익쉬익.

"내 원 참, 재수가 없으려니까. 집 안에 들인 년이 하필 보균자였어?"

보균자라고? 내가? 내가 ACAS 바이러스에 감염됐단 말이야? 내가 왜? 난 이제 어떻게 되는 거지? 설마 감염자로 변하는 거야?

남자가 욕실 밖으로 나가 회색 고무장갑을 끼고 왔어.

손에는 커다란 비닐 가방을 들고서. 기다란 지퍼가 달린 걸 보니 이불 가방인가 봐.

그는 내 겨드랑이 사이에 손을 넣어 아무렇게나 쳐들고 엘리베이터에 태웠어.

지하주차장으로 데려가 나를 비닐 가방 속에 밀어 넣었어.

그리고 짐짝처럼 트렁크 안에 던졌지.

날 여기서 내보내 줘! 도와줘요!

나는 큰 소리로 울부짖었어.

하지만 내 입에서 나오는 건 이미 내 목소리가 아니었는걸.

쉐엑쉐엑, 감염자 특유의 쉬어 빠진 소리.

"씨발년아, 조용히 해."

남자가 짜증 섞인 목소리로 말하며 트렁크 문을 닫았어.

곧 차가 출발했지.

이 남자, 나를 태우고 어디로 가는 거야?

달리는 차 안에 얼마나 갇혀 있었을까.

두려움, 수치심, 모멸감.

다 견뎌 낼 수 있었는데 참기 힘든 건 가시지 않는 어지럼증이었어.

깜깜하고 좁은 공간이 빙빙 돌았고, 나는 끝내 구토했어.

비닐 가방 안에서 토사물과 머리카락이 뒤엉켰지.

음식 찌꺼기만이 아닌 검붉은 피가 섞인 토사물이었어.

인정해야 했어. 내가 감염자가 되었다는 사실을.

어쩌다 내가 감염된 걸까?

난 남자랑 자 본 적도 없고, 담배를 피운 적도, 마약을 한 적도 없어.

심지어 길거리 음식을 먹은 적도 없는데.

불량한 짓이라고는 단 한 번도 한 적이 없어. 아니 할 수도 없었지.

엄마가 귀에 굳은살이 박일 정도로 말했거든.

너처럼 얼굴 반반한 애는 조금만 노는 티를 내도 '발랑 까진 년'으로 보인다고. 그러니 함부로 몸을 굴릴 생각일랑 하지 말라고.

그런데 왜? 내가 왜 이런 일을 당해야 해?

차가 난폭하게 멈추고, 트렁크 문이 열렸어.

남자가 비닐 가방 손잡이를 잡고 끌어 내리는데 지퍼가 저절로 벌어졌지.

비닐에 고였던 토사물이 사방으로 튀었고, 나는 바닥에 내동댕이쳐졌어.

"씨발년, 더럽게."

남자는 트렁크에 있던 걸레로 차에 묻은 오물을 닦았어.

그리고 내 머리 위로 걸레를 집어 던졌지.

쾅, 트렁크 닫는 소리가 들렸고, 남자의 차는 나를 칠 듯 지나쳐 후진으로 달아났어.

지독한 악취…… 나는 얼굴을 덮은 걸레를 치웠어.

그런데도 악취는 사라지지 않았어.

졸졸졸, 물소리가 들렸어. 썩은 개천이 흐르는 곳. 여긴 어디지?

악취는 검고 진득한 물에서 풍겨 나왔어.

나는 비틀거리며 일어났어.

무릎뼈가 어긋난 사람처럼 똑바로 걸을 수가 없었지.

몇 발자국 못 가 나무에 기대앉았어.

최대한 몸을 웅크리고 두 팔로 무릎을 감싸 안았지.

어려서부터 나쁜 일이 생기면 이렇게 쪼그리고 앉아 있길 좋아했어.

무릎과 가슴이 맞닿으면 희한할 정도로 마음이 편해졌거든.

한참이 지나도 불안한 마음이 가라앉지 않았어.

냄새 때문이었어.

아무래도 이 냄새, 내 몸속에서 올라오나 봐.

장기들이 썩어 가는 냄새가 식도로, 기관지로 역류하는 것 같아.

또다시 구역질이 났고, 나는 조금 토했어. 검고 끈적한 거품들이 목구멍으로 넘어왔지.

밤바람이 불었지만 춥지는 않았어.

바람이 살갗에 부딪히는 느낌은 드는데…….

음, 뭐라고 설명하면 좋을까.

피부과에서 마취 연고를 바르고 얼굴을 만지면 어색한 느낌이 들잖아? 그거랑 비슷했어.

이런 거구나. 감염자가 되면 이런 기분이구나.

ACAS 감염자는 식욕만 남는다고?

다 거짓말이야. 보이는 것만으로 판단하는 인간들.

걸려 보지도 않은 사람들이 하는 말, 애당초 믿지 말아야 했어.

나는 느끼고, 생각하고, 고통스러워. 다만 그 과정이 감염되기 전보다 둔해졌을 뿐.

다리에 힘을 주고 일어났어.

휘청거리는 걸음걸이가 거슬렸지만 바로잡을 수가 없었지.

배꼽 아래 힘을 주고, 시선은 15도 위! 무릎을 가볍게 교차시키며 자신감 있는 표정으로!

엄마는 내가 구부정하게 걸을 때마다 세뇌하듯 잔소리를 했거든.

제발 허리 좀 펴. 모름지기 여자라면 지나가던 거지한테도 예쁘게 보여야 해.

그런 말을 들을 때마다 나는 엄마의 이상한 논리를 반박하고 싶었어.

내가 왜, 지나가는 거지까지 신경을 써야 해?

난 내가 사랑하는 사람에게만 예쁘게 보이고 싶은데?

하지만 한 번도 그렇게 말대꾸하지는 못했어.

말했다고 해도 엄마는 이렇게 대답했을 거야.

불쌍한 내 아가, 사랑이란 없단다. 세상에 사랑이란 없어.

엄마도 내 나이였을 때는 사랑을 믿었겠지.

그러니까 아빠랑 결혼도 했을 테고.

나를 낳고 나서 아빠와의 결혼을 후회했다는 건 너무도 잘 알아.

내가 기억하는 첫 문장은 "저런 인간하고 결혼하다니 내가 미쳤지."였거든.

젊었을 때 엄마는 아주 인기가 많았대.

엄마랑 사귀자고 하는 남자 중에는 쇼핑몰 창업자의 손자도 있었고, 성실한 은행원도 있었고, 게임 회사의 CEO도 있었대.

나중에야 알게 되었어.

그 남자들은 엄마에게 사귀자고 했을 뿐, 청혼하지는 않았다는 걸.

오직 아빠만이 엄마에게 청혼했는지도 몰라.

확인할 방법은 없지만.

어린 나는 엄마의 증오에 감염되었어.

뭣도 모르는 채 무능력한 아빠를 증오했지.

그때는 몰랐거든. 엄마도 무능력한 인간이라는 사실을.

으지직, 발밑에서 뭔가 으깨졌어. 조각난 해골이었지.

끄어억, 목구멍에서 낯선 소리가 울렸어.

나는 꺅, 비명을 질렀는데.

그제야 내가 어디 있는지 알았어.

말로만 들었던 양재천이야.

나는 강북에 사니까 양재천처럼 험한 곳에 올 일은 없었어.

그 의사 새끼가 나를 양재천에 '유기'한 거야.

언제부터였을까.

감염자의 가족들은 양재천에 감염자를 유기했어.

나라에서도 사실상 단속을 포기한 상태라고, 뉴스에서 들은 기억이 나.

하긴 누가 몇천만 원씩 들여서 안락사를 시키겠어.

어지간히 돈이 남아도는 게 아니고서야 어렵지.

그냥 내버려 두면 언젠가는 썩어 문드러질 테니까.

가만, 그럼 나도 이대로 썩어 문드러진다는 거잖아.

울고 싶은데 눈물이 나오지 않았어. 눈물샘이 말라 버린 걸까?

그 의사 새끼가 나를 여기다 버리고 갔으니 나도 이 해골들 같은 신세가 될 거야.

아니야. 빨리 여기서 나가야 해.

아니야. 여기서 그냥 죽는 게 나을 수도 있어.

PL-1을 맞는다고 병이 낫는 것도 아니고, 다른 사람에게 전염만 되지 않을 뿐이잖아.

감염자로 낙인찍힌 채 하루하루 내 몸이 썩어 가는 꼴을 보는 건 싫어.

그런데 어떻게 하면 빨리 죽을 수 있지?

여기서 움직이지 않고 있으면 뇌가 녹을 때까지 며칠이나 걸릴까?

이런저런 생각들이 겹쳐지고 금세 증발됐어.

비척거리며 해골들 사이를 걷다가 불현듯 엄마가 떠올랐어.

엄마는 내가 돌아오지 않아 화가 났겠지?

엄마한테 연락을 해야 할 텐데, 내가 이렇게 됐다는 걸 알려 줘야 할 텐데, 집에 가야 할 텐데…….

핸드폰도 없고, 지갑도 없어.

가방을 의사 새끼 집에 두고 왔으니까.

아, 어떡해. 엄마, 보고 싶어.

택시를 잡으러 큰길로 나갔어.

일단 집에 데려다 달라고 부탁해 보려고.

참, 택시 기사와 말이 통하지 않겠구나.

조수석에 탄 다음 내비게이션에 주소를 찍어 주면 될 거야.

저기 불빛들이 보여. 차들이 쌩쌩 지나가는 소리도 들리고. 마침 빈 택시가 오네.

나는 손을 번쩍 들었어.

속도를 줄이던 택시가 가까이 다가가는 나를 보고 그냥 지나쳐 버렸어.

그다음에도, 또 다음에 온 택시도…… 내가 감염자라는 걸 눈치채고는 달아나듯 사라져 버리더라고.

제발, 제발 집에 데려다 주세요…….

"아가씨, 아가씨! 일어나요."

누가 내 어깨를 흔들어 대는 바람에 눈을 떴어.

택시를 잡다 길가에서 정신을 잃었나 봐.

주황색 옷을 입은 아저씨가, 내 얼굴을 보더니 소리를 지르며 물러섰어. 괴물이라도 본 것처럼.

왜 그러지? 아, 나 지금 감염됐지.

서서히 기억이 돌아오며 현실감이 들었어.

아저씨가 핸드폰을 꺼내 황급하게 전화를 걸더라.

"여, 여기 감염자가 있어요. 손목을 봤는데요. 주사를 안 맞은 거 같아요. 빠, 빨리 와 주세요. 여기요? 위치가……."

아저씨가 나를 질병 관리청에 신고한 거야.

조금 후에 요란한 사이렌 소리가 울리고 하얀 방역복을 입은 사람들이 구급차에서 줄줄이 내렸어.

한 사람이 은색 가방에서 주사기를 꺼내 내 어깨에 꽂았지.

다른 한 사람은 손목에 체온계처럼 생긴 걸 갖다 댔어.

그건 체온계가 아니라 레이저 도장이었어.

손목에 레이저로 '完'이라는 낙인이 새겨졌어.

사진이나 영상으로만 보던 '完' 자.

가느다란 손목에 새겨진 인장은 너무나도 커 보였어.

PL-1을 맞았으니 나 때문에 감염될 사람은 없겠지.

하지만 그게 무슨 소용이야?

남 좋은 일만 시키는 거잖아.

난 치료제가 필요해.

왜 지난 6년 동안 치료제를 만들지 못했을까?

그 잘나고 똑똑한 박사님들이 밤낮없이 연구하시는데 말이지.

아, 그 의사 새끼 같은 게 연구자랍시고 설치니까 그런가 보다.

주사를 놓은 사람이 내게 홍채 스캐너를 들이댔어.

레이저 도장을 찍은 사람이 들고 있던 태블릿에 내 인적 사항이 떴지.

그 사람들은 엄마에게 전화를 걸었고, 나를 차에 태우고 보건소 같은 곳으로 데려갔어.

병원 대기실처럼 줄줄이 놓인 의자에 사람들이 앉아 있었지.

구부정한 등, 충혈된 눈, 모세혈관이 두드러져 보이는 회색빛 피부, 입에서 흐르는 피가 섞인 침…….

모두 나처럼 감염된 사람들이었어.

음…… 기억났다.

여기는 ACAS 감염자 보호소야.

길거리에서 발견된 감염자들을 일주일 동안 보살펴 주는 곳이라지.

이곳에 있는 동안 가족들이 데려가면 다행이지만, 그렇지 않으면 일주일 후 퇴소해 바깥세상으로 나가야 해.

말이 좋아 퇴소지 쫓아내는 거야.

계속 데리고 있다간 예산이 바닥날 테니까.

가족들이 데려가는 경우는 열에 한 명이나 되려나.

보호소에서 나온 감염자들은 먹고살기 위해, 아니 식욕을 채우기 위해 서바이벌 게임장에서 일한다고 들었는데……
급여 대신 쉰 빵 쪼가리를 준다더라.

올해 설 특집으로 방영한 ACAS 관련 다큐멘터리에서 본
내용이야.

엄마 몰래 핸드폰으로 봤지.

엄마 앞에서 쓰지 말아야 할 단어 중에는 ACAS도 포함되
어 있거든.

나도 감염된 마당이니 하는 말인데, 우리 아빠는 6년 전에
감염돼 돌아가셨어.

막 바이러스가 창궐했을 때라 군인들의 총에 사살당했지.

그 총소리, 피비린내, 감염자들의 신음…… 현관문을 걸어
잠그고 울던 엄마…….

총살이라니, 요즘 같으면 말도 안 되는 얘기지.

하지만 그 시절에는 바이러스를 필요 이상으로 두려워했
거든.

전염성이 아예 없다고는 할 수 없어도, 접촉한다고 누구나
다 걸리는 것도 아닌데 그때는 그걸 몰랐으니까.

공격성이 없다는 것도 당연히 몰랐지. 감염자들을 정말로
'좀비'라고 생각한 거야. 영화를 너무 많이 본 탓이라고 해야
하나.

아빠는 결혼 생활 내내 지고 있던 무능력함을 감염자가 됨으로써 갚게 됐어.

정말 아이러니하지 않아?

우리가 반지하에서 벗어나 투룸 빌라에서 살게 된 건 아빠의 허망한 죽음에 대해 국가에서 지급한 보상금 덕분이었으니까.

보호소에 온 지 세 시간은 지났을 거야.

아니, 사흘이 지났는지도 몰라.

감염되고 나서 시간 감각이 사라졌거든.

과연 엄마가 올까?

엄마는 이런 곳에 오지 않을지도 몰라.

아빠가 감염됐다는 사실을 알자마자 총성이 울려 대는 집 밖으로 내보낸 사람은, 엄마였으니까.

무력감이 덮쳐 왔고, 속이 울렁거렸어. 냄새 때문이었어. 내장이 부패하는 고약한 냄새.

정수리 냄새 따위, 이런 거에 비하면 아무것도 아니었는데.

사춘기 무렵, 엄마는 내 머리에서 냄새가 난다며 아침저녁으로 머리를 감게 했어.

여자가 밖에서 냄새 풍기고 다니면 얼마나 추한지 알아?

나는 조금만 땀을 흘려도 정수리에서 기름에 찌든 프라이팬 냄새가 난다는 강박에 시달렸었지.

여자도 사람인데, 냄새 나는 게 당연한 일인데 말이야.

보호소에서는 이따금 삼각김밥을 나눠 주었어.

감염자들은 비닐도 벗기지 않고 입에 밀어 넣기 바빴지.

저들은 나와 다른가? 정말 식욕만 남았나?

그런 생각을 하며 나도 비닐째 김밥을 씹고 있었어.

참치마요라고 쓰여 있지 않았다면 무슨 맛인지도 몰랐을 거야.

나는 참치마요의 맛을 기억해 내려 애쓰며 바스락거리는 비닐을 뱉어 냈어.

청소 로봇이 부지런히 바닥의 쓰레기를 빨아들이고 닦아 냈지.

로봇보다 쓸모없는 존재가 되어 버린 기분.

삼각김밥을 열 개, 어쩌면 스무 개쯤 먹었을 때 엄마가 왔어.

화장을 곱게 한 엄마는 손수건으로 눈물을 훔치며 대기실에 들어왔지.

유행 지난 블라우스를 입고 금방이라도 쓰러질 듯 이마에 손을 올리는 엄마.

엄마는 모르나 봐.

자기가 더 이상 연약해 보이지 않는다는 걸.

단추를 억지로 채운 듯 꽉 낀 블라우스에 가로 주름이 쫙쫙 잡혀 있는데도.

나를 본 엄마의 흐느낌 소리가 커졌어.

보호소 직원들이 그런 엄마를 위로해 줬어. 정말 엄마다운 등장이야.

엄마는 언제나 본인이 세상의 주인공이라고, 프리마돈나라고 생각했으니까.

아빠의 죽음도 엄마에게는 주인공이 겪어야 할 시련으로 느껴졌을지도 몰라.

엄마는 꿈속에 살았어.

자신이 창조한 가상현실 속에서.

엄마의 세계에서 우리는 한남동의 고급 빌라에 살았어.

요리사와 마사지사도 있었지.

그런 망상을 내게 직접 말한 적은 없어.

다만 음식점이나 미용실에서 처음 만나는 사람에게 말하는 걸 들어야 했지.

엄마는 다른 사람을 바보라고 생각하는 걸까? 그 사람들이 믿어 줄 거라고?

아니, 엄마에게 그 사람들이 믿고 안 믿고는 중요하지 않았을 거야.

단지 자기 확신이 필요했을 뿐.

혹은 자기최면이었는지도.

“집에 가자, 제니.”

엄마가 뜬금없이 나를 제니라고 불렀어.

제니는 내 애칭이야.

엄마가 어렸을 때 좋아하던 만화 주인공 이름이었나.

중학교에 입학하면서부터 더는 그렇게 부르지 않았는데.

갑자기 왜?

보호소에서 나를 데리고 나온 엄마는 집으로 가지 않았어.

대신 눈앞에 보이는 빵집으로 들어가 빵과 샌드위치를 한아름 안고 나왔지.

“많이 먹어.”

엄마가 내게 많이 먹으라고 말한 건 처음이야.

샐러드도 양껏 먹을 수 없었는데 빵은 더더욱 상상할 수도 없었지.

감염자가 되어서야 이런 말을 듣다니, 기쁘다고 할 수는 없겠네.

엄마가 빵 봉지를 뜯어 주었고, 나는 길거리에 선 채로 허겁지겁 먹었어.

어찌나 배가 고프던지, 몇 번 씹지도 않고 목구멍으로 꾸역꾸역 넘겼지.

엄마는 그런 나를 젖은 눈으로 바라봤어.

마스카라가 번지지 않도록 손수건으로 눈 밑을 콕콕 찍어 대면서.

빵을 반쯤 먹은 다음 엄마는 내 손을 잡고 낯선 주택가를 걸었어.

어기적거리며 걷는 나를 보고 잔소리하지 않은 것도 처음이었지.

길모퉁이에 자그마한 근린공원이 보였어.

"제니, 우리 저기 앉을까?"

엄마가 쓰레기통 옆에 있는 벤치를 가리키며 물었어.

나는 집에 가고 싶다는 말을 할 수 없으니까 엄마가 이끄는 대로 가는 수밖에 없었지.

벤치에 앉아 있으려니 슬슬 눈이 감겼어.

시도 때도 없이 쏟아지는 잠.

이것도 허기와 함께 대표적인 감염 증상 중 하나일 거야.

엄마가 내 머리를 쓰다듬더니 어깨에 작은 갈색 크로스백을 걸어 줬어.

남은 빵이 들어 있는 봉지도 옆에 두었지.

"안녕, 제니. 엄마가 미안해."

엄마는 연극배우처럼 말하며 자리에서 일어났어.

엄마, 가지 마. 지금 날 버리는 거야?

손을 뻗어 엄마의 팔목을 잡았어.

엄마는 망설임 없이 내 손을 뿌리쳤어.

놀랍지도 않았어.

엄마는 나를 뿌리칠 때 주저한 적이 없었어.

함께 나란히 누워 있다가 내가 다리를 올리기라도 하면 바로 밀어냈었지.

나는 다리에 쥐가 나더라도 엄마가 내게 다리를 올리는 게 좋았는데.

엄마가 빠른 걸음으로 멀어져 갔어.

딱 한 번 골목 어귀를 돌아갈 때 뒤를 돌아봤지.

나는 흐릿해진 눈으로 그 모습을 보기만 했어.

쏟아지는 잠을 이길 수가 없었거든.

눈을 떠 보니 캄캄한 밤이었어.

아니, 새벽이었는지도 몰라.

유난히 크고 가까워 보이는 붉은 달이 머리 위에 떠 있었어.

엄마는…… 사라지고 없었지.

엄마가, 날 버렸어.

설마 했는데 진짜 버리고 간 거야.

엄마에게 나는 엄마의 꿈을 대신 이뤄 줄 인형에 지나지 않았던 걸까?

감염자가 된 딸은 이용 가치가 없어졌겠지.

그래도…… 딸이잖아?

나는 속이 뒤집혀 견딜 수가 없었어.

엄마 때문에 속이 뒤집혔지만, 글자 그대로 울렁거리기도 했지.

물이라도 마시고 싶은데. 그러면 좀 나아질 것도 같은데.

공원 건너편에 편의점 간판이 보였어. 나는 편의점을 향해 걸었어.

몇 걸음만 가면 되는데 속에서 뜨거운 덩어리가 뭉글뭉글 올라왔어.

어쩔 수 없었어. 편의점 앞 아이스크림 냉장고 옆에 쪼그리고 앉아 토했어.

선지처럼 물컹한, 검붉은 덩어리들이 입에서 쏟아져 나왔지.

토할 때마다 썩은 내가 진동하는 바람에 구역질이 멈추질 않더라고.

한참을 게워 내고 진정될 무렵 누군가가 내 어깨를 툭 건드렸어.

내 또래로 보이는 젊은 남자였어.

파란 유니폼 조끼, 아무렇게나 눌러쓴 모자. 편의점 직원인가 봐.

나를 보고 놀란 듯 이마에는 자그마한 땀방울이 맺혀 있었지.

남자는 내 손목의 인장을 보더니 손에 생수를 쥐여 주고 편의점으로 들어갔어.

나는 여전히 움츠리고 있었지.

갑작스러운 남자의 등장에 물을 마실 생각도 하지 못했어.

남자가 다시 나왔어.

손에는 물티슈가 들려 있었어.

남자는 내 옆에 쭈그려 앉더니 물티슈로 입가를 닦아 주었어.

물티슈를 쥔 남자의 손이 바들바들 떨리더라.

무서워서 그런 것 같지는 않았어.

입을 닦아준 남자는 나와 눈을 마주치지도 못하고 말했어.

"우, 우리 집에 가요."

조심스럽고 상냥한 말투였어. 그 순간 나는 깨달았어.

역시 엄마가 틀렸다는 걸.

의사 새끼는 완벽한 남자가 아니라 악마였고,

이 남자야말로 완벽한 남자, 아니 천사야.

감염자인 나를, 있는 그대로의 내 모습을 좋아해 주는 거잖아. 그렇지 않다면 왜 나더러 자기 집에 가자고 하겠어?

물론 엄마의 기준에는 미달이겠지.

생긴 것도 평범하고, 키도 작고, 엄마가 원하는 '사' 자도 아닌 편의점 아르바이트생이니까.

하지만 나를 버린 엄마의 기준 따위 이제 상관없잖아?

난 엄마와 달리 사랑을 믿거든.

남자의 부축을 받으며 그의 집으로 갔어.

금방이라도 무너져 내릴 듯한 반지하 방이었지만 뭐 어때. 오히려 친숙하기도 하고.

무엇보다 이 남자는 나를 사랑해 줄 거야.

내가 감염자라고 하더라도.

내 속이 다 썩어서 검은 내장을 울컥울컥 토해 낸다고 하더라도.

두 시간 후, 지구 멸망

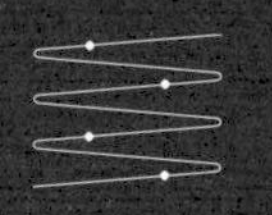

창밖에서 욕설이 섞인 고함이 들려왔다. 소리만으로도 얼굴도 모르는 누군가의 분노가 고스란히 느껴졌다. 나는 조심스레 창문을 열었다. 그리고 베란다 아래를 내려다봤다. 서로에게 욕을 퍼붓던 두 명의 남자는 다음 순간 멱살을 잡았다. 드잡이가 시작되었고 덩치가 작은 쪽이 밑에 깔렸고, 위에 올라탄 쪽은 주먹으로 작은 쪽의 얼굴을 마구 갈겼다. 퍽, 주먹이 얼굴에 박힐 때마다 정육점에서 소고기를 도마 위에 내팽개치는 소리가 났다.

지나가던 아주머니가 그들을 흘끔거렸다. 드문드문 지나가는 사람들이 있었지만 누구도 싸움을 말리려 하지 않았다. 하긴 두 시간 후면 지구가 멸망한다는데, 다른 사람의 개싸움이 무슨 의미가 있겠어.

사흘 전, 송도에 미확인 비행물체가 나타났다. 차원을 뚫고 이동한 것처럼 갑자기 등장한 비행 물체는 Y대 송도캠퍼스 운동장 위 10미터 상공에 떠 있었다. 외계에서 온 것이 분명한 비행 물체는 매끈한 원반처럼 생기지도, 스타워즈에 나오는 전함처럼 웅장하게 생기지도 않았다. 그것은 엎어 놓은 전복 껍질처럼 생겼다. 검푸른 표면은 거칠고 울퉁불퉁했으며 가장자리에는 일정한 간격으로 돌기까지 나 있었다. 사람들은 그 구멍이 창문 역할을 할 거라고 막연히 짐작했다. 아랫면에서는 자개처럼 오색의 광채가 났는데, 누구든 그걸 쳐다보면 오심과 구토 증세를 보였다.

당연한 일이겠지만 미확인 비행 물체가 나타난 건 우리나라만이 아니었다. 중국의 칭다오, 일본의 지바 상공을 비롯해 북미와 유럽 각지에도 전복 껍질은 여기저기 등장했다. 무엇이든 이름 짓기를 좋아하는 미국인들이 발 빠르게 아발론이라는 이름을 붙였다.

비행 물체 출현 열두 시간 후, 외계인들과 교신이 이뤄졌다. 그들은 세계 각국의 언어를 습득하고 있었으므로 소통에는 전혀 문제가 없었다. 문제는 그들이 보낸 메시지였다.

지구 멸망까지 72시간을 주겠다.

이것이 그들이 보낸 메시지 전문이었다. 즉시 아발론 주변에 임시 막사가 건설되었다. 각계의 전문가들이 외계인과 협상하기 위해 막사로 모여들었다. 하지만 아발론의 그림자 아래 들어간 일본의 과학자가 초록색 액체로 변하는 게 전 세계에 생중계된 이후, 아무도 그들에게 가까이 가려 하지 않았다. 막사에 있던 전문가들은 집으로 돌아갔다. 마지막 남은 시간을 사랑하는 가족과 보내고 싶다는 이유였다. 이해한다. 나도 가족이 있었으면, 그랬을 것이다. 그렇게 시간이 흐르고,

지구 멸망까지 남은 시간은 딱 두 시간.

핸드폰이 울렸다. 보나 마나 남자 친구일 것이다. 어제부터 남자 친구는 내가 혼자 죽는 걸 두고 볼 수 없다며 자기 집으로 오라고 난리다. 하지만 나는 내 인생의 나머지 두 시간을 잘 알지도 못하는 남자 친구의 가족들이 눈물 콧물을 쥐어짜는 모습을 보는 걸로 때우고 싶지 않았다. 나는 마지막 시간을 혼자서 고요하고 평화롭게 보내고 싶었다. 아니, 거짓말이다. 사실 나는 두 시간 동안 꼭 하고 싶은 일이 있었다.

사람을 죽이는 일.

지구 멸망이 부정할 수 없는 사실이라는 것을 전 인류가 확신하는 단계에 이르렀을 때, 지금이야말로 내 오랜 소망을 이룰 기회라고 생각했다. 남들이 2차 성징을 겪는 동안, 나는 내가 보통 인간과 다르다는 사실을 깨달았다. 중2병이나 자의식 과잉 같은 게 아니었다. 나는 사람들의 감정을 이해할 수 없었다. 감정을 느끼지 못한다는 것과는 미묘하게 다르다. 나는 희노애락애오욕의 감정을 분명히 구분할 수 있었다. 다만 다른 사람의 감정에 공감한다는 것이 어떤 느낌인지 도무지 알 수가 없었다.

공감 능력의 부족.

나는 남들이 자연스럽게 느끼는 감정을 학습해야 했다. 누군가가 아, 하면 어, 하고 알아듣는 일이 내게는 불가능했기 때문이다. 드라마에서 나오는 것처럼 '아들을 잃은 아버지가 슬퍼하는 표정' 같은 걸 검색해야 할 정도는 아니었지만, 보통사람인 '척'하면서 살아가는 일은 생각보다 많은 에너지가 필요했다. 그래서 나는 친구가 별로 없었다. 사람과 교류한다는 것 자체가 나에게는 하기 싫은 숙제 같은 것이었으니까.

어릴 때부터 곤충을 죽이는 걸 좋아했다. 잠자리의 꼬리를 뜯고 나뭇잎을 끼워 비틀거리며 날아가는 모습이 좋다는 애들을 보면 속으로 비웃었다. 나는 꼬리나 날개 따위 관심 없었다. 오직 잠자리의 머리를 뜯는 걸 좋아했다. 동그랗고 단단한 구슬 같은 머리. 그 머리를 테이블 위로 떨어뜨리면 떽떼그르, 하는 청량한 소리가 났다. 나는 유리구슬이 내는 소리보다 죽은 잠자리 머리가 내는 그 소리가 백배는 더 아름답다고 느꼈다. 송충이를 죽이는 것도 재미있었다. 송충이 털은 정말 부드럽고 좋았다. 하지만 그것보다 더 좋은 건 송충이를 반으로 잘랐을 때 그 안에서 나오는 녹색 액체였다. 오월의 탄생석인 에메랄드처럼 반짝이는 액체, 그리고 송충이의 마지막 몸부림. 또래 아이들이 할리퀸 로맨스를 보며 왕자님을 꿈꾸는 동안, 나는 송충이의 마지막 몸부림과 녹색 액체에 집착했다.

곤충이야 어릴 적에 다들 죽여 봤다고? 역시 자의식 과잉일 뿐이라고?

그럼 이번엔 조류와 포유류로 넘어가 보자. 나는 키우던 병아리가 죽어도 슬프지 않았다. 아침에 일어났을 때 병아리의 삐약거리는 소리가 더 이상 들리지 않으면 두근거리는 마음으로 병아리를 넣어 둔 상자로 달려갔다. 그러면 예상대로 생명이 빠져 나간 병아리의 사체가 나를 맞아 주었다. 나는 썩은 보리 모양으로 감긴 죽은 병아리의 푸르딩딩한 눈에 매혹되었다. 그래서 상자 앞에 쪼그리고 앉아 죽은 병아리를 하염없이 들여다보곤 했다. 나와 달리 감수성이 풍부한 오빠는 내가 슬퍼한다고 생각하고 새 병아리들을 사 왔다. 나는 때때로 그 병아리들을 깜장 봉지에 넣은 채 밟아 버리고 싶은 충동을 느꼈지만, 실행에 옮기지는 않았다. 그런 짓을 하면 이상한 아이로 찍혀 골치 아픈 일을 겪게 된다는 것을 알고 있었으니까. 딱 한 번 집에 혼자 있을 때 키우던 강아지를 베란다에 내놓은 적이 있었다. 고등학교 1학년 겨울방학, 1월 중순이었고…… 세 달도 안 된 새끼였다. 베란다 문을 열어 놓자 내 주먹 두 개만 한 요크셔테리어는 눈물을 흘리며 바들바들 떨었다. 하지만 영하 15도 정도에서 포유류가 얼어 죽진 않는 모양이었다. 엄마가 초인종을 울렸을 때 나는 베란다 창을 닫고 강아지를 얼른 거실로 들여놓았다. 강아지는 장염에 걸렸고 일주일 후에 죽었다. 막상 하고 나니 너무 시시한 얘기네. 망치로 작고 연한 해골을 내리친 것도 아니고.

한번은 대학 동창들과 모여 지구가 멸망하면 무엇을 하고 싶으냐는 이야기를 한 적이 있다. 창의력 없는 누군가는 스피

노자처럼 사과나무를 심고 싶다고 했고, 다이어트에 시달리던 누군가는 도넛과 치킨과 피자와 삼겹살과 맥주를 원 없이 먹을 거라고 했다. 또 다른 누군가는 짝사랑하던 여자에게 고백하겠다는 로맨틱한 말을 했지만, 고백을 받아 주지 않더라도 섹스를 하겠다고 덧붙여 다른 친구들에게 강간범이라는 원성을 들었다.

유진이 넌?

누군가 구석에 조용히 있던 내게 물었다.

난 사람을 죽이고 싶어.

야, 섬뜩하다. 개폼 잡긴. 여기 예비 범죄자들은 다 모였네, 하는 웅성거림 속에서

멋있다.

라고 말한 남자애가 있었다. 그 애가 지금의 남자 친구다.

나 자신에게 사이코패스라는 단어는 쓰고 싶지 않다. 그렇지만 사이코패스가 이런 내 성향을 설명하는 가장 손쉬운 단어라는 것도 부정할 수 없다. 나는 아마도, 사회에 길들여진 사이코패스일 것이다. 지금까지 사람을 죽이지 않은 이유는 단 한 가지. 감옥에 가는 일이 얼마나 내 생활 수준을 떨어뜨릴지 잘 알고 있기 때문이다. 나는 부모님 덕에 좋은 환경에

서 수준 높은 교육을 받으며 성장할 수 있었다. 아마 내가 부모로부터 버려진 거리의 부랑아였다면, 지금쯤 감옥에서 무기징역수로 지내고 있을지도 모르는 일이다. 그런 점에서 나는 돌아가신 부모님께 진심으로 감사하고 있다. 물론 28년을 살면서 살인을 계획한 적이 없지는 않았다. 내가 보려고 했던 영화의 반전을 떠벌린 친구라던가, 지하철에서 발을 밟고도 사과하지 않는 인간을 볼 때면 진지하게 죽이고 싶다는 생각을 했다. 한 번은 졸업 학기에 D 학점을 준 강사를 죽이기 위해 몰래 미행한 적도 있었다. 하지만 그럴 때마다 나는 부모님의 사랑을 생각하며 고비를 넘겼다. 지구는 멸망할 리가 없었고 살인은, 꿈에서나 할 수 있는 일이었다. 그런데,

두 시간 후면 지구가 멸망한다.

이건 두 번 다시 오지 않는 절호의 기회다. 누구를 죽이는 게 좋을까. 나는 고민에 빠진다. 집 앞 편의점 아줌마? 아니다. 지난번에 동네 사우나에서 만나 등을 밀어 줄 때 보니 등이 널찍한 게 은근 힘이 좋을 것 같았다. 나는 체력이 그다지 좋은 편이 아니므로 목표물을 신중하게 정할 필요가 있다. 가장 좋은 건 나보다 힘이 없는 할머니나 여자아이일 것이다.

그런데 이 시간에 할머니나 아이들은 다 집에 들어가 있지 않을까? 지금 밖에 나다니는 건 내 창문 밖에서 싸우는 남자들처럼 분노조절장애를 겪는 인간일 확률이 높다. 사실 두 시간 후면 전 인류가 죽게 되는 마당에 누군가를 죽이다가 역공을 당한다 해도 크게 문제 될 건 없었다. 다만 나로 인해 목숨을 빼앗긴 누군가의 얼굴에 나타나는 절망과 공포, 분노, 회한 이런 감정들을 보지 못하고 내가 먼저 죽으면 억울할 것 같긴 했다. 이러다가는 언제나처럼 뇌내망상만 하다가 두 시간이 전부 지나 버릴 것만 같았다.

다시 핸드폰이 울렸다. 또 남자 친구였다. 전원을 꺼 버리려던 나는, 무슨 생각을 떠올리고 전화를 받았다.

유진아.

응.

정말 안 올 거야?

응.

나는 마지막 순간에 너랑 같이 있고 싶은데?

니 가족이랑 같이 있고 싶은 게 아니고?

내 가족이랑은 한집에 있고 싶고, 너랑은 한방에 있고 싶어.

욕심도 많다. 미안하지만 나는 우리 둘만 있고 싶어.

내 방에 있으면 되잖아.

아니, 너랑 둘만 있고 싶다고.

가족들이 다 모여 있는데 어떻게 그래.

니가 오면 되지.

어?

니가 우리 집으로 오라고. 오면, 내가 확실히 기분 좋은 종말을 맞이하게 해 줄게.

어…… 근데 지금 출발해도 너희 집까지 한 시간 넘게 걸릴 텐데.

남자 친구 집은 일산이고, 나는 양재 시민의 숲 근처 낡은 빌라에 살고 있었다.

괜찮아. 지금 돌아다니는 사람 없어서 신나게 밟고 오면 한 시간까지는 안 걸릴 거야.

그, 그래. 유진아. 그럼 나 가족들한테 작별 인사 좀 하고 바로 갈게.

응. 빨리 와. 나 샤워하고 기다리고 있을게.

전화를 끊은 나는 바로 주방으로 갔다. 남자 친구를 죽일 연장을 찾기 위해서였다. 싱크대 안쪽에 붙어 있는 칼집에는 다섯 개의 칼이 있었다. 과도, 빵칼, 고기칼, 야채칼, 그리고 또 과도.

나는 과도 두 개를 꺼내 싱크대 위에 올려놓았다. 하나는 끝이 둥그렇게 마무리된 모양이었고, 다른 하나는 끝이 뾰족해서 단검처럼 생겼다. 당연히 단검을 골랐다. 그리고 단검을 침대로 가져와 베개 밑에 숨겨 두었다. 남자 친구가 절정에 오르면서 헐떡거릴 때 경동맥을 싸악 베어 버리면 나는 그의 목에서 쏟아지는 피로 세수를 하게 되겠지. 아, 남자 친구의 목에 불거진 혈관을 볼 때마다 이런 순간을 얼마나 고대했던가.

만에 하나 생각대로 풀리지 않을 때를 대비해서 몽키 스패너와 해머, 에프킬라와 라이터도 침대 아래 넣어 두었다. 사람의 목숨은 예측하기 힘들어서 질긴 사람은 칼로 열세 번을 찔러도 죽지 않을 만큼 질기지만, 어떤 사람은 손가락 끝으로 툭 건드리기만 해도 살을 맞아 죽는다는 얘기를 할머니한테 들은 적이 있다. 잠깐, 할머니가 그런 얘기를 왜 했었지? 혹시 할머니도 킬러 아니었을까? 역시 내 성향은 유전자에 내재되어 있었는지도.

베개랑 침구에 일랑일랑 향수를 뿌리고, 블라인드를 치니 방 안이 오렌지빛으로 물들어 제법 로맨틱한 분위기가 났다. 나는 남자 친구를 죽일 생각에 첫 경험 때와는 비교할 수 없을 정도로 설렜다. 어차피 피를 뒤집어쓰게 되긴 할 테지만 그래도 마지막 가는 길에 대한 예의로 욕실에 들어가 샤워를 하려는데, 핸드폰이 또 진동했다. 남자 친구였다. 설마, 벌써 왔나?

나 지금 출발할 건데, 먹고 싶은 거 없어?

지금 출발한다고? 여태 뭐 했어?

가족들하고 인사했지. 엄마랑 아빠랑, 할머니랑 여동생한테.

아, 됐으니까 빨리 오기나 해.

확 신경질을 내다가 아차 싶어서,

나 지금 자기 생각하느라 달아올랐단 말이야.

생전 안 하던 애교를 부렸다.

알았어, 유진아. 내가 우리 아빠 차 타고 전속력으로 밟을게.

전화를 끊고 텔레비전을 틀었다. 어느 채널이나 조용한 클래식 음악이 흘렀고, 당연히 아나운서의 멘트 같은 건 없었다. 그 사람들도 종말이 다가왔을 때는 집에서 조용히 보내고 싶을 테니까. 화면 한가운데서 커다란 디지털시계가 카운트다운을 하고 있었다. 01:43:27. 이제 한 시간 사십 분 정도 남았는데 남자 친구가 오면 섹스고 뭐고 현관에서 바로 찔러야 하는 거 아닌지 몰라.

어쨌거나 샤워하면 기분도 개운해지고, 내 일생일대의 과업을 이루는 순간이니 깨끗하고 경건한 마음으로 임하는 것도 나쁘지는 않겠지.

나는 생애 마지막 샤워를 하러 욕실로 들어갔다. 머리를 감고, 샤워 젤로 몸을 닦고도 물 맞는 기분이 좋아 한참 샤워기 아래 서 있는데, 변기 뚜껑 위에 놓아두었던 핸드폰이 진동하는 소리가 들렸다. 또, 남자 친구였다. 빨리 오기나 할 것이지 왜 자꾸 전화질을 하는 건데. 게다가 영상통화였다. 그래, 쇄골 라인을 보여 주면 몸이 달아 더 빨리 오겠지. 수신 버튼을 누르고 최대한 요염한 미소를 지으며 물었다.

어딘데?

유진아! 나 지금, 읍! 읍!

커다란 손이 남자 친구의 입을 막았다. 화면 안에는 남자 친구 말고도 남자 두 명의 얼굴이 더 있었다. 남자 친구의 입을 막은 놈은 덥수룩한 수염에 노란 머리를 하고 있었고 여자처럼 긴 생머리를 한 다른 한 놈은 배경처럼 조그맣게 보였다.

어이, 우리가 죽기 전에 벤츠 좀 타 볼라 하거든. 근데 이놈이 시끄럽게 굴어서 죽일라 하는데 마지막으로 여자 친구 얼굴 보고 싶다고 징징대서 말이야. 우리가 그 정도 휴머니즘은 탑재하고 있어서 말이야.

아, 제발 죽이지 마세요.

이 쌍것들아, 내 남자 친구는 내가 죽여야 한다고.

그래? 죽이지 말까? 그럼 카메라 좀 밑으로 더 내려 봐.

카메라요?

응. 가슴 좀 보여 봐. 눈요기나 하게.

그래, 두 시간 아니 한 시간 반 후면 죽을 놈한테 가슴 좀 보여 주면 어때. 나는 카메라를 아래로 내렸다.

이열, 꽤 빵빵한데? 이 멸치 새끼 전생에 지구를 구했나.

수염이 내 가슴을 보며 감탄하는 동안 장발은 남자 친구의 머리카락을 움켜쥐고 이마를 대시보드에 힘껏 내리찍었다. 한 번, 두 번…… 상황도 상황이거니와 남자 친구의 비명 소리 때문에 더욱 짜증이 났지만,

아, 제발요. 그러지 마세요. 살려 주세요.

나는 핸드폰을 변기에 기대 세워 놓고 벌거벗은 채로 욕실 바닥에 무릎을 꿇고 빌었다. 그 모습에 감동했는지, 아님 원래 인상만 험악한 쫄보들인지 두 남자는 남자 친구를 차 밖으로 내치고는 벤츠를 타고 사라졌다. 남자 친구와 같이 던져진 핸드폰이 파란 하늘을 비추고 있었다.

유진아.

몇 초 후 얼굴이 피범벅이 된 남자 친구가 화면 안에서 내

이름을 불렀다. 대시보드에 부딪힐 때 이마가 찢어졌나 보다.

거기가 어디야?

여기, 신촌.

신촌이라니, 젠장. 차 없이 한 시간 내에 오기는 글렀잖아. 나는 핸드폰을 집어 던지고 싶었지만, 최대한 걱정스러운 얼굴로 물었다.

택시 없지?

그걸 말이라고 해.

자전거는?

어?

주변에 자전거 같은 거 없냐고. 신촌에서 걸어오다간 우리 둘이 만나기도 전에 지구가 멸망해 버릴걸.

자전거, 찾아 볼게.

그래, 알았어. 그럼 우리 중간 지점이 어디지? 압구정 어때?

어, 일단 압구정으로 목적지 설정해 놓고 출발할게.

그럼 자전거 찾아서 압구정에서 만나. 나도 바로 출발할 테니까.

이럴 줄 알았으면 운전면허를 따 놓는 건데. 하긴 운전면허가 있어도 차가 없으니 소용없는 건 마찬가지겠네. 그나마 창고에 타지도 않고 3년째 처박아 둔 자전거가 있다는 게 위안이 되었다. 텔레비전 화면을 봤다. 00:55:27. 지구 멸망까지 한 시간도 채 남지 않았다. 과연 압구정에서 남자 친구를 만나서 죽이는 일이 가능할까? 변수가 늘어났지만 꾸물댈 틈이 없었다. 나는 베개 밑에서 과도를 꺼내 배낭에 넣었다. 몽키 스패너에 해머랑, 에프킬라에 라이터, 가다가 마실 500밀리리터 생수까지 넣고 나니 배낭이 묵직했다. 그리고 청바지와 흰색 후드 티셔츠를 입고 집을 나왔다.

강남역까지는 자전거로 15분이 걸렸다. 남은 시간 40분. 남자 친구에게 전화를 걸었다.

어디야?

나, 신촌.

아직도? 거기서 뭐해?

자전거가 없어.

아, 이 병신 새끼가 진짜. 속으로만 욕을 날렸다.

아니 따릉이도 없어?

정류장은 있는데 자전거는 없어.

그럼 나랑 못 만나겠네.

어?

앞으로 40분밖에 안 남았는데 내가 신촌까지 가려면 40분 더 걸려.

어떡해, 유진아. 어떡해. 나 그냥 집에 있을걸.

약한 소리 말고 계속 찾아 봐.

어, 알았어. 유진아, 너도 빨리 와.

멍청한 새끼, 놀고 있네. 아무리 계산해 봐도 신촌까지 가기에는 시간이 모자라다. 이제 남자 친구는 버리는 패가 된 것이다. 그럼 어떡하지? 내 마지막 소원은 이렇게 좌절되고 마는 건가? 나도 괜히 길거리에서 객사하지 말고 집에 돌아가서 곱게 죽어야 하나?

우울하고 절망적인 심정으로 교보문고 사거리에서 자전거를 돌렸다. 차는 물론이요, 지나가는 사람도 보이지 않았다. 혹시나 숨어 있는 사람이 있을까 싶어 인도로 가며 가게들을 들여다봤다. 대부분의 가게 문은 열려 있었지만 주인도, 손님도, 도둑도 보이지 않았다. 그 북적대던 거리에 나 하나밖에 없다니! 순간 지구의 종말이 이미 왔고 나는 홀로 남은 생존자가 된 게 아닐까, 그런 영화 같은 상상을 했다. 그동안에도 시간은 쾌속 모터를 단 것처럼 다른 때보다 훨씬 빠르게 흐르고 있었다. 그래, 집에 가자. 집에 가서 엄마 아빠 사진을 끌어안고 죽는 거야.

자전거 페달을 열심히 밟고 가는데 강남역 사거리 상공에 미확인 물체가 나타났다. 먼 하늘에서 점처럼 나타난 비행 물체는 사거리에서 가장 높은 빌딩의 옥상 높이에서 멈췄다. 방송에서 보던 아발론이 전복만 하다면, 지금 강남역 사거리 위에 있는 건 오분자기 정도의 크기였다. 비행 물체의 아랫면이 반짝이자 머리가 어지러웠다. 아발론, 아니 오분자기에서 일직선으로 내려오는 빛은, 물에 뜬 석유처럼 화려하면서도 기분 나쁜 색동 빛깔이었다. 자전거에서 내려 구역질을 했다. 오전 내내 별로 먹은 게 없어서 그런지 쓴 물만 넘어오다 말았다. 오색의 색채가 오로라처럼 춤을 추는 것 같았다. 뭐, 기이한 색채에 몸이 떨리거나 압도당할 정도는 아니고, 자갈길을 가는 지프를 탄 것처럼 속이 울렁거리긴 했다. 기왕 죽을 거 마지막으로 사람은 못 죽일지언정 우주선 구경이나 하자 생각하고 자전거에서 내렸다. 그 순간 일렁이던 빛의 커튼이 시상식 조명처럼 바뀌었다. 눈이 멀 것 같은 백색의 빛. 그리고 그 빛줄기 속에 초록색 물체가 보였다. 하리보 젤리처럼 동글동글한 모양에 짧은 팔다리를 부지런히 흔들며 내게 다가오는 그것.

외계인.

솔직히 실망했다. 에일리언처럼 기괴하면서도 멋지거나,

크툴루처럼 문어같이 생기거나, 헵타포드처럼 진흙탕에서 꺼낸 거미처럼 생기기라도 해야지, 고작 곰돌이 젤리를 닮은 외계인이 지구를 멸망시키다니. 도망칠 생각은 없었다. 어차피 지구 멸망까지 십 분이나 남았으려나. 십 분 먼저 외계인의 손에 죽는 것도 나쁘지 않을 것 같았다. 아니지. 저 외계인 크기도 초등학생만 하고 피부도 반투명한 데다가, 저 살들은 헬스장 러닝머신 위에서 뛰는 아저씨 뱃살처럼 물렁물렁해 보이는데…… 내가 죽일 수 있지 않을까? 그래, 꿩 대신 닭이라고 사람을 죽일 수 없다면 외계인이라도 죽이는 거야.

나는 배낭을 앞으로 돌려 메고 안에서 연장을 꺼냈다. 뒷주머니에는 몽키 스패너를 집어넣고 왼손에는 망치를 오른손에는 과도를 꽉 쥐었다. 가라앉았던 살인, 또는 살해 본능이 끓어올랐다. 외계인은 걸음마를 하듯 짧은 다리로 느릿느릿 걸어왔다. 일 초에 한 발씩 옮기는 것 같았는데, 보폭이 삼십 센티미터도 되지 않았다. 저 곰돌이 젤리가 나한테 오기를 기다리고 있다가는 칼을 휘둘러 보기도 전에 지구가 멸망할 것 같았다. 나는 성큼성큼 외계인의 앞으로 갔다. 간이 부은 상태라서 그런지 몰라도 위협적이라는 생각은 들지 않았다.

그것은 무엇입니까.

외계인이 내 오른손을 보며 말했다. 아니, 정확히는 소리가 들린 게 아니고 내 머릿속에 외계인의 음성이 울렸다. 이런 게 말로만 듣던 텔레파시구나.

칼이다.

왼손에 있는 것은 무엇입니까.

망치다.

그건 왜 갖고 있습니까.

너랑 상관없는 일이다.

당신은 6분 13초 후에 지구가 멸망한다는 것을 모릅니까?

알아.

현재 강남역 사거리를 중심으로 반경 오 킬로미터 이내에는 사람이 존재하지 않습니다.

외계인의 음성이 싸늘해진 것 같은 건 나만의 느낌일까?

그런데?

당신은 사람을 죽이러 나왔습니다. 그런데 지금 상황에서는 사람을 죽일 수 없습니다.

아, 이 외계인 독심술 같은 것도 하나 보네. 그렇다면 내 생각을 더 읽기 전에,

하지만 죽일 수 있는 외계인은 있지.

나는 칼로 오징어 먹물처럼 새카만 외계인의 타원형 눈을 힘껏 찔렀다. 힘이 약한 존재가 싸움에서 우위를 점하려면 먼

저 눈을 공격해야 한다는 글을 읽은 기억이 떠올라서였다. 젠장, 외계인에게는 통하지 않았다. 외계인의 각막은 칼을 튕겨낼 정도의 탄성이 있었다. 칼에 눌린 외계인의 눈이 안으로 쏙 들어갔다가 도로 튀어나왔다. 그 바람에 나는 칼을 놓쳤고, 칼은 쨍, 소리를 내며 아스팔트 바닥에 떨어졌다.

나는 죽지 않습니다.

외계인이 슬픈 목소리로 말했다.

에라, 모르겠다. 외계인의 정수리를 망치로 내리쳤다. 아니나 다를까, 망치로 맞은 부분의 머리가 쑥 함몰되었다가 서서히 복원되었다. 망했다. 나는 망치를 떨어뜨렸다.

그런 방식으로는 죽지 않습니다.

여전히 슬픈 목소리였다. 적대감은 1도 느껴지지 않았지만, 마음만 먹으면 나를 단 1초 만에 초록색 액체로 만들 수 있을지도 모른다. 나는 슬금슬금 뒷걸음질을 치며, 배낭 안에 손을 넣어 에프킬라와 라이터를 꺼냈다. 그리고 라이터를 켜고 에프킬라를 쏘았다. 즉석에서 만든 화염방사기가 외계인의 정수리를 녹였다. 찌르는 맛은 없지만, 아쉬운 대로 이렇게라도 죽여야지. 외계인은 저항하지 않았다. 머리통이 반쯤 녹았을 때, 에프킬라 분사액이 다 떨어졌다. 나는 뒤로 두어 걸음 더 물러났고, 외계인은 나를 향해 일정한 속도로 다가왔다. 그사이 외계인의 일그러진 머리는 다시 탱탱하고 동그란 원래의 모습이 되었다.

그런 방식으로도 죽지 않습니다.

아, 그럼 어떻게 죽이냐고!

나도 모르게 소리를 빽 질렀다. 외계인이 곰처럼 펄쩍 뛰어올라 나를 덮쳤다. 아니, 내 품에 안겼다. 나는 엉거주춤한 자세로 실리콘 공 같은 느낌의 동그란 등을 꽉 움켜쥐었다.

내 귀를 잡아 주십시오.

외계인이 말했다. 나는 뾰족 솟아오른 귀를 붙잡았다. 그러자 외계인의 목이 엿가락처럼 길게 늘어났다. 허리춤에 있던 외계인의 머리가 내 얼굴 높이까지 오더니 뚝, 하고 분리되었다. 초록색 액체가 하얀 후드 티에 튀었다. 외계인이 크고 검은 타원형 눈을 끔뻑거렸다.

트파드몽보르초테.

분명 그렇게 들리는 말을 했다. 그리고 외계인의 눈꺼풀이 감겼다.

아발론에서 뿜는 조명이 나에게로 향했다. 눈이 멀 것 같아 빛을 똑바로 바라볼 수 없었다. 나는 외계인의 머리를 품에 안은 채 길바닥에 주저앉았다. 슬그머니 눈을 떴을 때는 우주선 안으로 빨려 들어가는 외계인의 머리 없는 몸통이 보였다.

내게는 아무런 일도 일어나지 않았다. 다만 외계인의 머리를 갖고 있는 것만으로도 그들의 언어를 이해할 수 있었다.

'트파드몽보르초테'는 '나는 베게르 행성의 왕입니다. 나는 너무 오래 살았습니다. 프예토 행성에서 사고를 당한 이래 불사의 몸이 되었기 때문입니다. 내 아들과 손자와 손자의 손자가 죽는 것을 지켜보는 일은 고통스러웠습니다. 지난 이천 년 동안 나와 나의 신하들은 은하계의 행성을 떠돌며 내가 죽을 수 있는 방법을 찾아다녔습니다. 하지만 모두 우리를 두려워할 뿐이었습니다. 그러나 당신은 나를 두려워하지 않았습니다. 당신 덕분에 나는 안식을 찾았습니다. 우리 행성은 지구 멸망 계획을 전면 취소하겠습니다. 당신은 우주의 영웅입니다. 감사합니다.'라는 뜻이었다. 우주의 영웅이라니, 좀 시시한 면도 없지 않았지만 기분이 나쁘지는 않았다. 아니지, 그럼 지구 멸망 메시지는 뭐고, 일본의 과학자는 왜 초록색 액체로 만들어 버린 건데. 이 곰돌이들 정말 일 대충대충 하네. 이해할 수 없는 것투성이였지만 이제는 물어볼 수도 없었다. 먼 하늘로 올라간 '작은 아발론'은 점이 되는가 싶더니 금세 사라져 버렸다. 아발론이 사라짐과 동시에 농구공만 한 외계인의 머리가 점점 줄어들었다. 이러다가 완전히 사라지는 게 아닐까 불안했지만 다행히 외계인의 머리는 테니스공만 한 크기에서 수축을 멈췄다. 나는 주먹만 한 외계인 머리를 배낭에 넣고, 자전거로 달리기 시작했다. 뱅뱅사거리를 지날 때쯤 어디선가 와아, 하는 소리가 들렸다. 사람들이 환호하는 소리였다. 내가 저들을 살렸다고 생각하니 우쭐한 생각이 들었다. 그때 핸드폰이 진동했다. 남자 친구였다.

유진아, 외계인이 지구 멸망 메시지를 철회했대.

알아.

내가 당장 너희 집으로 갈게.

아냐, 오지 마.

어?

븅신아, 오지 말라고.

전화를 끊고 다시 자전거 페달을 밟았다. 상쾌한 바람이 머리카락을 날렸다. 무척이나 기분 좋은 봄날 오후였다.

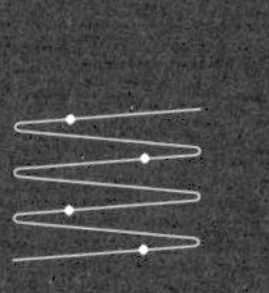

작가의 말

저는 겁이 많은 아이였습니다.

밤에 자다가 무서운 꿈을 꾸면 엄마 아빠의 방으로 달려가곤 했지요.

어느 날 엄마가 제 머리를 쓰다듬으며 말했습니다.

"꿈에 귀신이 나오면 도망치지 말고 맞서 싸워. 베개로 물리쳐."

저는 엄마 말대로 꿈속의 귀신들에게 곰돌이가 그려진 베개를 휘둘렀고, 그 방법은 효과가 있었어요. 귀신들이 도망가더군요!

어찌나 신이 나던지 그날 이후 저는 귀신이 나오는 꿈을 꾸기를 바라며 잠자리에 들었답니다.

그렇게 저는 겁 없는 아이가 되었습니다. 겁이 없다 못해 무서운 것과 기이한 것을, 사랑하는 어른으로 자랐지요. 그리고 종종 악몽을 꿉니다. 즐거운 악몽이랄까요.

여기 실린 열 개의 이야기는 제 악몽의 자락을 이어 붙여 만들었습니다.

조금은 현실에 발붙이고 있는 악몽과 제 머릿속에서 뻗어 나온 악몽들. 특히 〈초신당〉은 실제로 꿈에서 본 공간입니다. 초신당의 진짜 의미를 저는 결코 알 수 없겠지요.

〈기억의 꿈〉과 〈내 이름은 제니〉는 한 문장마다 혹은 문장 중간에 줄 바꿈을 했습니다. 그런 방식으로 ACAS 감염자들의 단절된 의식을 보여 주고 싶었습니다.

혼자 가도 항상 친절하게 대해 주시는 양꼬치집 사장님, 우리 집에 초대받은 유일한 손님, 산책로에서 뒤로 걷던 아주머니들, 고맙습니다. 여러분은 제 뮤즈예요. 밝은 기억에 어둠을 덧씌우는 상상은, 제가 가장 좋아하는 일입니다.

친애하는 독자 여러분,
오늘 밤에는 베개를 꼭 안고 주무세요.
악몽이 당신을 찾아갈 수도 있으니까요.

2021년 11월,
낙엽만큼 많은 악몽을 꿈꾸며
남유하

추천의 말

객관적인 실제 세계를 다루는 소설은 존재하지 않는다. 모든 작가는 각자의 우주를 살고 소설들은 그 주관적인 우주를 반영한다. 얼핏 보면 남유하의 우주는 덜컹거리는 자본주의 사회 시스템 속에서 평범한 사람들이 부대끼며 살아가는 객관적 세계와 비슷해 보인다. 하지만 이 익숙해 보이는 세계가 호러 장르의 틀을 입고 입을 벌릴 때 우리는 그 안에서 낯선 짐승의 이빨을 본다. 현실은 찢어지고 그 틈으로 고유의 공포와 혐오, 살육의 욕망이 기어 올라온다. 그리고 아마도 여러분 중 일부는 이 책의 존재를 알기도 전에 그 순간의 카타르시스를 기다리고 있었으리라.

듀나 소설가 겸 영화평론가

한밤에 집에서 책을 읽다가 몇 번이고 덮고 집 안을 둘러봐야 했다. 내 집에 낯선 존재가 있다는 감각. 《양꼬치의 기쁨》은 일상의 공간에 악몽이 스며들어 오는 공포를 강렬히 발산한다. 이 작품집에서 반복되는 모티브는 가장 편안해야 할 집이 낯설어지는 순간의 으스스함이다. 그렇지만 이런 두려움 또한 무척 익숙한 감정이다. 여성이라면, 약자라면 이 세계 어디에서도 안심할 수 없다는 경계심을 안고 살아왔을 테니까. 남유하 작가는 말한다. 진짜 공포는 이제껏 참아 왔던 이들이 더는 침묵하지 않고 일어설 때 펼쳐질 것이라고. 그 공포에는 슬픔이 배어 있지만, 승리감도 함께한다.

박현주 소설가 겸 번역가

퍼플레터 구독 신청 링크
퍼플레터는 퍼플레인의 뉴스레터 서비스입니다.

양꼬치의 기쁨

초판 1쇄 발행 2021년 12월 27일

지은이 남유하

펴낸이 박선경
기획·편집 이유나, 강민형, 오정빈
마케팅 박언경, 황예린
디자인 studio forb
제작 디자인원(031-941-0991)

펴낸곳 도서출판 갈매나무
출판등록 2006년 7월 27일 제395-2006-000092호
주소 경기도 고양시 일산동구 호수로 358-39 (백석동, 동문타워 I) 808호
전화 (031)967-5596
팩스 (031)967-5597
블로그 blog.naver.com/kevinmanse
이메일 kevinmanse@naver.com
인스타그램 www.instagram.com/purplerain.pub

ISBN 979-11-91842-09-8 (03810)
값 14,800원

'퍼플레인'은 도서출판 갈매나무의 장르소설 전문 브랜드입니다.
배본, 판매 등 관련 업무는 도서출판 갈매나무에서 관리합니다.

* 잘못된 책은 구입하신 서점에서 바꾸어드립니다.
* 본서의 반품 기한은 2026년 12월 25일까지입니다.